죽음 이야기

Shinomonogatari(Jo)

이 책의 한국어판 저작권은 일본 講談社와의 독점 계약으로 (주)학산문화사에 있습니다.
저작권법에 의해 한국 내에서 보호를 받는 저작물이므로 불법 복제와 스캔 등을 이용한
무단 전재 및 유포 시 법적 제재를 받게 됨을 알려 드립니다.

 는 (주)학산문화사가 일본 <!-- KODANSHA --> 와 제휴하여 발행하는 소설 브랜드입니다.

죽음 이야기 死物語 上

니시오 이신
西尾維新

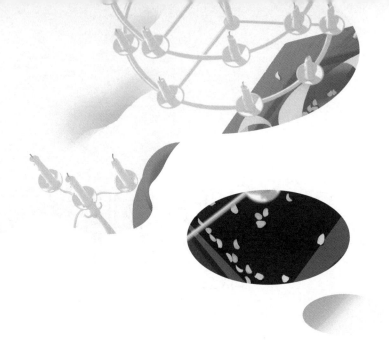

제8화 시노부 수어사이드

DEATHTOPIA VIRTUOSOSUICIDEMASTER

001

아라라기 코요미가 지금 대체 어떻게 살고 있는지 너무 신경 쓰여서 견딜 수 없다는 기특한 분도, 어쩌면 조금은 있을지도 모른다. 그러나 지금을 이야기하기 위해서는 1년 전의 봄을, 그리고 2년 전의 봄을, 그리고 아득히 옛날인 600년 전의 따스한 '우리 세상의 봄'을 돌아봐야만 한다. 어쩌면 1000년 전의 따스한 봄날 같은 인디언 서머까지도… 인디언 서머가 여름도 봄도 아니라는 것은 알리라 믿고. 갑자기 거기까지 돌아보다가 고개가 비틀려 끊어지기라도 하면 큰일이다. 아무리 내가 어중간한 흡혈귀 체질이라 해도 그렇다.

그러므로 절충해서, 우선은 5년 전의 봄 이야기를 하자.

과연 이것은 조율일까 담판일까.

과거에 내가 중학교 3학년이었을 무렵, 분수에 맞지 않게도 사립 진학교인 나오에츠 고등학교에 거의 아무 생각이 없었다고밖에 말할 수 없는 텐션으로 지원하고, 제대로 그 응보를 받게 되었다. 우리 지역의 엘리트 학생들이 아낌없이 모이는 그 고등학교에서 나는 눈뜨고 못 볼 정도로 너덜너덜하게 무너져 내리듯이 낙오했고, 심신 모두 자기 페이스를 잃고 체감적으로는 빈사의 중상을 입었다.

완전히 죽음에 푹 가라앉았다. 마치 자기애에 빠지는 것처럼.

나오에츠 고등학교 개교 이래 최대의 불량학생이라는 지나친 영예를 얻었을 정도다. 그 실태는 지각이나 조퇴를 반복하는, 그저 학교를 싫어하는 불성실한 게으름뱅이 정도로 그렇게 대단한 무법자는 아니었지만, 이거야 원, 상대평가란 괴로운 것이다. 주위가 모두 우등생이면 나 정도라도 전설의 열등생이 될 수 있다.

심판에 따라서는 바깥쪽 조금 낮은 스트라이크였을 것이다.

틀 안에 들어가는 젊은이다.

그런 나의 인생에 커다란 전기가 찾아온 것은 고등학교 2학년과 3학년 사이의 봄방학, 통칭 '지옥 같은 봄방학'이다. 나는 흡혈귀에게 습격당했다.

인생의 전기라고 할까, 인생의 전락이었다. 타락이기도 했다.

어쨌든 어떠한 추락이었다.

인생의 일단락이다.

아직 더 떨어질 곳이 있었나 하고 놀랐다. 그런 봄방학에서 다시 여러 가지 일들이 있고, 여러 가지를 잃고, 최종적으로는 비유가 아닌 진짜 지옥까지 떨어졌으니, 불행이 그렇게 간단히 바닥을 칠 것이라고 생각해서는 안 되는 것이다.

항상 미래는 허를 찌르고 든다.

의표와 심장을 찌르고 든다.

상대평가라고 말한다면, 그런 지옥을 알고 있었기에 나 같은 건 전혀 낙오하지 않았다는 생각에 빠져서… 아니, 그 생각에서 빠져나와서 자세를 바로잡고, 진학은 고사하고 졸업조차 아슬아슬했던 나는 수험생으로 클래스 체인지했다. 옆에서 보면 골든 위크가 끝나고 연인이 생겼기 때문에 갑자기 의욕이 생겨서, 네거티브와 포지티브가 반전하여 여자친구와 함께 대학에 가기 위해 기를 쓰고 공부했을 뿐인 주체성이 없는 녀석일지도 모르지만, 그런 심술궂은 시선으로 보지 말았으면 한다.

여러 가지로 복잡했던 것이다.

역시나 지금 와서는 이미 나온 책들을 전부 읽어 줬으면 한다고 말할 수 없지만, 듣기로는 최근에는 오디오 북이라는 문화도 보급되어 있는 듯하니, 자세한 곳은 그쪽으로 리퍼런스해 주면 좋겠다는 정도로 하고, 고등학교 3학년인 나는 질리지도 않고 내 주제에 맞지 않는 국립대학, 지역의 엘리트들이 모이는 마나세 대학으로 진로를 잡았던 것이다.

거친 바다에 나간 것 같은 상황이다.

대체 얼마나 엘리트들 틈에 섞이는 걸 좋아하는 거냐, 대체 어떤 콤플렉스를 가지고 있는 거냐. 마음의 어둠이 너무 깊다.

그렇다고는 해도, 졸업해 보니 그 엘리트 명문 진학교도 내가 생각하던 정도로 순박한 엘리트나 순백의 우등생들의 집합체가 아니었음을 알게 되었다. 밖에 나가 보지 않으면 알 수 없는 법이다. 특이하지 않고 흔해 빠진 표현을 쓰자면, 엘리트나 우등생에게도 나에게는 없을 만한 고민이 있었고, 나에게는 있을 수 없을 만한 인간관계의 알력도 품고 있었다. '불량학생'으로서 내가 태만하게 땡땡이치고 있었던 것은 결코 수업뿐만이 아니었다는 후회는, 앞으로도 계속 품고 가게 될 것이다… 그런 흐름으로 '질리지도 않고'라고는 말했지만, 그런 고등학교 시절의 실패를, 대학 생활에서도 반복하는 일이 있어서는 결코 안 된다.

이제 질릴 만도 하다.

단단히 문책을 받아야 한다.

되풀이하면 안 된다. 계속해서도 안 된다.

다시 일어서는 거다.

나를 갱생시켜 준 반장 중의 반장은 이제 없지만, 그러나 그렇기에 나는 아주 당연하며 왕도적인 캠퍼스 라이프를 구가해야만 한다. 그렇게 생각하고서, 그렇게 마음먹고서 실제로 대학에 입학한 뒤로 1년간, 저주스러운 하이스쿨 라이프와 그리 다르지 않을 정도로 다양한 사건이 일어나긴 했지만, 경험자의 수완으로 온갖 방법을 동원해 그것들을 나름대로 헤쳐 나왔다고 생각했지만, 그건 그렇고 서론은 여기까지다.

머리말은 여기까지.

이제부터가 몸통이고, 그러나 깃털이 풍성한 몸통은 아니다.

아라라기 코요미가 20세의 생일을 맞이하는 이듬해 4월, 중퇴하지도 유급하지도 않고 멋지게 대학 2학년생이 된 나는, 그러나 어째서인지 홀로 지내는 하숙집을 벗어나서 사랑스러운 본가로 돌아와 있었다.

다녀왔습니다, 저 왔어요!

뿐만 아니라, 나는 이미 상당히 오랫동안 학교에 가고 있지 않다… 사보타주하는 그 혐오스러운 버릇이 되살아난 것은, 결코 아니다.

히키코모리라고 하자면 히키코모리.

잘 아시는 '원격수업'이라는 것이다.

근근이 남몰래 보내온 나의 인생 따위와 달리, 그쪽 사정에 관해서 일부러 이거 보란 듯이 돌아볼 것도 없을, 무인도에서 조난이라도 당하지 않은 한, 과장이 아니라 전 세계의 모두가 휘말린… 신종 코로나 바이러스에 의한 팬데믹이다.

대학의 대면수업은 전부 중지되고, 아직 재개할 가망도 없다. 피를 토하면서 책상머리에 앉아, 자는 시간도 아까워하며 장래에 쓸 일도 없을 듯한 암기사항을 머릿속에 쑤셔 넣은 끝에 획득한 'Go To 대학' 티켓은, 거의 완벽하게 무효화되고 말았던 것이다.

주식투자에 실패한 사람 같다.

모든 것을 쏟아부은 그 투자는 무엇이었나.

연인과 반장까지 끌어들여서 무엇을 위해 그렇게나 공부했던 것이냐며, 이 상황을 한탄하지 않을 수 없다. 물론 나 정도면 그래도 상당히 복 받은 입장임은 틀림없으므로 공공연히 말하기는 힘들지만, 나의 어설픈 견식으로 부당하게 경멸하고 있던 엘리트들에게 걸린 저주 같은 것인가, 하고 생각했을 정도다.

저주받은 나다.

아니, 실제로는 축복받고 있다.

저주이기에, 라고 말해야 할지도 모르지만… 앞서 말한 '지옥의 봄방학'을 거치며 나의 체질은 절반은 흡혈귀 같은 것이 되었고, 그런 의미에서는 평범한 감기에 걸릴 일도 없다.

건강한 몸은 항상 유지되고 있다.

강제적으로.

뇌가 날아가 버려도 심장이 도려내져도 죽는 일이 없는 불사신의 괴물이, 신형이든 구형이든 코로나 바이러스에 목숨을 잃는 일은, 일단 없다. 가령 무슨 일이 벌어진다 해도 시노부에게 피를 다시 빨게 하면 부활은 가능하다.

다만, 이런 평범하지 않은 안전책은 어쩐지 반칙을 하는 듯한 죄책감에서 벗어날 수가 없네…. 이 감염증은 젊은이의 리스크가 낮다고 이야기되는데, 젊은 만큼 일종의 서바이버즈 길트 survivor's guilt를 품게 되어 버린다고 메니코 녀석도 말했었다. 젊은이라는 단어가 욕이 되어 버린다고.

하무카이 메니코.

그 녀석과도 꽤 오랫동안 만나지 않았다. 대학에서 만든 몇 안 되는 친구인데.

메니코는 하숙집에서 스테이 홈 stay home 중이다. 사실은 내 생일을 축하하는 서프라이즈 파티를 열어 줄 예정이었다고 하는데, 당연히 그것은 이루어지지 못했고 어제 선물만이 배송되었다.

이상한 사전이었다.

만나서 받을 수 있다면 최고의 리액션을 취해 줬을 텐데.

서프라이즈까지 망쳐 버리다니… 감염증, 무섭도다. 감염증을 퍼뜨리지 않기 위해서라는 의미에서는 나도 하숙집에 틀어박혀서 이동을 자제하고 원래는 본가에 돌아와서는 안 되었지만, 이것은 어느 가정에나 있는 '집안 사정' 때문이다.

정사가 아니다. 사정이다.

들어 주면 좋겠다.

이미 감추는 의미도 없어지기 시작했고 별로 감추고 싶지도 않아졌으므로 이번에는 처음에 바로 말하겠는데, 우리 부모님은 두 분 다 경찰이고, 이런 시기이기에 더더욱 치안을 지키기 위해 출근해야만 하는 에센셜 워커다. 온라인 경찰이 아니다.

사이버 폴리스와는 부서가 다르다.

다만 경찰서라는 곳도 언제 클러스터가 발생할지 알 수 없는 필연적으로 밀집된 장소이므로 간단한 결단은 아니었겠지만, 그들은 근무지에 숙박한다는 거의 자가격리 같은 생활을 솔선해서 보내게 되었다. 아들로서는 대체 그들은 얼마나 일밖에 모르는 사람들인가 하고 기가 막힐 따름이지만, 그러나 나도 스무 살을 맞이하며 그런 반항기도 고등학교와 함께 졸업했다.

부모의 성수기에는 이미 익숙하다.

존경해 마땅하다고도 생각하고 있다.

그러기는 고사하고, '본가에 돌아와서 여동생들을 돌봐 줬으면 한다'라는 부모님으로부터의 부탁을 거절할 수 없었다. 나 자신도 걱정되기도 했다. 고등학교 2학년생인 여동생 아라라기 카렌과 고등학교 1학년생인 여동생 아라라기 츠키히를 집에 단둘이 놔둔다는 것은.

뭔가 무섭다.

추상적으로 뭔가 무섭다.

작년, 카렌이 고등학교에 진학한 것을 기회로 이미 해산되었다고는 해도 츠가노키니 중학교의 파이어 시스터즈를 부모의 감시가 없는 상태로 장기간 계속 놔둔다는 것은, 오빠로서 솔선해서 어리석기 짝이 없는 삶을 살아온 내가 보기에도 현명하지 않다. 하물며 이 스트레스풀한 사회 분위기 속에서는 말할 것도 없다.

그러니 보호자 역할을 대행하자.

나도 그 정도는 할 수 있어야지. 에센셜 브라더.

본래의 설정으로는 대학교 2학년 봄부터 하숙 생활에 들어갈 예정이었던 내가 선행해서 1학년생 때부터 집을 떠났었는데, 설마 그 2학년 초부터 본가로 돌아온다는 것은 낙향 느낌이 장난이 아니지만, 여동생의 베이비시터 정도야 맡지 못하면 어찌하겠는가.

다행히도 초중고교는 대학보다 빨리 재개되었고, 또 나보다도 더욱 젊은 세대인 여동생들은 이 코로나 사태를 기회로 부모님에게 사 달라고 한 스마트폰을 사용해 나름대로 잘 적응하고 있는 모양이다.

나름대로 정도가 아니라, 아주 능숙하게.

장인 같다고 말해도 좋다.

수업은 재개되었다고는 해도, 합창 콩쿠르도 문화제도 체육대회도 수학여행도 중지, 혹은 연기되거나 규모가 축소되어 가는 가운데 참 대단하다… 특히 츠키히 쪽.

"음식점의 점원이 아니더라도, 마스크 아래는 웃는 얼굴이지!"

그렇게 말하며 기운이 넘치고 있었다.

눈가만 봐도 웃는 얼굴임을 알 수 있다.

츠키히 쿼카*다.

원래 궁지에 몰릴수록 생생해지는 타입인 여동생들이라고 생각하고 있었으므로 의외라면 의외라고 말할 정도로 의외意外도 아니고 오히려 의중意中이기까지 하지만, 역시 이러한 재난 속이기에 존재감이 커지고 리더십을 발휘할 수 있는 인간이 일정 수 있기 마련이라, 전 파이어 시스터즈인 두 사람은 중학교 시절의 동창들에게 SNS로 연락을 취해 온라인 이벤트를 개최한다는 발랄함을 보이고 있었다.

의기소침한 고등학교 생활의 개막인가 하고 생각되었지만, 이 분위기라면 카렌과 츠키히가 사립 츠가노키 고등학교에서 파이어 시스터즈를 재결성할 날도 머지않았을지 모른다.

에네르기시하다.

정말로 내 여동생이 맞나 싶을 정도다.

그럴 경우, 다리 밑에서 주워 온 아이는 나겠네.

젊음이 책망받을 만한, 앙팡 테리블보다도 무서운 사회 분위기 속에서 보다 젊은 인간을 부러워하는 말을 해도 소용없고… 뭐, 이런 기회라도 아니면 여동생들을 위해 주방에 선다는 경험도 할 수 없었을 거라며 여기서는 긍정적으로 받아들이기로 하자. 얼굴을 마주하면 바로 주먹이 오갈 듯이 사이가 나빴을 무

※쿼카(quokka) : 오스트레일리아에서만 사는 캥거루과의 소형 동물로, 마치 웃는 듯한 표정을 하고 있는 것으로 유명하다.

렵을 벌충하는 것은 아니지만, 실제로 얻기 힘든 경험치를 벌고 있다. 나 스스로가, 하숙하는 연립주택에서 보내는 것보다는 울적하지 않게 지내고 있다고 할 수 있다.

하숙집이라고 하면… 오이쿠라 소다치다.

우리 오일러다.

애초에 나는 그 소꿉친구를 걱정해서 그 녀석의 이웃이 되기 위해 예정보다 빨리 본가를 나간 것인데 (지금이니까 하는 말이지만, 내가 자취를 시작한 이유는 그것뿐이다. 그렇지 않았으면 평생 본가에서 살았을지도 모른다) 그야말로 스마트폰에 친구며 연인으로부터의 연락이 끊이지 않는 상시 온라인이고 무한 요금제 같은 메니코와 달리, 또 스테이 홈이라고는 해도 기숙사 생활이고 어쩔 수 없이 공동생활을 하고 있는 센조가하라 히타기와도 달리, 에누리 없는 '혼자 생활'이고 돌아갈 본가도 없는 오이쿠라는 이 상황에서 제대로 된 정신상태를 유지할 수 있을까?

심히 염려된다.

내 심려를 알아줬으면 좋겠다.

원래부터 그 녀석의 정신상태는 정상이 아니라는 사정도 있지만… 오이쿠라를 홀로 남겨 두고 이렇게 본가로 돌아와 버린 것에 대해서는 부담감을 느끼고 있었다.

게다가 그 녀석은 원격수업에 서툴다.

그렇다기보다, 컴퓨터나 스마트폰의 내장 카메라를 거북해 하는 것이다. 사진 촬영을 병적으로 싫어하는 경향은, 안 그래도 이 감시사회에서는 살아가기 힘든 성격일 것이라 생각하고 있었지만, 이제는 그 정도가 아닌 세상이 되어 버렸다.

얼마나 축복받지 못한 거냐고, 그 녀석은.

원격회의에 대응할 수 없는 인간은 마치 시대의 유물처럼 이때라는 듯이 공격받게 되는 경향이 있는데, 그게 아니다. 이때는커녕 인생 대부분의 시간 동안 계속 박해받아 온 오이쿠라는 '카메라 렌즈'라는 간접적인 시선에도 견딜 수 없을 뿐이다…. 꼭 팬데믹에 국한해서 하는 이야기는 아니겠지만, 약자란 이런 때에 정말로 약하다.

계속 마스크를 쓰고 있으면 호흡이 방해되어서 괴롭다는 사람도 있거니와, 마스크 덕분에 다른 사람의 시선을 피할 수 있어서 익명성이 상승하므로 편해졌다는 사람도 있으니 그야말로 다양성이다.

똑같은 피해이기에 다양성이 노골적으로 부각되게 된다는 점도 얄궂다. 부각浮刻일까, 부침浮沈일까.

안 그래도 오이쿠라는 너무 골똘히 생각하며 문제를 키우는 구석이 있고, 어느 날에는 충실한 소꿉친구로서 내가 용기를 내어 우리 집으로 초대해 보았지만, 가차 없이 거절당했다.

"왜 그러는 거야, 우리는 가족 같은 관계니까 대면수업이 재개될 때까지는 옛날처럼 아라라기 가에서 지내면 되잖아. 히타기에게는 잘 말해 둘게."

[죽어.]

철컥, 하고 끊어졌다.

휴대전화인데 어떻게 철컥 소리가 나며 끊어진 거지?

너, 이번 권의 대사, 그것만으로 끝나도 괜찮은 거야? 일단 건강해 보이긴 했다… 다행이다.

나중에 히타기 쪽에 확인해 보았는데, 듣기로 오이쿠라는 스토커 기질의 이웃이 없어졌기 때문에 오히려 이 코로나 사태로 심신의 건강을 되찾았다고 한다.

뭐라고? 스토커 기질의 이웃이 있었던 건가?

반대편 집에 사는 사람인가? 하지만 오이쿠라의 집은 맨 구석이었을 텐데… 뭐, 좋다. 조금이라도 오이쿠라가 행복하다면 그것만으로 나는 최고로 행복하다고.

나를 행복하게 해 줘서 고마워.

아, 맞다, 스토커 기질이라는 말이 나와서 하는 이야기인데… 칸바루 스루가다.

한번 짚어 두고 싶은 타이밍일 것이다.

나는 명색이나마 1년의 캠퍼스 라이프를 구가하고 난 뒤에 맞이한 코로나 사태인 데 비해, 한 살 아래인 칸바루 스루가의 세대에 관해서 말하면 그 녀석은 아직 1년은 고사하고 단 하루도 대학에 다니지 못했다… 칸바루나 히가사 앞에서는 내 한탄 따위 없는 것이나 마찬가지다.

입시의 괴로움을 알고 있는 만큼, 그 심정을 헤아릴 방법이 없다.

이런 괴로운 상황을 비교하는 것 자체가 무의미하고, 좀 삐딱하게 보자면 나보다 곤경에 처한 사람을 보고 '나는 그나마 낫다'라고 생각하려는 것 같기도 하니 그야말로 마음이 아파지기도 하지만…. 칸바루나 히가사, 혹은 고등학교를 졸업한 뒤에 인연이 생긴 여자 농구부 부원의 면면들이 어느 정도의 입시공부를 거쳐서 지망 학교의 티켓을 따냈는가를 가까이에서 똑똑히 보아 왔기에, 그 아이들의 현 상황은 안타까울 뿐이다.

입시 명문교의 우등생도, 이렇게 되면 체면이 말이 아니다.

불합리하다.

그렇다고 격려하러 가 줄 수도 없고 회식을 열어 줄 수도 없다. 전국대회도 이제부터는 어떻게 되어 가는 건지… 운동부에 소속된 적이 없는 나는 운동선수의 마음을 알 방법이 없지만, 고등학교 스포츠의 모습도 동아리 활동의 모습도 완전히 변해 가게 되겠지.

기대를 받고 있는 백신도 미성년자는 아직 접종받을 수 없다는 이야기도 있고… 아아, 아니, 격려하러 간 것은 아니지만 본가에 돌아온 뒤에 딱 한 번, 칸바루하고 만났다.

물론 소셜 디스턴스, 사회적 거리두기를 유지하면서이기는 했지만… 그 녀석의 집을 방문했던 것이다. 방 정리를 위해서.

안 그래도 그 '정리를 할 수 없는 슈퍼스타'가 집에서 하루 종일 스테이 홈을 하는 것이니, 방이 어지럽혀지는 정도가 아니었다. 바이러스의 전염 이전에 자택의 오염 쪽이 심각했다. 혼자서 지구를 온난화시킬 생각이냐. 진지한 이야기로 다른 병에 걸릴지도 모른다.

그렇다고는 해도 그녀는 할머니 할아버지와 셋이서 사는 하이

리스크한 상황인 것도 사실이라 되도록이면 자기 방을 편안한 환경으로 정돈해야만 했다. 어지럽힌 자기 방도 나름대로 편안했겠지만, 고등학교도 졸업하고 명색뿐이라고는 해도 대학생이 되었으니까 언제까지나 지저분한 방의 주인일 수는 없다며 심기일전해서 정리정돈에 착수하려고 한 모양인데, 한 시간 만에 좌절하고 나에게 우는 소리를 해 왔다.

스포츠 근성의 근성은 어디 간 거야.

정말이지, 고등학교 3학년생 때에 보다 못해 시작한 칸바루의 방 청소가 마치 구명 행위 같은 형태로 지금도 이어지게 되다니 정말로 생각도 하지 못했지만, 여기서 '아니, 이런 시국이니 자기 방은 스스로 정리해 주세요'라고 하는 건 역시 후배에게 너무 거리를 두는 것이다. 정리를 끝마친 뒤의 악수도 허그도 하이 파이브도 없었지만, 이런 구실로 오프라인에서 칸바루의 모습을 볼 수 있었던 것만 해도 방 정리의 보수로 충분했다.

매일 아침저녁으로 10킬로미터를 뛰고 있었을 정도로 액티브한 그녀이니 움직이려고 해도 움직일 수 없는 칩거는 필시 괴롭겠지만, 적어도 내 앞에서는 씩씩하게 행동하고 있었다. 자기 방 청소는 아직 할 수 없어도, 역시 언제까지나 고등학생은 아닌 이야기인지도 모른다.

설령 대학에 하루도 다니지 않았더라도.

다만 나 같은 녀석은 고등학교 시절부터 익숙한 일이지만, 칸바루나 히가사처럼 친구가 많은 타입에게 '새로운 친구가 생기지 않는다'라는 지금 같은 환경은 은근히 타격이 있겠지…. 그런 아픔은 상상해 보는 수밖에 없지만.

이 상황에서 '여전히'라는 것은 역시 '무리를 하고 있다'라는 말과 동의어겠지.

이 흐름에서 자연스럽게 떠올리게 되는데, 친구라고 하면 내 친구, 하치쿠지 마요이다. 본래 친구라고 부르기에도 황송한… 아니, 이 마을의 신이 된 그녀가 지금 어떻게 지내고 있는지를 소개하자면, 선물로 우동을 들고 아마비에* 님에게 기도하러 갔다.

그건 고토덴의 고토짱*이잖아.

뭐, 신이라고 해도 하치쿠지는 산책의 신이고 미아의 신이므로, 스테이 홈에는 약한 것이다. 성격적으로도 칸바루에게 밀리지 않을 정도로 액티브하니 히키코모리의 정반대라 할 수 있다. 그래도 나의 고향 마을인 이 동네에서 감염증의 영향이 많이 퍼지지 않는 것은 그녀의 은혜라고 말해도 좋을지 모른다. 건강을 위한 산책이 수호되고 있다.

그 녀석도 중대한 시기에 신이 된 거구나.

책임을 느끼지 않을 수 없다.

대학생이 되었으니 장난꾸러기였던 무렵처럼 그 초등학교 5학년생 유령을 뒤에서 끌어안거나 뺨을 비비거나 키스를 하거나

※아마비에(アマビエ) : 일본 에도시대. 구마모토 현 인근 바다에 출현했다고 하는 역병을 봉인한다는 요괴.
※고토덴의 고토짱 : 일본 카가와 현에 있는 타카마츠 고토히라 전기 철도 주식회사, 약칭 고토덴(コトデン)의 마스코트 '고토짱'. 청색 돌고래로 카가와 현의 명물인 우동을 먹고 있는 디자인이 많다.

옷을 벗기거나 하는 행동은 되도록 자제하고 있었지만, 지금은 그런 부자연스러운 윤리관을 발휘할 필요조차 없어져 버렸다.

어떻게 이런 세상이 된 거지?

그런 밀접 접촉은 가족 간에만 허락되게 되었다. 이거야 원, 대체 무엇을 위해 살고 있는 거지, 나는? 평생 여동생들과 장난치며 놀라는 건가?

스테이 홈에서 가족 간의 트러블이 발생할 위험도 있으니 여동생, 혹은 부모님과 심각하게 사이가 나빴을 무렵이 아니어서 다행이라고도 말할 수 있다. 아동학대의 전문가로서는 진심으로 그렇게 생각한다.

뭐, 사는 동네가 평화롭다는 건 좋은 일이다.

우리 지자체가 제창하는, 식사 시에 대화를 나누지 않는 묵식의 풍습도 완전히 정착된 느낌이다. 수많은 문제아들과 런치 미팅을 반복했던 나날도 지금은 옛날 일이다.

평온하기에, 심리적으로 록다운이 걸려 있다고 말할 수 없는 것도 아니지만… 마을 밖으로 나가기 힘들어져 버려서, 가령 대학에서 대면수업이 개시되어도 그때에 다시 한번 본가를 떠날 마음이 들지 어떨지는 미묘하다.

진짜로 평생 본가에서 살게 되는 건가?

여동생들의 뒷바라지를 하며 평생을 마치는 건가.

그런 의미에서 걱정인 것은 이 보호받는 지역을 벗어난 두 사람이다. 말할 것도 없이, 센고쿠 나데코와 하네카와 츠바사다.

지금 어디서 뭘 하고 있을까, 그 녀석들은.

정말로 어떻게 지내고 있을까.

센고쿠와 연락이 끊어진 것은 완전히 나의 자업자득이고, 내가 그 옛 소꿉친구 소녀를 걱정하는 것 자체가 오만이며 불손한 짓이라고까지 말할 수 있지만, 그러나 중학교를 졸업하고 고등학교에 진학하지 않고 상경했다는 전대미문의 소문을 듣고 불안을 느끼지 않을 수 있겠는가.

대체 무슨 일이 있었던 거지….

츠키히에게 물어봐도 얼버무릴 뿐이고….

그리고 하네카와 츠바사다.

나의 하네카와 츠바사다.

하네카와… 그 녀석은 원래부터, 진짜로 어디에서 무엇을 하고 있을지 알 수 없는, 그것을 아는 자가 정말로 아무도 없을 정도로 안 그래도 소식이 없는 상태인데, 그 위치정보를 밝혀내기 전에 세계가 이런 상황이 되어 버렸다. 아프리카 대륙에서 의료관계 봉사활동에 종사하고 있는 것까지는 밝혀냈지만, 거기서 연결이 뚝 끊어졌다 싶더니 어쩔 도리가 없는 이 상황이다.

이 감염 상황이다.

이래저래 실수나 잘못된 예상은 있어도 일본은 아슬아슬하게 건투하고 있는 편이라고는 생각하지만, 이것이 해외가 되면 같은 팬데믹이라도 시추에이션은 또 전혀 달라진다. 의료체제, 정치체제, 문화풍속, 사회정세, 기후, 격차, 인구밀도… 분열. 하네카와가 지금 어떤 나라 어떤 장소에 있는가에 따라 걱정해야 하는 정도가 오르락내리락하지만, 다른 사람도 아닌 그 녀석이니만큼 일단 안전한 곳에 있으리라는 생각은 들지 않는다.

오히려 코로나 사태로, 보다 곤경에 처한 지역으로 적극적으로 이동했을 것 같다. 나뿐만 아니라 히타기나 오이쿠라와도 연락을 끊고 있는 것은, 어쨌든 평화로운 나라에서 살고 있는 우리에게 쓸데없는 (혹은 당연한) 걱정을 끼치지 않기 위함이며 트러블에 휘말리지 않기 위함이기도 하겠지만, 역시나 그 녀석도 이 정도의 팬데믹은 예상하지 못했을 것이다.

뭐든지 알지는 못하니까.

아니면, 의료 관계의 자원봉사 활동에 종사하고 있었다면 그런 의외성은 없고, 일어날 만해서 일어났다는 인식일까… '알고 있는 것만'의 안에 포함되는 것이었을까. 확실히 식자층 사이에서는, 이 글로벌 사회에서 감염 폭발은 확률적인 필연이라고도 이야기되고 있었다느니 어쨌다느니 하는 이야기도 있고.

그렇다면 어쩔 방법이 없다. 무사하기를 기도하는 수밖에.

피가 마르는 심정으로.

정말이지, 원망스럽다고, 오시노….

원래대로라면 지금쯤, 설령 해외에 있다 해도 MIT라든가 케임브리지라든가, 그런 쪽으로 진학하며 유학을 떠났을 반장 중의 반장, 우등생 중의 우등생이 나오에츠 고등학교 졸업 후에 방랑의 배낭여행자가 된 것은, 그 알로하의 영향이 한없이 크다.

방랑하는 아저씨가 방랑하는 소녀를 낳았다.

다만 오시노 메메의 경우에는 그 방랑 범위는 기본적으로 국내에 한정되어 있었으므로 하네카와는 현시점에서 이미 스승을 넘어섰다고 말해도 되겠지만… 뭐, 그 아저씨에 관해서 말하자면 내가 걱정할 이유는 없다.

이유도 없거니와 의리도 없다. 있다고 한다면 은혜뿐이다.

스테이 홈이고 뭐고, 홈을 갖지 않은 오시노가 어떻게 매일을 살고 있는가를 생각하면 그야 마음이 편치는 않지만, 그 녀석이라면 어떻게든 하고 있을 것이라는 근거 없는 확신도 있다. 만약 그 학원 옛터의 폐허가 아직 존재하고 있고 그 전문가가 아직 그곳을 집으로 삼고 있었다면, 그야말로 요괴 아마비에 님과의 교섭을 의뢰했을지도 모르지만… 만약의 이야기를 해 봤자 소용없을 것이다.

하지만 이런 때이니까 듣고 싶네.

"기운이 넘치는구나, 아라라기 군. 뭔가 좋은 일이라도 있었어?"

그런, 폼 잡는 대사를.

조금은 기운이 날 것 같다.

어쩌면 하네카와의 행방도 오시노의 소재도 '뭐든지 알고 있는 누나', 가엔 이즈코 씨에게 물어보면 알려 줄지도 모르지만, 그 누나와는 현재 절찬 절연 중이다. 사회적 거리두기, 소셜 디스턴스 정도가 아니다.

반대말인 퍼스널 디스턴스다.

알려 달라고 할 거라면 오노노키나 오기의 현재 상황도 알려 달라고 하고 싶지만… 인연을 소중히 하지 않는 인간은, 이런 때에는 간단히 고립되어 버리는구나.

흡혈귀 비슷한 녀석의 고독사라든가.

실제로 있을 것 같아서 웃음이 나온다.

뭐, 그 두 사람에 관해서 말하면 시체 인형과 '어둠'을 어떻게 걱정해야 걱정하는 것이 되는지 알기 어려운 느낌이 있다. 오히려 이런 혼돈 속에서는 의지할 수 있는 두 명이다.

반짝이는 시체에 반짝이는 어둠이다.

츠키히가 아닌 다른 루트로 확인한 바로는, 센고쿠에게는 오노노키가 붙어 있으니까 무슨 일이 일어나도 괜찮다든가 하는 그런 마음이 편해지는 이야기도 있었고, 나오에츠 고등학교에 계속 머무르기를 결정한 오기는 분명 여자 농구부 후배들뿐만 아니라 그 고등학교를 계속 수호해 주고 있을 것이다…. 그녀 나름의 수호이더라도.

뭐, 이러니저러니, 모두 나름대로 이 코로나 사태에 대응하고 있는 것이다. 화장지가 매진된다든가 마스크를 구입할 수 없다든가 하는 그런 패닉 단계는 일단 끝난 것이겠지.

원격으로 어떻게든 되는 상황이 되어 버렸기에 언제까지고 시작되지 않는 대면수업처럼, 어설픈 대응이 되기에 대응이 늦어져 버리는 측면은 있다고 해도, 나 자신이 이 스테이 홈 생활에 익숙해진 느낌도 있다.

익숙해져서 좋은 건지 나쁜 건지는 아직 알 수 없다.

패닉이 끝나도 팬데믹은 이어진다.

만약 이 상황이 개선되지 않는다고 하면, 반대로 온라인 수업에 좀 더 확실히 적응하는 편이 좋겠지만, 너무 원격에 익숙해져 버리면 막상 대면수업이 시작되었을 때에 그쪽이 힘들다고 생각하게 될지도 모른다. 이제 와서 학교에 출석하는 것이 귀찮다든가, 혼자 자취하는 것은 이제 됐다든가, 대학 따윈 이런 느낌이었으니까 의미 없으니 때려치우자든가, 그런 생각이 들면 어떡하지?

제아무리 아동학대의 전문가라도 집에 얌전히 있기만 한다면 트러블에 고개를 들이밀 일은 없으니까, 코로나 사태 이외의 사건에 관해서 말하자면 평화 그 자체의 자숙기간이다. 계단에서 여자아이가 낙하해 오는 일도 없고, 미아 소녀와 만나는 일도 없고, 슈퍼스타에게 스토킹당하는 일도 없고, 뱀의 저주에 속박되는 일도 없고, 길고양이에게 할퀴어지는 일도 없고… 좀비에게 여동생이 살해당하는 일도, 어둠에게 삼켜지는 일도, 소꿉친구에게 죽게 되는 일도 없다.

시간 이동이라든가 지옥에 떨어지는 일 같은 것도.

끝나도 끝나도 계속 끝나 온 이야기가, 완전히 사라져 버렸다. 끝나도 끝나도 끝나도 끝나도 끝나도 끝나도 끝나도 끝나도 끝나도 계속 끝나 온 이야기인데.

이상한 이야기다.

만약 이 감염 폭발이 일어난 것이 2년 전이었다면, 나는 그 봄방학에 하네카와와 만나는 일도 흡혈귀와 만나는 일도 없었으니까… 아니면 원격으로 조우했을까?

스커트가 걷어올려진 여자 고등학생이나 사지가 절단된 흡혈귀의 생방송 따위, 광속으로 BAN당할 텐데… 하고.

시차 등교로 통학하는 여동생들을 배웅한 뒤, 짬이 나서 빈둥빈둥하며 '지금까지의 줄거리'를 돌아보고 있는 나였지만… 거기서,

"내 주인님아."

라는 목소리가 내 그림자 속에서 들려왔다. …어라라.

그야말로 자숙기간이 시작되기 한참 전인 2년 전의 봄방학부터, 일단 학원 옛터의 폐허에서, 그 뒤에는 나의 그림자에 잠복하며 스테이 홈 하고 있던 금발의 유녀가 이런 오전 중부터 어슬렁어슬렁 기어 나오는 것이 아닌가.

오시노 시노부.

금발금안, 겉모습은 8세의 유녀.

그렇지만 그 정체는 철혈이자 열혈이자 냉혈의 흡혈귀의 영락한 몰골, 600년을 살아온 괴이의 왕의 남은 찌꺼기.

참고로 만났을 무렵에는 '500살'이라고 얼버무렸지만, 그 뒤에 2년이 지나자 끝내 어떻게 숫자를 버림 해도 둘러댈 수 없는 600살로 나이를 먹어 버린 유녀다.

600살의 유녀와 20세의 나.

멋지네.

나 같은 남자는 대체 어떤 식으로 스무 살을 맞이해야 할까 하고 두근두근하고 있던 것도 아니다. 메니코 주최의 서프라이즈 파티가 중지된 것은 유감스럽기 짝이 없지만, 그럴 계제가 아닌 경악이 전 세계를 휩쓸고 있는 것도 틀림없는 사실이다.

20세가 되자마자 음주나 흡연을 즐길 생각은 없었다고 해도, 선거조차도 리스크로 꼽히는 이 세상 속에서 나의 생일에 태어나는 것 따위가 있을 리 없다.

"제안이 하나 있는데 말이다. 지금, 괜찮겠느냐? 내 주인님아."

"상관없어. 보다시피 지루해 하고 있고, 제안에 굶주려 있어. 지금의 나는 공백의 스케줄표에 조금은 예정을 적어 넣고 싶어."

이미 스테이 홈에 익숙해진 것처럼 말했지만, 그래도 너처럼 틀어박힐 수 있는 건 아니야…. 이 유녀를 내 그림자에 계속 속박해 두고 있는 잔혹함을, 이제 와서 새삼스레 통감하게 되어서 어떤 부탁이든 들어주고 싶다는 기분이 된다.

뭘까, 도넛일까?

요즘에는 미스터 도넛도 노선을 변경해서 고급스러움을 강조하는 도넛도 많이 늘었다. 귀족 출신인 시노부의 취향에 잘 맞을 것 같다.

본래 야행성인 시노부가 이렇게 오전 중에 나왔다는 점을 생각하면, 그녀의 생활습관도 이 울적한 세상 속에서 깨닫기 어려울 정도로는 흐트러져 있는지도 모르니, 싹싹하게 상대해 주는 건 아무것도 아니다.

이제는 종복은 아니지만, 유녀에게 복종하는 것은 나의 기쁨이다.

그렇게 타협한 나였지만, 그러나 스테이 홈의 달인인 600살의 유녀는 나 같은 초심자의 예상을 뛰어넘고 있었다.

"이제부터 유럽에 여행을 다녀오려고 하는데, 함께 어떠냐?"

002

"시노부. 미안하지만 다시 한번 말해 줄 수 있을까? 딜레이가 있어서 잘 안 들렸어."

"얼굴을 몇 센티미터 거리에 두고 마주 보며 이야기하고 있는데 딜레이 같은 게 있을 리 없잖느냐. 정말이지, 아무리 나와 조금이라도 오래 이야기하고 싶다고 해도, 그런 뻔뻔스런 소릴 하다니."

확실히 최근 들어 대화에 굶주려 있긴 하지만, 다시 질문한 것은 그런 이유 때문이 아니다. 딜레이는 생기지 않았지만 잘못 들은 것이기를 바랐기 때문이다.

참고로 시노부는 나의 그림자에 묶여 있어서, 해 질 녘이라도 아닌 한 소셜 디스턴스, 사회적 거리두기를 할 수 있는 방법이 없다.

제로 거리가 우리의 디스턴스다.

데카당스한 거리다.

몇 센티미터나 제로 거리란 말은 과장이지만, 항상 밀접 접촉 상태로 대화하지 않을 수 없다…. 모든 것을 꿰뚫어 보는 듯한 그 알로하 전문가도 역시나 이런 사태를 상정하고 시노부를 내 그림자에 봉인하지는 않았을 것이다.

본래, 유녀와의 밀접 접촉은 좋은 의미였을 텐데.

"유녀와의 밀접 접촉에 좋은 의미 같은 게 어디 있냐. 뭐, 좋다. 잘 들어라. 두 번은 있어도 세 번은 없다, 내 주인님아. '이제부터 유럽에 여행을 다녀오려고 하는데, 함께 어떠냐?'라고 했다."

"잘못 들은 건 아니었나…."

어깨를 축 늘어뜨린다.

삼세번은 고사하고 죽을 사死의 네 번이 된 기분이다.

유감이다…. 나는 이렇게나 속박된 자숙 생활의 선배로서 시노부를 칭찬해 주려고 생각하고 있었는데, 그 장본인이 이렇게나 생각이 모자란 이야기를 꺼내다니.

이런 슬픈 일은 또 없다.

외출은 고사하고, 해외여행이라고?

뭐가 어떻게 되어서 그렇게 되는 거지?

아니, 낙심하지 마라.

이런 식의 밀고 당기기는 분명 지금 일본 내의 다른 이곳저곳에서도 이루어지고 있을 것이다. 나만이 예외인 것이 아니다.

어떤 인간도 실수는 한다, 설령 인간이 아니더라도 그런 것이다.

실수는 바로잡으면, 실수가 아니다.

"시노부, 잘 들어. 확실히 나나 너는 이런 팬데믹에서 리스크가 낮을지도 모르지만, 그건 증상 발현과 중증화 리스크가 낮다는 이야기일 뿐이고 주위에 감염시킬 리스크가 낮다는 이야기는 아니거든?"

팩터 X라느니 하는 소릴 하며 일본인은 중증화하기 어렵다고 낙관적으로 보는 건 국제사회에서 고립을 부르는 듯한 이론이다.

자신들만 괜찮아도 괜찮지 않은 것이다.

시노부는 겉모습은 유녀이므로 그쪽의 리스크도 비교적 낮을지도 모르지만, 이것에 대해서는 어느 나라의 감염증 연구소도 샘플이 너무 적어서 판단하기 어려울 것이다. 전 흡혈귀인 유녀가 감염증을 퍼트릴 리스크라는 것은….

섣불리 검체에 더했다간 전체를 일그러뜨릴 것 같다.

"흥. 우문이로군. 그 알로하 애송이가 요괴의 전문가라면, 흡혈귀의 왕인 나는 팬데믹의 전문가 같은 것이다. 건방지구나."

"그런 거야?"

뭔가의 멤버로 호출되었던가? 정보 방송에서 아크릴판 너머로 코멘트라도 했던가?

아니, 하지만 확실히, 애초에 괴이로서의 흡혈귀의 기원은 감염증의 만연과 무관하지 않았지…. 흡혈귀가 감염증을 매개하는 박쥐를 권속으로 삼고 있거나, 박쥐로 변신하는 것은 요컨대 그런 부분의 흔적인가.

맞다. 그러지 않더라도 시노부는 600살이다.

자신의 체험으로서 스페인 독감이나 페스트를 알고 있을 것이다. 신종 코로나 바이러스에 관해서, 미디어에서 본 정도의 지식밖에 갖고 있지 않은 나보다 훨씬 전문가다.

감염은 되지 않았더라도, 수많은 팬데믹을 보고 들었을 것이다.

"그렇다면 어째서 더더욱 그런 이야기를 꺼내는 거야. 요즘 비교적 얌전히 있다고 생각했더니만, 갑자기 자다가 봉창 두드리는 소리를 하고… 유럽이라니, 이 상황에서 유럽으로 여행을 갈 수 있는 건 아이카와 준*뿐이라고."

어쨌든 그 붉은 사람은, 긴급사태 선언이 발효된 한창 중에 베네치아를 여행했었다…. 세계관이 다르다고는 해도 정말 말도 안 되는 인간도 다 있다.

과연 인류 최강의 청부인이다.

내가 흡혈귀였을 때라도 이길 수 있을 것 같지 않다.

"베네치아라고 하면, 화제가 되었던 만초니의 『약혼자들*』을 읽었어. 이런 기회라도 아니면 틀림없이 건드릴 일이 없었을 역사적 명저였으니까, 그렇게 생각하면 이러한 자숙기간에도 스스로를 갈고닦을 수 있구나 하고 절실히 생각했어."

"그래. 그 책이라면 나는 초판으로 읽었다."

정말로? 대화의 주도권을 쥐려고 허풍 떠는 거 아냐?

화제가 되기 전에 이미 읽었어, 라고 말하는 듯한… 지금은 일본의 MANGA에 푹 빠져 있는 유녀가 그 책을 읽었으리라고는 도저히….

의혹의 눈으로 보지 않을 수가 없다.

"여러 가지로 많은 생각을 하게 되더라고. 우리도 옛날에, 본

※아이카와 준 : 저자 니시오 이신의 다른 작품 〈헛소리 시리즈〉의 등장인물.
※약혼자들(I Promessi Sposi) : 이탈리아의 낭만주의 작가 알레산드로 만초니의 작품. 페스트가 유행하던 17세기 초를 배경으로 한 역사소설.

론과는 관계없는 잡담이 아무리 그래도 너무 많은 게 아니었나 하고 남몰래 고민하고 있었는데, 『약혼자들』이나 『레미제라블』 같은 것을 읽어 보면 그래도 아직 부족했을 정도였다고 말이야.”

“무슨 생각을 하는 게냐.”

딴죽을 걸어왔다.

저니Journey를 떠나려 하는 망나니가.

“그 책이 일본에서는 절판되었다는 사실을 떠올려라. 나는 그 『레미제』도 발매일에 바로 읽었는데, 지금 그 책은 다들 다이제스트판밖에 안 읽지 않느냐. 공부할 거라면 그런 부분부터 공부해라.”

제대로 된 설교네….

확실히, 히타기에게 권유받았지만 도중에 좌절했던… 다이제스트판이 아닌 『레미제라블』 완역판의 감상은 ‘대체 장 발장은 언제 나오는 거야!’였다.

용케 그 정도 길이의 이야기를 단 몇 시간의 뮤지컬로 정리했다는 생각이 들었다… 아니, 우리의 영화화도 그야말로 그런 느낌의 미디어믹스였다고 할 수 있다.

공부해야만 한다. 입시가 끝나도.

“하지만 길에서 우연히 마주친 히로인과 특별할 것 없는 잡담을 농담처럼 나눈다는 전개도, 이제는 하기 힘들어졌다는 느낌을 부정할 수 없다고.”

“그렇구면. 이렇게 되어서야 비로소, 잡담의 고마움을 깨닫게 되었어. 그러니 이러쿵저러쿵하지 말고 유럽으로 가자.”

깨달은 것치고는 이야기가 맞물리지를 않네, 파트너.

잠깐의 산책 정도라면 산책의 신의 보호를 받는 이 마을이니 시시콜콜한 것까지 트집을 잡는 것도 뭐하다고 생각하지만, 해외가 되면 방역대책 문제가 되기 시작한다고, 이 전 귀족에게 어떻게 설명해야 이해해 줄까. 여자 고등학생인 두 여동생의 보호자 역할로도 벅찬데, 여기에 유녀 돌보기까지 해야만 할 줄이야.

보호자는 고사하고 보육이다.

코로나 사태로 어린이집이나 초등학교들이 휴교하게 되었을 때, 아이가 계속 집 안에만 있게 되는 가정은 고생이 이만저만이 아니었다고 하는데, 그야말로 내가 그 상황을 체험하게 될 줄이야….

어떡해야 좋지?

진짜 어떡해야 좋지?

맛있는 도넛을 먹이면 잊어버리려나? 이런 갑작스럽고 충동적인 아이디어… 키스로 입을 다물게 한다는 옛날부터 쓰던 방법은 밀접 접촉을 금지당한 지금은 쓰기 힘들다. 아니, 코로나 사태가 아니더라도, 그 방법은 20세를 맞이한 대학생이 유녀에게 해서는 안 될 일일 것이다.

그 부분도 학습이다.

으~음, 어쩔 수 없네.

우선, 전부 이야기하게 해 볼까.

이런 식으로 가치관이 충돌했을 때는 무조건 부정해 봤자 싸움이 날 뿐이니까, 되도록 논란이 되지 않도록 해야 한다.

논란을 피하고, 반론을 봉인한다.

역시나 설마 '지금이라면 관광지가 텅 비어 있으니까'라는 이유로 유럽에 간다는 이야기를 꺼낸 것은 아닐 것이다. 확실히 관광객이 없어져서 베네치아 운하의 물이 투명하게 비쳐 보일 정도가 되었다는 이야기도 있는 듯하지만.

코로나 사태로 돈을 쓸 곳이 없어진 탓에 주가가 상승하다니, 책상 위는 고사하고 구름 위의 이론이 성립하는 뉴 노멀이다. 이제는 무슨 일이 일어나도 이상하지 않다.

어떠한 신비함도. 신비하지 않다.

자, 신비한 금발 유녀는 어떤 이론을 내세우며 주인인 나를 여행으로 유혹할까?

"뭐, 말하자면 '왠지 모르게'다. 인스피레이션이다. 괜찮지 않느냐. 그리 큰 문제는 없을 거다, 아마도."

"진짜 위험한 녀석이네."

나는 이렇게 위험한 녀석과 15년 이상, 콤비를 이루고 있었던 건가…. 가끔 듣곤 하는, 거절할 수 없는 상대가 제안하는 회식이란 이런 느낌일까.

우와앗, 하고 떠올린다.

기억났다, 기억났다. 이 녀석은 이런 가벼운 흐름으로 나를 타임 슬립으로 끌어들인 적이 있었다. 지옥은 고사하고 천국으로 보낸 적도 있었지.

이제는 『약혼자들』이라든가 『레미제』 같은 게 아니라, 『신곡神

曲』이나 『파우스트』 같은 거라고, 이렇게 되면.

하다못해 『데카메론』으로 가고 싶다고.

"뭐가 『데카메론』이냐. 다소 책을 읽은 정도로 잘난 체하지 마라. 고등학교 시절엔 '반장의 가슴은 멜론이다!'라고 주절거렸던 주제에."

"그렇게 품위 없는 소릴 했던가?"

날조하지 말라고, 나의 품성을.

낮은 품성을.

지금 현재 하네카와가 행방불명에 소식불통이 된 것을 가미하면, 성실하지 못한 정도가 아니다. 근신해야 할 발언이다.

뭐, 비슷한 말은 했을지 모르지만, 그러나 나는 이미 고등학생이 아니다. 지금의 내가 대학생인지 어떤지는 미묘한 라인이라 정의에 따라 달라질 수도 있겠지만, 이제는 하네카와의 가슴 관련으로 재잘거리지는 않는다.

가슴 관련.

이 가슴이 두근거리는 어휘로 30페이지 정도 이야기할 수 있을 것 같지만, 이것도 무시하자.

"아이작 뉴턴은 팬데믹으로 인해 고향으로 피신했을 때에 나무에서 떨어진 사과를 보고 만유인력의 법칙을 발견했다고 들었어. 나도 그렇게 되고 싶어. 괜히 유혹하는 짓은 하지 말아 줘."

"그 뉴턴이란 자는 유럽의 위인이 아니냐. 그렇게 되고 싶다면 출국해야 하지 않겠나."

"유혹하는구나, 사과 같은 가슴으로."

"누가 사과 같은 가슴이냐. 무시하지 못하고 있지 않느냐, 가슴 관련을."

뚫어지게 쳐다보는 수준이었다.

다만 떨어지는 사과를 보고 만유인력의 법칙을 발견했다는 에피소드 쪽이 수상하므로, 이것도 과연 어디까지 믿어도 좋을지를 판단하기 어려운 일화이긴 하다.

"사과는 사과라도, 꽃사과*이지만 말이야."

"17세기의 재판이라도, 고소하면 승소할 것 같구나."

"아니면 살구일까. 살구는 살구라도 개살구일지도 모르지만."

"살고 싶지 않은 게냐. 살만 살살 발라 물고기밥으로 뿌려 줄까. 카스피해에."

장난치는 것이 아니라 나는 조금 전부터 『약혼자들』에서 배운, 잡담을 나누며 이야기를 본론으로부터 멀어지게 만드는 기술을 시도하고 있지만 좀처럼 잘되지 않는다. 어떻게든 카스피해를 언급하는 것을 보면 아무래도 이 유녀, 상당히 유럽에 집착하는 것 같다.

카스피해가 유럽인지 아닌지, 지리를 공부하지 않은 지 오래된 나는 직감적으로는 알 수 없지만… 직감.

인스피레이션….

'왠지 모르게'라는 말을 듣고 나도 모르게 긴장이 풀려 버렸

※꽃사과(malus prunifolia) : 주로 정원수나 관상수로 심는 종으로, 열매는 일반적인 사과보다 작고 딱딱하며 신맛이 강해 식용으로 쓰지는 않는다.

는데, 그것이 인스피레이션이라면 사정이 조금 다를지도 모른다.

그도 그럴 것이, 단순한 인스피레이션이 아니다.

옛 괴이의 왕의 인스피레이션이니까.

제6감, 요컨대 영감靈感은… 괴이가 말하는 경우 단순한 수상 쩍음과는 다른 의미가 있다.

"애초에, 내 주인님 정도 되는 자가 이러한 동조 압력에 굴복 하는 것이 마음에 들지 않는다. 기분 쪽이 아주 납짝쿵이다. 고 기압에 마음대로 휘둘려서 내 기분이 저기압이다. 언제부터 그 런 노예근성의 소유자가 된 것이냐."

"너의 노예가 되었을 때 이후가 아닐까? 만약 그랬다고 한다 면."

동조 압력에 굴하는 것과, 너에게 느껴지는 압력에 굴하는 것 이 대체 어느 정도의 차이가 있다고 말하는 거냐… 그렇게 생각 하면서 나는 신중하게 떠본다. 상대는 인스피레이션이라는 키워 드에 대해 직접 물어보더라도 솔직하게 대답할 금발 로리 노예 가 아니다.

허점을 찔러야 한다.

"한마디로 유럽이라고 해도 많은 나라가 있다고. EU에 소속 되지 않은 나라도 있거니와 센겐 협정에 가맹되지 않은 나라도 있어. 서유럽과 동유럽, 남유럽과 북유럽이 같은 문화권이라고 생각하면 큰 착각이야."

그 옛날의 하네카와에게 들은 지식을, 그대로 유용하는 나였 다.

이것은 수험 지식이라고는 말할 수 없다.

다만, 동양인 일본도 포함해서, 실제로 각 나라들의 감염증 대책이 제각각인 것은 하네카와의 이야기를 들을 수 없게 된 지금이라도 자명한 일이다. 글로벌리즘이라는 것도 어렵다.

글로벌 거리두기라고나 할까?

이 책이 출판될 무렵에 올림픽과 패럴림픽은 정말로 어떻게 되어 있을까. 운동선수 대표인 칸바루의 의견을 알아보고 싶은 참이다.

"록다운을 하는 나라도 있거니와 일부러 강한 대책을 취하지 않고 집단 면역을 획득하고자 하는 나라도 있어. 네가 가고 싶은 곳이 후자 같은 나라들이라면… 뭐, 미미한 가능성이 없는 것도 아닌….

아닌, 걸까?

지금 살고 있는 현縣 바깥으로도 거의 나간 적 없는 대학생으로서는, 이 상황하에서 해외로 나가고자 하는 발상 자체가 없기 때문에 출입국 시에 하는 검사나 격리에 관한 자세한 사항을 파악하고 있는 것은 아니다.

이 상황에서도 자신에게 무관계하다고 느끼는 정보에는 어두울 수 있으니, 인간은 정말 자기중심적인 생물이다. 정말로 사회적 생물인지 의심스러워진다.

벌이나 개미에 비할 바가 못된다.

나가려면 나갈 수 있더라도, 돌아올 수 없게 되는 거라면 그것은 여행이 아니라 망명이다. 그야 나도 고도로 윤리적인 인생을 살아온 것은 아니지만, 망명해야만 할 정도의 나쁜 짓을 한 기억은 없다. 너무나 끔찍한 짓을 해서 기억을 상실하고 있는 것이 아니라면.

"…그래서 시노부 씨. 네가 가고 싶은 것은 유럽의 어디 부근이야?"

"그린란드다."

"그린란드?!"

그곳이 유럽에 속해 있던가?

아아, 속하지 않는 것도 아닌가… 덴마크령이니까.

"농담이다. 분위기를 풀어 보기 위한 유머였다."

일단 시노부 쪽에서도 이 스트레스풀한 시국에서 너무 팽팽하게 긴장된 분위기가 되지 않도록 신경을 써 주는 모양이었다…. 도처에 웃음을 집어넣는다.

웃을 수 없더라도.

그러고 보니 옛날에 남극에서 산 적도 있었던가, 이 흡혈귀는. 그야말로 농담이었지만 2년 전의 봄방학에 일본에 온 것도 관광이라고 말했었다.

이후의 전개를 생각하면 그것이야말로 망명亡命하듯 목숨만 간신히 붙어서 찾아온 것이었지만.

그리고 지금은, 목숨도 붙어 있지 않은 망해亡骸 같은 빈껍데기다.

"남극에서도 감염이 확인되었다고 하니, 그 대륙에는 괴이가 존재하지 않는다는 이론도 이미 과거의 것이 되어 가고 있을지도 모르겠네. 결국 추운 장소 쪽이 감염 폭발이 일어나기 쉬운지 그렇지 않은지, 이해하기 힘들다고."

여름이 되면 인간의 활동도 증가하니 순조롭게 늘어난다는 이야기일까. 현시점의 이해로는.

"지구 규모에서 보자면, 어딘가는 반드시 여름이고 어딘가는 반드시 겨울이니 말이다."

과연 600살은 세상을 보는 눈이 다르군.

그렇기에 감염증의 중대함을 잘 이해하지 못하는지도 모른다…. 우리들에게는 100년에 한 번 있을지 모를 역사적인 사건이라도, 이 녀석에게는 '가끔 있는 일' 정도로 받아들여지고 있을지도.

전에도 그전에도 그전의 전에도 어떻게든 되었고, 이번에도 괜찮을 거라는 느낌?

그런 태도를 나무라는 것은 무리가 있겠지만, 그러나 그렇다고 해서 못 본 체 넘어가는 것도 잘못이라고 생각한다. 나는 '그래서 사실은 어디에 가고 싶은 거야?'라고 다시 한번 질문했다.

뭐, 하네카와의 발언을 인용해서 잘난 듯이 말하긴 했지만, 입시 공부를 끝마친 지 오래된 나는, 영국이 탈퇴한 뒤의 EU가 몇 개국인지도 알지 못하고 (20개국 이상이었던 기분이…) 그러기는커녕 유럽의 나라 이름을 전부 말할 수 있는지도 못 미더울 정도다.

만약 여기서 어렴풋이 기억하는 나라 이름을 듣게 되어 무식이 탄로 나면 어떡하지, 하고 남몰래 마음의 준비를 하고 있는

데… 시노부는,

"위치적으로는 네가 말하는 서유럽과 동유럽과 북유럽과 남유럽의, 딱 중간 부근이겠구먼."

이라는 어쩐지 애매모호한 표현을 썼다.

중앙유럽? 중유럽?

그런 표현이 있었던가?

"시노부, 그냥 국명, 나라의 이름을 묻고 있는 거야."

"물어봐도 소용없다. 이미 오래전에 멸망한 나라니까."

냉정하게, 시노부는 말했다.

냉정하게, 정떨어진다는 듯이.

"역사서에도 남아 있지 않아. 내가 이미 잊어버렸으니까 아무도 기억하지 못하겠지, 국명 따윈… 극명하게 잊었다."

"……?"

마지막에 발음이 유사한 단어를 섞은 탓에 사고가 약간 뒤섞였는데, 뭐? 멸망했다? 망명이 아닌 망국?

뭐, 역시나 '파리~산 세바스티안 미식 유람 여행'을 기획하고 있다고는 생각하지 않았지만… 게다가 프랑스나 스페인만이 유럽이 아니라는 것은, 그야말로 내가 말하고 싶었던 정곡 그 자체이기도 한데, 그렇다 해도 망국이라니 놀랍다…. 그림자에 속박되어 있는 히키코모리가 가려는 곳치고는 갑자기 너무 하이레벨 아닌가?

"그러니까 면역이나 격리기간은 고사하고, 여권이나 비자조차 필요 없다. 만약 국명이 없으면 극명하게 문제가 생긴다고 한다면 아세로라 왕국이란 이름을 임시로 붙이도록 하지."

어째서인지 '국명'과 '극명'을 되풀이하는 데 빠져 버린 듯한 시노부였지만 그것은 둘째 치고, 아세로라 왕국이라니.

그래서는 마치 네가 지배하는 왕국 같잖아, 오노노키 스타일로 말하는, 구 키스샷 아세로라오리온 하트언더블레이드… 응?

아세로라?

아세로라, 공주?

"애초에 내 주인님아. 지금 금지되어 있는 것은 불요불급不要不急, 꼭 필요하지도 급하지도 않은 외출일 터인데 말이다."

어깨를 으쓱하며 말하는 시노부.

당연하지만 그 뒤에는 '불요불급한 목적이 아니라면 외출해도 상관없을 것이다'라는 정형구가 이어질 거라고 생각했지만, 그러나 전 귀족이자 전 왕녀의 말은 달랐다.

"외출이 아니라 귀가라면, 허용될 게다."

003

외출이 아닌 귀가.

어쩐지 재치 있게 느껴지는 소리를 했는데, 그러나 만약 그 아세로라 왕국(가칭)이 내가 생각하는 그 나라라면… 내가 생각하는 그 망국이라면, 보다 엄밀히 말하면 그것은 귀가가 아니라 귀국이라고 말해야 한다.

오시노 메메에 의해 오시노 시노부라는 일본식 이름이 붙었고, 이 2년 동안 완전히 익숙해져서 자연스럽게 받아들이고 있었는데, 애초에 시노부는 흡혈귀로서는 외래종이었다. 게다가 한 나라의 왕녀 출신이다.

아세로라 공주라고 불리고 있었다.

혹은 '아름다운 공주'라고.

그렇다면 망국이란 전쟁으로 멸망했다든가 하는 의미조차 아니다. 그녀가 과거 인간이었을 무렵에 **자신이 멸망시킨** 왕국이다.

흡혈귀가 되기 전이니까… 592년 전에 멸망한 왕국? 아니, 그게 아니다. 시노부의 지금 모습이 여덟 살인 것은 나 때문이고 정식 나이는 아니다.

"네 녀석 때문이라기보다, 이 연령인 것은 네놈의 취향인데 말이다."

"완전체, 본래의 모습은 스물다섯에서 일곱 정도였던가?"

시노부의 엉뚱한 지적을 재빨리 무시하고, 나는 재계산한다. 재계산이라고 할 정도로 복잡하지 않은 단순 뺄셈이지만, 요컨대 570여 년 전에 멸망한 소국이라는 건가. 어쨌든 국명이 남아 있지 않아도 이상하지 않을 정도로 옛날 일이다.

역사다.

이거야 원….

'나라는 망했어도 강산은 그대로'의 느낌이 물씬 풍기는 곳을, 어째서 지금 와서 방문하자는 이야기를 꺼낸 거지? 귀향… 전 세계가 재난에 휩싸여 있는 이런 때이기에 귀국조차 마음대로 할 수 없고, 코로나 사태 초기에 이쪽저쪽에서 특별편이 운항된 것이 아직 기억에 생생하다. 다가오는 재난에 대비해서 자국으로 돌아가고 싶다고 생각하는 것은 자연스러운 일이다.

귀소본능이라고 말해도 좋다.

나는 하네카와도 가능하면 그래 줬으면 좋겠다고 생각할 정도니까, 시노부가 고향으로 돌아가고 싶다고 생각하는 것은 당연하다고 할 수 있다. 그곳이 망국이 되지 않았을 경우, 이지만.

그 부분만 떼어 내면 마치 최종회 분위기다.

이국이나 이세계에서 찾아온 사랑스러운 식객이 귀향한다니… 후지코 후지오 작품의 유명한 예를 들 것도 없다. 그러나 아세로라 왕국(가칭)에 돌아가서 어쩌려는 거지?

의료체제가 정비되기는커녕 국민조차 없는데.

"카캇. 그렇구먼. 내가 모두 죽여 버렸으니 말이다."

"그 죄는 570여 년이라면 공소시효를 지났을 거라고 생각하지만…."

'카캇'이라니.

네가 언급했다고는 해도 그거, 나도 웃어도 되는 부분이냐?

자학이라기보다는 자백이다.

증거가 될 수 있는 자백이다.

"엄밀히 말하면 내가 죽인 것이 아니라, 나의 아름다움이 국민을 자살로 인도한 것이다. 그런 일도 있었다."

말도 안 되는 일국의 흥망사다.

그러니까 '그런 일도 있었다'로 끝낼 일이 아니라고.

죄를 역사로서 이야기하지 마.

그렇다고는 해도, 각색된 이야기는 아니다… 나 자신이 '거울 세계'에서 그 '아름다운 공주'를 배알하고, 하마터면 할복할 뻔했던 것이다. 흡혈귀로서 이단이었던 키스샷 아세로라오리온 하트언더블레이드는, 인간 시대에도 이단의 공주였던 것이다.

어쩌면 인간 시대 쪽이 더 무시무시했다고도 말할 수 있다.

국민을 위압할 정도의 아름다움.

그런 저주를 풀기 위해서 아세로라 공주는 스스로 흡혈귀가 되었던 것이다. 그 복잡한 사정을 들을 때까지, 상당한 시간이 걸렸다.

꾸밈없는 성격의 시노부로서도, 그런 만큼 별로 자진해서 화제로 삼고 싶은 일은 아닐 것이다… 남의 일처럼, 역사처럼 이야기할 수밖에 없다. 단순히 인간 시대에 있었던 일을 잘 기억하지 못했다는 것도 있겠지만.

나도 소꿉친구를 한동안 잊어버리기도 했으니 말이야.

그래서 아주 큰일이 났다.

"멸망한 나라를 방문한다는 마니악한 투어리즘이 있는지도 모르겠지만, 그렇다고 해서 지금 할 일은 아니지 않아? 이대로 신종 코로나 바이러스의 유행이 수그러들지 않으면 일본도 멸망할지도 모르는 상황인데, 일부러 유럽까지 가지 않더라도."

이 경우에 '일본도 멸망할지도 모른다'라는 말이 전혀 빈말이 아닌 부분이 무섭지만, 국경의 연약함 같은 것을 알려 주는 팬데믹이기는 했다.

나라의 경계도 현의 경계도 인간이 멋대로 그은 선이니까.

"이렇게 말하는 나도 이렇게 본가로 돌아와 있으니, 이런 상황에서 네가 고향 생각이 나는 것도 이해가 안 가는 일은 아닌데…."

"멍청한 놈. 딱히 향수병에 걸린 게 아니다."

"그런 거야? 그렇다면 더더욱 왜, 향수병이 아닌 그냥 병에 걸린 듯한 행동을… 관광도 아니고, 귀향도 아니라고 한다면…."

"그러니까 '왠지 모르게'다."

인스피레이션.

그렇게 시노부는 되풀이했다.

"'왠지 모르게'… **뭔가가 있는 것 같은 기분이 든다**는 게다. 그냥 직감이 아니라, 귀신같은 직감이라고 말해야 할까. 내 맹우의 몸에."

"맹우?"

"데스토피아 비르투오소 수어사이드마스터의 몸에."

한순간, 누구를 말한 것인지 알 수 없었지만… 그러나 이것은 나의 감이 좋지 않았다. '맹우'라는 말이 나온 시점에서 알아차렸어도 좋았을 정도고, 뭣하면 시노부가 유럽에 가겠다는 말을 꺼낸 시점에서 '그녀'를 떠올려도 좋았을 정도다.

그야말로 인스피레이션으로.

데스토피아 비르투오소 수어사이드마스터. 나에게 있어 키스샷 아세로라오리온 하트언더블레이드라고도 말하면 될까, 그야말로 570여 년 전에 아세로라 공주의 목덜미를 깨물고 피를 빨아서 왕녀를 흡혈귀로 만든, 이른바 진조眞組다.

1년 전, 훌쩍 일본에 찾아왔다.

그야말로 관광 기분으로.

훌쩍 찾아온 것만으로 나의 모교까지 휘말리게 하는 상당히 요란한 트러블을 일으켜 주었는데… 그것은 뭐, 지금은 일단 치워 두자. 최종적으로 '그녀'는 거의 강제적으로 귀국하게 되었다.

그 귀국 전에 시노부와 수어사이드마스터는 몇 백 년 만의 재회를 이룬 것인데… 방해하고 싶지 않았다기보다 신참인 나로서는 끼어들 여지도 없었으므로, 두 흡혈귀가 대체 어떠한 대화를 나누었는지는 알 수 없다.

그동안 못 한 이야기도 많을 것이다, 몇 세기 분량의.

그렇다고 해서 그때 다 하지 못한 이야기를 하기 위해 이번에는 시노부 쪽에서 만나러 간다… 는 것은 전혀 아닐 것이다.

뭔가가 있다, 맹우의 몸에.

귀신같은 직감이란 소릴 했는데, 그런 이야기라면 그 이상의 의미를 지닌다. 인스피레이션 이상이며, 텔레파시에도 가까울 것이다. 어쨌든 자신을 흡혈귀로 만든 상대다.

나와 시노부와의 관계성 정도로 단단하게 페어링되어 있는 것은 아니겠지만, 눈에 보이지 않는 그 연결은 570년 정도로 완전히 끊어지지는 않을 것이다. 1년 전에 재회했던 것도 있고.

인연….

"뭔가 있었다고 한다면… 구체적으로는?"

"거기까지는 알 수 없다. 확신조차 없을 정도다. 기분 탓일지도 모르지."

자신 없어 보이는 말치고는 그 말투에 전혀 흔들림이 없다. 그 부분이 직감이 직감인 이유일 것이다.

"흡혈귀 헌터에게 퇴치되었다든가?"

"그런 일이 있을지도 모른다. 다만 옛날부터 빈번하게 죽는 녀석이었으니 말이야… 확실히 말하자면, 1년 전에 만났을 때는 아직 살아 있다는 사실이 의외였을 정도다."

그러니까 그 녀석이 그냥 죽은 것뿐이라면 이런 묘한 기분이 들지는 않을 게야, 라고. 여기까지만 들으면 정말 근거 없는 기묘한 논리를 시노부는 늘어놓았다.

흐음….

아니, 이런 시국에 평소처럼 만날 수 없게 된 친구가 걱정된다는 것은, 나 또한 실감하고 있다.

히타기나 오이쿠라, 메니코가 지금 어떻게 지내고 있을까를 상상하는 것만으로 일일이 가슴이 찢어질 것 같다… 그야 당연히 다들 어떻게든 대응하고 있겠지만, 그래도 걱정이 되지 않는 것은 아니다.

그런 마음을, 흡혈귀 특유의 실감을 느끼며 시노부는 품고 있는 것이다. 아마도 600년의 시간 중에 유일했던 '맹우'를 상대로.

질투가 나네.

하지만 이해가 된다고밖에 말할 수 없다. 나에게는 그런 직감이 있는 것도 아니고, 나 따위가 안달복달할 것 없는 일이라고 하면 정말 딱 그 말대로지만, 그래도 만나러 갈 수 있다면 하네카와를 만나러 가고 싶다고 생각하니 말이야.

설령 그곳이 우주일지라도.

"그 말대로다. 나에게 데스는 네 녀석의 반장 계집애에 해당한다."

"마스크 부족 사태가 터졌을 때는, 하네카와의 브라를 마스크로 개조할 수 없을까 하고 진지하게 고민했었다고."

"지금 발언은 안 들은 것으로 할 테니까, 조금 전의 발언도 안 들은 것으로 해라."

발언의 세세한 내용은 둘째 치고.

다만 어찌할 수 없는 딜레마는 생겨난다.

칸바루 쪽이 지금 그런 입장인데, 고령이신 할아버지 할머니와 함께 살고 있다는 것은 가까이에서 지켜볼 수 있어서 안심할 수 있는 상황이지만, 동시에 리스크이기도 하니… 그야말로 내 입장에서 보면 수어사이드마스터는 시노부를 사이에 둔 조부모 세대에 해당하는데, 멀리서 걱정하는 것이 보다 적절하다는 이론이 성립할지도 모른다.

고향이란 먼 곳에 있으면서 생각하는 것[*].

유붕자원방래[*].

※고향이란 먼 곳에 있으면서 생각하는 것 : 일본의 소설가이자 시인인 무로우 사이세이의 시 「소경이정(小景異情)」의 첫 구절.
※유붕자원방래 : 『논어』의 학이편 1장에 나오는 구절. 有朋自遠方來 不亦樂乎(유붕자원방래 불역락호). 벗이 멀리서 찾아오니 어찌 즐겁지 아니한가, 라는 의미이다.

자, 그러면 어떡하면 좋을까.

잘 생각해야만 한다.

앞서 말한 대로 손자 세대인 나에게까지 직감은 작용하지 않지만… 뭐, 시노부가 이렇게 말하고 있으니 분명히 '뭔가'는 있었을 것이다.

근거 없이 믿어도 좋다.

거기서 위기감을 낮게 평가할 이유는 없다.

물론 수어사이드마스터도 흡혈귀, 그것도 진조이니까 신종 코로나 바이러스에 감염되어 중증화했다는 케이스는 상정하기 어렵지만, 그것 말고도 생각할 수 있는 곤경은 얼마든지 있다. 이렇게 말하기는 뭐하지만 그 진조는 별로 주의 깊은 성격의 흡혈귀가 아니었다. 루키인 나보다도 훨씬 사망률이 높은 흡혈귀였다.

그 부분은 시노부의 말대로다.

작년의 일본 방문 때도, 실제로는 통산 몇 번을 죽었을까.

그렇기에 어쩔 도리가 없는 사태에 처했다면 달려가고 싶다고 시노부가 생각하는 것도 당연하다. 그리고 지금까지 자신의 문제 해결에 금발 로리 노예를 신물 나게 끌어들여 온 나다. 동행할 수 있다면 동행하고 싶다. 힘이 되고 싶다, 돕게 해 줬으면 좋겠다. 설령 내가 어떻게 할 수 있는 안건이 아니라고 해도.

다만 현실적인 문제로서, 망국을 방문한다는 것은 관광지 방문과는 다른 성격의 성가심과 난해함이 앞길을 가로막는 행동양식으로… 평시에도 간단하지 않아 보인다.

2년 전의 시노부나 1년 전의 수어사이드마스터도 딱히 비행기를 타고 일본에 찾아온 것은 아니지만… 철혈이자 열혈이자 냉혈의 흡혈귀로서의 힘을 거의 완벽하게 상실한 지금의 시노부에게 그것과 같은 행위가 가능할 거라고는 생각되지 않는다.

그렇다고 해서, 그렇다면 정규 교통수단을 선택할 수 있느냐 하면, 내 쪽이 두려움을 느끼게 되는 구석이 있네. 나는 비행기는 고사하고 배조차 타 본 적이 없다. 망국이니까 여권이 필요 없다는 말을 들은들, 애초에 국적도 호적도 갖지 않은 시노부가 제대로 출국할 수 있을 거라고는 생각하기 어렵다.

출국이 아니라 귀국이라도 그렇다.

"설령 어떻게든 안전하게 출국할 수 있는 비밀 루트가 있다고 해도, 처음에 말했던 문제는 어떻게 하더라도 남아. 우리는 감염되어도 증상이 발현될 리스크는 극히 낮다고 해도, 다른 사람에게 옮겨 버릴 가능성은 부정할 수 없으니까."

"나의 고국은 멸망했으니까 옮길 국민 따윈 이미 없다."

기가 막히고 말문도 막히는 코멘트다.

그러나 그렇다고 해도.

"이동하는 도중이 있잖아. 인간의 이동은 그 부분이 문제라고. 반대로 의도치 않게 해외에서 감염되어 들어와 버릴 가능성도 있고…."

코로나가 만연하는 와중에 인간의 이동을 늘리다니 인간도 아니란 소리를 듣는다면, 역설적으로 인간의 이동이 아니라고 말할 수 없는 것도 아니지만… 특히 흡혈귀 비슷한 2인조로서는.

"흠. 네 녀석의 걱정은 지당하다. 그러나 그 점에 대해서는 나에게 복안이 있다. 요컨대 감염증을 퍼뜨리지 않으면 되는 것 아니냐?"

의기양양한 얼굴로 말하지만, 아무래도 그 복안이란 것을 지금 이 자리에서 공개해 줄 생각은 없어 보였다. 젠체하고 있다기보다, 이런 경우는 대개 내가 찬성할 것 같지 않은 플랜을 계획하고 있을 때다.

의외로 타산적이다.

분명 변변치 못한 아이디어겠지.

특히 '요컨대'라는 대략적인 표현이 다대한 불안을 부른다…. 시노부의 제안이 있을 때, 나에게는 불안이 있는 것이다.

그렇다고 해서 이쪽에 어떠한 대안이 준비되어 있는 것도 아니다. 어쩔 수 없다. 문제는 하나씩, 순서대로 해결해 갈 수밖에 없나.

일일이 캐물어서는 안 된다.

인류가 이 몇 개월 사이에 배운 것은 많지만, 그 최고의 교훈 중 하나가 '분열을 낳아서는 안 된다'이니까.

대립구조를 낳기 쉬운 상황에 주의해야 한다.

"그러면 너의 복안을 일단 채용하기로 하고, 가령 안전하게 출국 및 도항이 가능했다고 하자. 이동할 때도 누구에게도 폐를 끼치지 않았다고 하자. 이것은 결코 불가능한 일은 아니야. 귀국 후에는 자주적으로 2주간의 격리를, 그렇지… 오기가 만든 1학년 3반 같은 수수께끼 공간에 몰래 들어간다고 치고…. 하지만 그런 외줄타기에 성공했다고 해도 틀림없이 엄청 혼날 거라고, 가엔 씨에게."

절교 중인 그 생글거리는 누나에게 진지한 설교를 듣게 되는 미래도는, 상상하는 것만으로도 두개골 함몰 레벨로 풀이 죽는다.

원래부터 대학 입학 후, 한동안 나와 시노부는 가엔 씨의 감시 대상이었다. 나의 방에 시체 인형이 장기간에 걸쳐 식객으로 머물고 있었다(정확히는 여동생의 방이지만… 뭐, 내 방이나 다름없다). 의심이 풀린 것인지, 아니면 그 이외의 이유 때문인지 오노노키의 감시 그 자체가 어째서인지 센고쿠 쪽으로 옮겨 갔지만 (어째서고 뭐고 없나) 그렇다고 해서 나와 시노부가 완전히 안전하다고 여겨진 것도 아닐 것이다…. 보호관찰기간이 만료되었다는 확신이 없다. 오노노키가 없어진 지 반년도 지나지 않은 사이에 국외 탈출 따윌 꾀했다간, 또다시 감시가 붙는 정도가 아니라 퇴치 대상 리스트에 오를지도 모른다.

묵묵히 몰래 갔다가 몰래 돌아온다 하더라도, 그 '뭐든지 알고 있는 누나'의 눈을 피할 수 있을 거라고는 도저히 생각되지 않는다. 생각할 수도 없다. 지금 이런 계획을 짜고 있는 것조차, 미리 예상하고 있을 것 같다.

"그러니까 밀항처럼 몰래 나가는 게 아니라, 차라리 그 관리자에게 정식으로 허가를 받고 나가야겠지…. 나의 무모함은 제쳐 두더라도, 금발 유녀의 이송은 무기 이송 같은 일이니까."

"귀찮구먼. 적당히 알아서 처리하거라."

정말로 내가 지금 '주인'의 입장인가?

노예보다도 바빠서 죽을 것 같다.

주인이라기보다, 왕녀의 행동거지일까. 아세로라 공주….

왕녀라면 출입국에 최대한의 수속을 밟아야만 하는 것도 당연한 일이겠지만. 그러나 어쨌든 절교 중이니 허가 신청을 하는 건 쉽지 않다…. 개인적인 방역대책이 세워질 것 같다. 한층 강한 방역대책이.

야단맞지는 않더라도, 그냥 안 될 거란 말을 들을 것 같다.

정말이지, 섣불리 절교 같은 걸 하는 게 아니었다고.

"자, 어서. 스무 살이 된 대학생의 인텔리전스로 얼른 뭔가 떠올려라. 내 주인님아."

"대학생에게 너무 많은 걸 요구하고 있다고."

스무 살에게도 말이야.

뭐, 머리를 굴려 볼까.

좋은 방향으로든, 나쁜 방향으로든.

어디 보자, 정리하면… '망국까지의 교통수단', '팬데믹에 대한 감염증 대책', '귀국 후의 신변 안전 확보'의 세 가지가 우선 해결해야만 하는 중요 과제다.

그중 '감염증 대책'에 관해서는, 매우 염려되지만 시노부에게 일임하기로 하고… '교통수단'과 '안전 확보'는 간단하지 않네.

전자는 공공조직이 상대고, 후자는 도저히 머리를 들 수 없는 누나가 상대다. 어느 쪽이나 너무 강력하다. 시작부터 패배를 인정하고, 나의 특기인 바닥에 넙죽 엎드리기를 시전하더라도 가엔 씨가 흔쾌히 우리를 보내 줄 거라고는 생각되지 않고 말이야…. 괴이 운운하는 문제는 제쳐 두더라도, 어른으로서 이 상황 속에서의 경거망동을 따끔하게 야단칠 것 같다. 화를 내지는 않더라도, 그냥 안 된다는 말을 들을 것 같다.

백신보다도 허가받기 어렵다.

밑져야 본전이란 심정으로 연락했다가 기획 자체를 망쳐 버리면 본전도 건지지 못하게 되니… 그렇다고 해서 당당하게 그 사람에게 거스를 정도의 배짱은, 나에게 요만큼도 없고.

"……."

당당하게 거스른다.

가엔 씨를 상대로 그런 행동은 가엔 씨의 직속 후배인 오시노, 혹은 카이키도 할 수 없는 만행이다. 하지만 그런 이야기를 하자면 있는 건 딱 한 사람뿐이다.

만행밖에 저지르지 않는 전문가가.

그랬다, 그러고 보니 우리의 세계관에도 있었다. 아이카와 준에 필적하는 클래스의 폭력의 소유자가… 아아, 일거양득이잖아.

어떻게 이럴 수가.

그 폭력 음양사에게 의뢰하면, 내가 담당하는 두 개의 문제가 동시에 해결될지도 모른다. 위험한 도박임은 틀림없지만… 이것은 죽을 가능성과 동등한 정도로 이길 가능성이 있는 도박이다. 다행스럽게도, 혹은 불행하게도 가엔 씨와는 절연했지만 그 사람의 연락처는 여전히 내 휴대전화에 등록되어 있다.

고등학교 3학년의 그 겨울부터.

영 내키지 않네….

그렇다기보다 의뢰한 시점에 즉시 그 자리에서 퇴치당할 가능성이 있을 정도인 무시무시한 교섭 상대이지만, 떠올라 버린 이상 이 선택지를 시험하지 않을 수는 없다.

설령 해외에 가는 것보다 위험한 시도라도.

해외여행이냐, 저세상으로의 여행이냐다.

"데스토피아 비르투오소 수어사이드마스터를 구하러 가는 거야. 자살행위부터 시작하는 것도, 당연한 일일지도 모른다고."

"그렇구먼. 애초에 이미 지구상에 안전한 장소 따윈 없으니 말이다."

그 정도 수준인가?

수많은 감염증의 만연을 보아 온 유녀에게 그런 말을 들으면 부담감이 다르다. 나는 아직 위기감이 부족했었나, 하고 몸서리치지 않을 수 없었지만, 그러나 이것을 싸움을 앞둔 무사의 전율로 바꿔야만 한다.

폭력 음양사 카게누이 요즈루와 대치하기 위해서는.

무사여야만 한다.

004

단순한 흥미도 있었다.

호기심을 억누를 수 없다.

나에게는 그 사람을 걱정한다는 발상 자체가 없었는데, 그러고 보니 카게누이 씨는 대체 이 코로나 사태 속에서 어떻게 지내고 있을까?

그녀의 전속 식신인 오노노키는 시체 인형이니까 아마도 감염증과는 무관할 것이라는 부분까지는 추측할 수 있었지만, 일단×100, 카게누이 씨는 인간이므로 병에 걸리지 않는 것은 아닐 터이다. 감기에 걸리지 않는 사람은 일정 수 있다고 하지만, 모든 병에 대해 항체나 면역을 지닌 사람이 그리 많을 거라고는 생각되지 않는다.

그렇다고 해서 엄숙하게 스테이 홈 하고 있을 타입은 절대 아니지…. 아무리 강대한 권력이 발동시킨 록다운이라도, 카게누이 씨를 봉인할 수 있을 거라고는 생각되지 않는다.

이름은 카게누이影縫지만 그림자影는 봉縫할 수 없다.

그 사람을 봉인할 수 있는 속박이 있다면, '지면을 걸을 수 없다'라는 그 특이한 저주뿐이다.

오기의 계획으로 인해 한때는 북극에 갇힌 적도 있었지만, 그것을 과연 격리라고 부를 수 있을지 어떨지…. 그러므로 카게누이 요즈루의 현재 상태를 알고 싶다는 그런 우발적 충동이, 나를 움직이게 했다는 것도 부정할 수 없다.

그렇지 않으면 '시노부의 감' 같은, 제삼자가 보기에는 애매모호하다고밖에 생각되지 않는 근거에 의지해서 전문가에게 전화를 걸지는 않는다. 하물며 상대는 불사신의 괴이의 전문가다.

천적이다.

때가 안 좋았다면, 우리는 그 폭력 음양사에게 퇴치되었어도 이상하지 않았던 것이다. 데스토피아 비르투오소 수어사이드마스터가 이 마을에 찾아왔을 때도, 가엔 씨가 비장의 카드로 아득히 먼 북극에서 불러왔을 정도다.

의외로 적임이라고도 말할 수 있다.

적인 것과 동시에, 이기는 하지만… 그렇게 되어서.

[잘 있었냐, 아라라기 군? 아, 스무 살 생일, 축하한다야.]

가족 이외에 처음으로 축하해 준 사람이 카게누이 씨라는 전개에서 교섭은 시작되었다. 내 생일을 기억해 준 건가. 언젠가 타깃으로 삼아야 할 감시 대상의 정보로서 알고 있었던 것뿐인지도 모르지만….

기쁘지 않다고 말하면 거짓말이겠네.

뒤늦기는 해도 서프라이즈다.

[그런다고 혀도 세상이란 무슨 일이 있을지 알다가도 모르겠네잉. 시상에 아라라기 군하고 영상 통화로 원격회의를 하는 미래가 있을 줄은 몰랐어야. 처음에 만났을 때는 생각도 못 했는디.]

"그러네요."

설마 하던 ZOOM 회의다.

애초에 폭력의 권화 같은 카게누이 씨가 스마트폰을 사용한다는 것 자체가 굉장히 직감에 반하지만, 공중전화나 집 전화조차 제대로 쓸 줄 모르는 오시노와 달리 의외로 디지털 기기를 능숙하게 다루는 듯하다.

그러고 보니 오노노키라는 식신을 사역하는 것에도 현대적으로 키즈폰을 사 주었고…. 참고로 시노부에게는 일단, 내 방에서 퇴실해 달라고 했다.

퇴실하고, 그림자 속으로 들어가 달라고 했다.

원격으로 하는 회의에 유녀가 난입해 온다는 가정 내 소란은, 이 경우에 바람직하지 않다…. 카게누이 씨와 시노부 사이에는 미묘한 인연이 있으므로(비교적 별 상관없는, 옛날에 머리를 밟혔다는 인연이다).

다소 딜레이가 있기는 하지만 영상은 깨끗했다. 카게누이 씨와 대화를 나누는 것도 약 1년 만이었지만, 약간 머리카락이 길어졌다는 정도 외엔 변함없는 것 같고… 코로나 사태로 스트레스가 쌓인 듯한 분위기는 아니었다.

하긴, 얼마든지 발산할 수 있을 테니 말이야, 이 사람은. 주변에 있는 물체를 의미도 없이 부수면서.

이것도 원격회의 중에 있곤 하는 일이긴 하지만, 영상 통화이므로 등 뒤로 보이는 방의 모습으로 카게누이 씨의 인물상을 프로파일링할 수 있지 않을까 하고 몰래 획책하고 있었는데, 역시나 '무엇이든 알고 있는 누나'의 후배라고 해야 할까, 훤히 꿰뚫어 보는 알로하의 동기라고 말해야 할까, 나 같은 얼간이의 수작 따윈 120퍼센트 꿰뚫어 본 것인지, 이 영상 통화의 백그라운드에는 다른 사진이 합성되어 있었다.

델리케이트한 테크닉을 쓰다니.

숨기는 게 없다고 할까, 거칠다는 이미지였는데 의외로 사생활은 소중히 하는 타입일까.

오노노키를 식신으로 한 경위도, 그러고 보니 아직 알려 주지 않았고.

게다가 그 백그라운드의 사진이 유럽의 어느 마을 풍경이다. 정말이지, 가엔 씨의 후배고 오시노의 동기다.

기분 나쁜 유유상종이다.

이렇게나 처음부터 이래저래 기세가 꺾이면 이쪽의 플랜을 입 밖에 꺼내기 힘들어지는데…. 그건 그렇고 이 풍경, 유럽의 어디일까? 어쩐지 동유럽처럼 보이는데… 마을 풍경 뒤편 멀리 분위기 있는 성이 찍혀 있는 게, 멋진 사진이네.

프로의 기술일까?

[그런디, 무슨 일이냐잉? 아라라기 군.]

"아뇨, 잘 계시나 싶어서요. 요즘에 세계적으로 난리잖아요."

완전히 계절 인사처럼 감염증 이야기를 하는 습관이 몸에 배어 버렸지만, 어쨌든 그렇게 슬쩍 떠보았더니,

[세상이 어떤지는 잘 모르겠지만, 내가 엄청 바빠져 분 건 확실하당께. 이럴 줄 알았다믄, 쪼끔 더 북극에서 놀고 있다 올걸 그랬구마잉.]

라는 대답이 돌아왔다.

이렇게 전화로 이야기하면, 우선 갑자기 아무 의미도 없이 얻어맞는 전개가 없는 만큼 다소 안심하게 되기는 하지만… 역시 어쩐지 세상의 흐름과는 다른 곳에서 살고 있다는 기적이 느껴

지네, 이 사람은.

그 부분에서는, 동기라고 해도 오시노하고는 다른 의미에서 속세를 떠난 사람이다. '실제로 발이 땅바닥에 닿아 있지 않는 것으로 말하자면, 완전히 저주고.

바쁘다고?

[혹시 구舊 하트언더블레이드에게 무슨 일이 있는 것이여?]

어이쿠.

잠깐 생각에 잠긴 사이 곧바로 저쪽에서 치고 들어왔다. 전화라고 해서 멍하니 방심하고 있다간 격투기적인 의미에서 주도권을 빼앗겨 버릴 것 같다.

나도 영상 통화의 배경을 아라라기 하렘으로 해 두는 정도의, 의표를 찌르기 위한 공부를 해 두는 편이 좋았을까?

공부한 결과, 쿵푸로 얻어맞을 것 같다.

"아뇨, 아뇨. 시노부는 건강 그 자체예요. 스테이 홈은 특기 중의 특기죠. 사회적 거리두기 같은 것은 누워서 떡 먹기고요. 저의 그림자에 완전히 봉인되어 있으니 안전 그 자체고, 누구에게 위해를 끼칠 우려도 없고, 정해진 룰은 예외 없이 준수하고 있어요. 그 금발 로리 노예는 무엇 하나 꾸미고 있지 않습니다."

[흐응.]

뭐야, 냉담하네.

이렇게나 빈틈을 보여 주었는데.

확실히 나나 시노부는 카게누이 씨에게는 부족한 상대일지도 모르겠지만, 이렇게나 가볍게 취급받으면 비밀로 하고 있던 이야기를 스스로 떠벌리고 싶어진다.

사실은 지금, 저희 두 사람은 무모하게도 해외 출국을 꾀하고 있거든요? 라고 폭로하고 싶어진다… 아니, 최종적으로는 그 폭로를 해야만 하겠지만.

일단 부딪쳐 보자며 전화를 걸긴 했는데, 막상 그때가 되니 역시 고민스러워서 내가 무난한 표현을 생각하고 있는데, 또다시 저쪽이 몇 수 앞을 내다보듯이,

[그렇다믄 이쪽에서 두 사람에게 부탁하기 쉽겄네잉.]

라고 말을 던져 왔다.

부탁?

[그려. 전화를 해 줬는디 미안하지만 말여.]

그런 사교적인 정형구를 카게누이 씨에게서 듣게 되다니 정말로 오래 살고 볼 일이다. 17세에 죽지 않기를 잘 했다.

그렇게 깊이 감탄하고 있던 나는, 그 용건을 들은 순간 죽는 줄 알았다.

20세에 쇼크사할 뻔했다.

[실은 이쪽에서 전화를 하려고 생각했어야. 진짜, 진짜. 타이밍이 좋아서 깜짝 놀라 부렀당께. 아라라기 군, 시방부터 구 하트언더블레이드와 함께 이쪽으로 와 주지 않겄냐? 나, 지금, 루마니아 근처에 있는디.]

"……!"

어? 잠깐 기다려, 루마니아?

루마니아라면 그 루마니아?

카레를 좋아하는 나라는? 이라는 난센스 퀴즈의 답? 카레 마니아라면 루는 오히려 안 사용하지 않겠느냐며 딴죽이 걸리는, 그 난센스 퀴즈의?

[모지리냐. 왜 난센스 퀴즈 쪽을 중심으로 놓는 것이여.]

사투리로 딴죽이 걸리니 제대로 딴죽이 걸리는 기분이 드네.

[루는 무조건 카레의 루라는 사고방식도 물러 터져 부렀구마잉. 카레인데 말이여.]

"카레 쪽을 중심으로 놓는 것도 잘못이겠죠… 어라? 그러면 그 배경, 벽지가 아니라 정말로 동유럽인가요? 그러면 설마 저 멀리 보이는 그 성은, 브란 성…?"

[그려, 맞어야. 잘 알고 있구마잉.]

모를 리가 있나.

흡혈귀 드라큘라 성의 모델이 된 성이다.

확실히 자세히 보니 화면에 비치는 그 배경은 화각과 함께 움직이고 있었다. 서술 트릭이 아닌 원격회의 트릭이다. 백그라운드가 아니라 진짜 그라운드, 필드였냐고.

루마니아.

아니, 아니. 왜 그렇게 먼 곳에…. 또다시 북극에 있는 편이 자연스러울 정도지만, 어째서 우리가 목적지로 삼고 있는 유럽에 이미 카게누이 씨가 있는 거냐고.

앞길 가로막기인가?

그렇다면 앞지르기에도 정도가 있다.

가엔 씨의 모든 것을 아는 능력도 오시노의 꿰뚫어 보기도 넘어섰다. 그동안 위험한 사람이라고 계속 생각했었는데, 이 사람, 이렇게 위험한 사람이었던가?

진짜로 아이카와 준이냐고.

아니, 인류최강도 에피소드의 첫 등장이 긴급사태 선언하와 겹쳐진 것도 있었고, 방약무인하며 엉망진창인 청부업을 하셨던 것은 코로나 이전의 베네치아라니까? 놀랐다고, 전 세계 사람들이 한창 동일한 재난을 겪고 있는 와중에도 이렇게나 차이가 발생하는 건가.

절묘한 타이밍에 깜짝 놀란 정도가 아니다. 선수필승이라는 옛말이 틀린 말이 아닌 것이, 나는 기가 막힌 나머지 한동안 말이 나오지 않았다.

"…관광, 일 리는 없겠네요. 카게누이 씨의 경우에는."

[비즈니스 출국이여.]

평범한 일이라는 듯 말했다.

평범한 일로 받아들일 수 없다.

[그런다고 혀도 오해하지는 마라잉. 내가 이쪽에 왔을 때는 아직 출국 제한 같은 건 내려지지 않았었제. 그랬는디 갑자기 여기고 저기고 쇄국을 해 버리는 통에, 돌아갈 수 없게 되어서 난처해 하고 있는 중이다. 안 그려도 나는 이동에 제한이 걸려 있응께, 이런 상황은 차라리 극지에 있었을 때가 자유로웠을 정도여.]

"허어…."

그런 말을 들으면 요즘 세상에서는 종종 일어나는 사태 중 하나처럼 볼 수도 있겠지만, 그러나 마치 정규 수속을 밟고 출국한 것 같은 말투이기는 해도… 카게누이 씨가 말하는 '비즈니스'란 요컨대 불사신의 괴이를 퇴치하는 일이다.

어쩐지 이야기가 기분 나쁘게 연결될 것 같다.

최악의 상상이 뇌리를 스친다.

불온하다…. 요컨대 시노부가 직감한 '맹우에게 뭔가가 있었다'라는 이야기는, 그 맹우인 데스토피아 비르투오소 수어사이드마스터가 카게누이 씨의 손에 의해 퇴치되었다는 것이 아닐까?

너무 오래 살았고 시대도 변해서 이미 퇴치될 대상이 아니게 된 수어사이드마스터라고 해도, 결국 못 본 척 내버려 두는가는 카게누이 씨, 정확히는 가엔 씨의 마음에 달린 것이니까.

그 부분은 융통성이 발휘되고, 그리고 융통성이 발휘되지 않는다.

나와 시노부를, 타이밍 좋게 받은 전화에 미안해 하면서, 그러나 겸사겸사라는 듯이 정신없이 유럽으로 부른 것은 어쩌면 시체의 신원확인을 위해서가 아닐까…. 맹우인 시노부 외에는 판별이 불가능할 정도로 엉망진창이 되어 버린 것일까, 수어사이드마스터는.

카게누이 씨 쪽에서 초대해 준 것은 거의 문자 그대로 나이스 타이밍, 큰 강을 건너려는데 때마침 배가 준비된 상황이라 할 수 있겠지만… 그렇다고 한다면 이미 그 배는 난파되어 있는 것이나 마찬가지다.

내가 입을 다물고 있는 것이 전혀 신경 쓰이지 않는지, 카게누이 씨는,

[그것 땜시 조금 난항이었제. 세상이 앞으로 어떻게 될지도 알 수 없었응께. 그래서 뭐, 아라라기 군은 확실히 나한티 빚진 게 있다고 생각항께, 거들어 줬으면 하는디.]

그렇게 척척 이야기를 진행시켰다.

있었던가, 이 사람에게, 빚이?

아아, 있었나…. 여동생을 몇 번인가 구해 주었고, 내가 흡혈귀 체질에서 돌아올 수 없게 되었을 때도 힘이 되어 주었다.

키타시라헤비 신사의 경내에서 육탄전 수련을 해 주기도 했던가…. 솔직히 오시노와는 다르게 은인이란 느낌이 별로 들지 않지만.

다만, 난항이라고 했다. 난파가 아니라.

즉, 어쩌면 카게누이 씨의 출국 목적이 수어사이드마스터의 퇴치였다고 해도, 적어도 그것은 아직 달성되지 않았다는 뜻이다. 맹우를 위기에서 구하고 싶다는 시노부의 마음은, 그렇다면 아직 성취될 여지가 있다.

있는 걸까… 아니, 있다.

있다고 생각하자.

그렇다면 카게누이 씨에게 초대받은 대로 유럽으로 향하고, 그러면서 카게누이 씨의 일을 방해한다는 것이 이후의 흐름이 되는 걸까? 어쩐지 생각하던 것과 상당히 다른 느낌이 되기 시작했다.

은인이라는 느낌이 없다고 해도, 은혜를 원수로 갚는 것도 정도가 있다는 행동이다.

원격이라면 세세한 뉘앙스나 기분이 전해지지 않는다는 화석 같은 의견을, 설마 이런 형태로 뼈저리게 느끼게 될 줄이야…. 다만 얼굴을 마주 보며 이야기했다면 지금쯤 나는 카게누이 씨에게 두들겨 맞고 있을 가능성도 있다. 의미도 없이.

하다못해 의미는 있었으면 좋겠다.

이미 취소된 안이 되어 버렸으므로 여기서 맥락 없이 단순기록으로 공표해 두겠는데, 나의 당초 플랜은 '가엔 씨에게 직접 유럽 출국 허가를 받는 것은 간단하지 않다, 그러기는 고사하고 허가를 신청한 시점에서 거스를 방법이 없는 방해가 들어올 것 같으니 가엔 씨의 직계 후배인 카게누이 씨에게 이야기를 (애매하게) 해 두는 것으로 일단 일의 앞뒤를 맞추자'라는, 지금 생각하면 구멍투성이인, 그러면서도 교활한 계획이 세워져 있었던 것이다.

아아, 삼밀*을 멀리하려다 면밀함까지 멀리해 버리다니.

자백하자면, 카게누이 씨라면 귀찮아하며 대충 독단으로 허가해 주지 않을까 하는 나쁘지 않은 예측도 있었다… 이거 참, 허가는 고사하고 초대를 받게 될 줄이야.

멋진 부탁이다.

※삼밀(三密) : 코로나 유행 당시 일본 방역당국이 내건 슬로건. 다수의 사람이 모이는 '밀집' 공간, 환기가 어려운 '밀폐' 장소, 가까운 거리에서 대화하거나 소리를 내는 '밀접' 장면을 피하자는 표어이다.

고민되는 상황이네.

이 파도에 타지 말지.

상당히 강렬한 거친 파도라고도 생각되었지만, 그러나 여기서 굳이 협의에 시간을 들이지 않고 물 흐르듯이 일을 진행시키면, 일거양득의 두 번째 이득인 '교통수단'의 확보도 순조롭게 달성할 수 있을 것 같다.

그 진행의 스무드함은 지옥으로 떨어지는 컨베이어 벨트의 속도가 올라간 것뿐인 듯도 하지만… 에에잇, 대체 몇 번 지옥에 떨어져야 직성이 풀리는 거야, 나는.

지옥의 단골손님 따윈 들은 적도 없다고.

루마니아가 아니라 온천 마니아인가?

"네, 시간이 남아돌던 참이기도 하고, 카게누이 씨를 거들게 해 주신다니 영광이네요. 많이 배우도록 하겠습니다. 아, 하지만 어떻게 이럴 수가, 유감스럽게도 교통비가 없어서…."

[아~ 그렇구마잉~ 대학생의 아르바이트 같은 것은 시간을 융통성 있게 쓸 수 없다고 항께 말여. 학비도 엄청 많이 들제?]

이해하는 모습을 보여 주었지만, 나는 일한 적이 없다. 학비도 전액 부모님이 내 주고 있고, 오이쿠라와는 달리 장학금도 이용하고 있지 않다…. 그런 의미에서의 고생, 괴로움은 맛보지 않았다.

그리고 보니 오시노나 카이키와 달리, 카게누이 씨는 대학을 졸업했었지…. 정말로 어떤 대학생이었던 걸까.

상상도 가지 않는다.

[아라라기 군은 우덜과는 달리, 외교관 특권도 갖지 않았을 텡께 말여.]

"카게누이 씨, 외교관 특권을 가지고 있나요?!"

어째서?!

가장 가져서는 안 되는 사람이잖아요?!

[괜찮어, 괜찮어야. 그렇다믄, 요츠기를 그쪽으로 파견했응께 태워 달라고 혀. 까놓고 말해서 나도 그렇게 해서 이쪽으로 넘어왔응께.]

유럽까지 시차 적응 문제없이 올 수 있을 것이여, 라고 말하는 카게누이 씨. 제트랙Jetlag 정도가 아닌 대미지를 심신에 입게 되기는 하지만… 그렇다, 말하자면 나는 그것을 결정적 수단으로 보고 카게누이 씨에게 영상 통화를 시도한 것이다.

시노부나 수어사이드마스터가 (흡혈귀는 흐르는 물을 건널 수 없다는 룰을 대범하게 무시하고) 일본에 찾아왔을 때, 대★점프를 사용했던 것은 이미 언급했다고 생각하는데, 카게누이 씨의 식신이자 아라라기 가의 과거 식객이기도 했던 파워 캐릭터 오노노키는 같은 일을 할 수 있는 것이다.

이동에 특화된 예외 쪽이 많은 규칙, '언리미티드 룰 북'이다…. 나도 시노부도 지금까지 몇 번이나 신세를 졌다.

그때는 국내 이동이었지만… 그 식신 동녀가 진짜 실력을 발휘하면 지구 반대편까지라도 도약할 수 있지 않을까 하는 추측은, 완전히 정답이었던 모양이다.

[역시나 전성기의 괴이의 왕, 철혈이자 열혈이자 냉혈의 흡혈

귀 정도는 아닐께, 그 애하고 한 번의 '언리미티드 룰 북'으로 유럽까지는 불가능하겠지만서도. 유라시아 대륙에서 몇 번의 트랜싯transit을 반복하게 될 것이구마잉.]

이상한 곳에서 현실과 조정하고 있네.

트랜싯이라니….

"어라…? '파견한다'라는 말은 오노노키는 지금, 카게누이 씨와 행동을 함께하고 있다고 생각해도 되는 건가요?"

[그렇다고. 내 식신잉께 당연해 불제.]

그 당연하지 않은 기간이 상당히 길었던 것처럼 생각되는데… 아니, 아라라기 가의 식객 기간에 대한 이야기가 아니라, 센고쿠의 파트너였던 기간에 대해서도.

[응? 요츠기는 나데코가 사는 곳에서 이미 물러나게 했어야.]

어이, 이봐.

정보가 갱신되지 않았다고, 츠키히.

[그 인연도 있응께 이번 일의 조력을 아라라기 군에게 부탁해 불지, 나데코에게 부탁해 불지 망설이고 있었어야. 그때 딱 좋은 타이밍에 전화를 받은 것이제. 요츠기는 실망하겠지만서도.]

실망하는구나… 센고쿠가 아니라 나라고. 아니, 하지만 그렇다면 나는 정말로 좋은 타이밍에 전화를 걸었다고 인정할 수밖에 없다.

나의 이런 부분만은 높이 평가할 만하다.

그런 것이 속죄가 되지는 않겠지만, 카게누이 씨를 거든다는 중책은 센고쿠보다는 내가 짊어져야 하겠지…. 그렇지만… 그런

가, 아라라기 가에서 퇴거한 뒤에 센고쿠가 있는 곳으로 굴러들어 갔다는 이야기까지는 들었는데, 오노노키는 그곳에서도 철수한 건가.

카게누이 씨의 말대로, 음양사의 식신으로서 본래의 자리로 돌아왔다고도 말할 수 있겠지만… 뭐, 나는 순순히 재회를 축하하겠다.

그런 태평스러운 시추에이션이 될 수 있으면 좋겠는데.

"그건 그렇고 오노노키가 센고쿠 곁에서 물러난 이유를 물어봐도 될까요?"

[뭐여, 신경 쓰이냐잉?]

"그야 아무래도…. 그 애가 저의 감시역에서 해고된 경위를 생각하면…."

뭔가 실수한 게 아닐까 하는 불안을 금할 수 없다. 지나친 걱정이라고 생각하고, 이 상황에서 이 이상 걱정을 늘리고 싶지는 않지만 (괜한 걱정이 아니라 충분히 할 만한 걱정이다) 그렇다고 해도 고장이 잇따르는 비행기에 탄다는 것은, 상당한 용기가 필요한 법이다.

오노노키, 그래 보여도 상당한 덜렁이니까 말이야.

[하지만 나도 잘 모르겠다야. 그렁께 그건 본인에게 직접 물어봐라잉. 이쪽에서 아라라기 군 쪽에 무엇을 거들어 줬으믄 하는가도 요츠기에게 이야기해 둘 텡께. 그라제, 두 시간 뒤 정도에는 일본에 도착할 것이여.]

"허어. 생각보다 좀 걸리네요."

평범하게 국제선 비행기에 타면 열 시간 이상 걸리는 유럽과 일본의 거리니까 오히려 빠른 편이겠지만, 대점프에 의한 쇼트 커트라고 생각하면 트랜싯이 끼어 있다고는 해도 예상보다 서행하는 느낌이다.

항공로의 경우도 서행이라고 말하는 걸까?

사전 준비에 시간이 걸리는 타입이라고도 생각하기 어렵다. 뭔가 이유가 있어 보인다.

[트랜싯도 신종 코로나의 감염자 제로의 안전권을 선택항께 말여. 시체 인형인 요츠기 자신은 감염되지 않는다 혀도, 바이러스를 일본에 가지고 들어가는 모양새가 되어 버리믄 재미없응께. 특히 아라라기 군은 요츠기와 밀접 접촉해 불 것 같고 말이여.]

"하지 않는다고는 말할 수 없겠네요."

[그 정도는 말해 부러라.]

가시 돋친 목소리로 위협해 왔다.

앞서 한 말은 취소한다, 전화 너머로도 충분히 무섭다.

이것이 동조 압력이 아니라 평범한 압력이다.

폭력이라고도 말할 수 있다.

폭력 음양사인 만큼.

다만 이것은 장난치는 대화가 아니라, 항공회사 ONK를 이용한다면 아무리 내가 윤리적인 청년이더라도 그 애의 몸통에 달라붙지 않을 수 없다.

도덕이 등장할 차례는 없다.

내 차례다.

[아라라기 군도 시노부도 될 수 있는 한 '감염되지 않는다·시키지 않는다'를 철저히 지키며 와라잉. 나 같은 외교관과 달리, 귀국할 수 없게 되믄 곤란하지 않겠어야?]

이런 시국이라도, 모처럼 입학한 대학은 졸업해 두는 편이 좋을텡께… 라고 카게누이 씨가 아마도 중퇴한 두 사람의 동기를 떠올리면서 말했을 참에, 통신 문제가 생겼는지 아니면 하고 싶은 말을 다 한 것인지 영상 통화는 난폭하게, 즉 폭력적으로 절단된 것이었다.

005

한 건 해결했다는 기분에 젖어 있을 수는 없다.

오노노키가 날아오기 전에, 이번에는 시노부와의 협의를 마무리해야만 한다…. 카게누이 씨에게도 마지막에 다짐을 받은 감염 대책을, 여기까지 계획이 진행된 지금 역시나 제대로 듣지 않을 수는 없다.

저쪽에서 장기 체재하고 있을 카게누이 씨나 오노노키와 행동을 함께하게 된다면 더욱 그렇다. 유럽 각국의 감염 상황은 일본과 전혀 다르다고도 들었으니, 그 부분은 대충 넘어갈 수 없다.

시노부의 경우, 이야기를 진행시키기 위해서 복안이 있다는 거짓말을 했을 가능성도 있으니 말이야. 그 부분의 투명성은 확보해 둬야만 한다.

"실례되는 소리로군. 복안이 있다는 건 결코 거짓말이 아니다. 다만 네놈이 카게누이에게 조력을 청한다는 것은, 그 시점에서는 예상도 하지 않았으니 말이야. 어쩌면 나의 플랜에 미세 조정이 필요할지도 모르겠구먼."

다시 그림자 속에서 나타난 시노부는 위엄을 부리듯 팔짱을 끼었다. 역시 내가 거의 독단으로 불사신의 괴이의 전문가에게 연락을 취한 것을 별로 호의적으로 생각하지 않는 듯하다.

인간 같은 건 다 똑같이 보인다고 말하는 것치고는, 의외로 호불호가 격한 유녀다.

까다로운 분이다.

"나도 예상 밖이야. 이런 상황 속에서 카게누이 씨가 유럽에서 업무 중이라니… 다만, 어쩌면 그것이 너의 '왠지 모르게'에 이어지고 있는지도 모른다고 생각하지 않아?"

어느 정도의 망설임은 있었지만, 그 걱정은 시노부와 되도록 일찍 공유해 두는 편이 좋을 것이다. 괜히 감추다가 저쪽에 간 뒤에 일이 꼬여도 곤란하다.

"흠. 무슨 소리지?"

왜 전해지지 않는 거야.

지금 한 말로 눈치채라고.

"그러니까 너의 고향이나 그 근처의 어딘가에서, 수어사이드 마스터가 카게누이 씨에게 퇴치당했거나, 혹은 그런 상황에 처해 있을 가능성에 대해서 어떻게 생각해? 우연치고는 너무 절묘한 타이밍이니까."

섣불리 추궁했다가 모든 것을 망쳐 버릴 수는 없었으므로 조금 전의 전화 통화에서도 깊이 따져 묻지 않았는데, 애초에 수어사이드마스터와 카게누이 씨 사이에는 1년 전의 사건 이전에도 어떠한 인연이 있었던 듯하다.

의미심장한 대화를 나누고 있었다고.

"수어사이드마스터를 구하는 것이 카게누이 씨나 오노노키와 적대하는 것으로 직결된다면 이야기가 조금 복잡해져. 재작년 여름방학의 재래라고 할까…."

떠올리고 싶지도 않은 여름의 추억이다.

죽을 뻔했던 경험 중에 최고였는지도 모른다.

그 배틀, 이겼다고는 도저히 말할 수 없고 말이지.

"출처가 나의 직감이니까 완전히 부정할 만한 요소는 없는데… 그 부분은 뭐, 괜찮지 않겠느냐?"

잠시 생각하고서 시노부는 그렇게 말했다.

정말로 생각한 거 맞아? 생각하고 있었다고 해도, 고리 모양의 먹거리에 대해서 생각한 거 아냐?

경솔하게 떠맡는구나, 언제나.

그렇게 생각했지만, 그러나 이번에는 꼭 경솔하게 떠맡은 것도, 근거가 없는 것도 아니었는지 금발 유녀는 이렇게 말을 이었다.

"몇 번 말해도 부족할 정도로 죽는 흡혈귀이니 말이다. 지금까지 그랬던 것처럼 순당하게, 요컨대 평범하게 흡혈귀 헌터에게 퇴치되는 정도로는 나에게 직감이 느껴질 거라고는 생각되지 않아. 좀 더 어쩔 도리 없는 사태에 휘말렸을 거라고 봐야 할 게야."

죽는 것 이상의 일이 일어났다고?

처음부터 그렇게 말하고는 있었지만, 카게누이 씨가 관여해 와도 그런 걸까.

경험담이라면 설득력은 나름대로 생기지만, 그렇다면 카게누이 씨가 유럽으로 '비즈니스 출국'을 한 것의 의미도 달라지기 시작한다. 애초에 불사신의 괴이의 전문가인 그 사람이 나나 시노부에게 조력을 구한다는 것 자체가 일종의 이상사태다.

순당하지도 평범하지도 않다.

"…마찬가지로 불사신의 괴이인 오노노키를 식신으로 사역하는 카게누이 씨이니, 그 부분을 너무 깊이 파고들어 봤자 소용없나."

설정에 구애되는 의미도, 필요도 없다.

지나치게 생각하거나 지나치게 신경 쓰는 것이 별로 좋은 행동이 아니라는 것도, 코로나 사태로 학습한 것 중 하나다.

오노노키가 이미 퇴거한 센고쿠에게도 제안을 하려고 했다는 사실로 추측하면, 단순히 감염증 대책 때문에 불러들일 수 있는 인원이 한정되어 있는 것뿐일지도 모른다.

조직에 속한 인간일수록, 이런 때는 움직이기 어려운 것도 사실이다.

"확실히, 그 뱀 계집애의 경우에는 모든 독에 대해 면역을 가지고 있는 것이나 마찬가지이니 말이다. 지금은 어쩌고 있는지는 모르겠다만."

"원래 하던 이야기로 돌아갔네. '감염되지 않는다'에 관해서는 됐다고 치고, '감염시키지 않는다'에 대해서는 어떻게 할 거야, 시노부? 미세 조정이 필요하다고 말했던 건 무슨 뜻이지?"

"아니, 그것이야말로 재작년 여름방학에, 카게누이가 눈감아 준 이유는 나와 네 녀석이 흡혈귀의 힘을 거의 상실해서 퇴치 대상에서 벗어났기 때문이지 않느냐?"

그렇다.

덧붙이자면, 무해인증 수속을 취해 준 사람이 바로 오시노다. 그 훤히 꿰뚫어 보는 듯한 남자가 미리 우리의 안전을 확보해 준 것이다.

한 번 더 덧붙이자면, 카게누이 씨를 이 마을에 불러들인 것이 사기꾼이다. 돈벌이를 방해받았다고 하며 아주 고약한 심술을 부려 주었다.

대체 어떤 트리오였던 거지.

나와 오이쿠라와 히타기 같은 느낌이었는지도 모른다.

"실제로, 그 겨울에 재회했을 때에 확실히 들었어. 만약 내 육체적인 흡혈귀화가 지금 이상으로 진행될 것 같다면, 그때는 가차 없이 퇴치할 거라고."

"하려고 했던 건 그야말로 그것이다."

"네?"

나는 그냥 옛일을 떠올리고 있었을 뿐이었는데, 시노부는 마치 자기 뜻을 이루었다는 듯이 손가락으로 이쪽을 척 가리켰다.

라인 메신저의 스탬프 같은 '바로 그거야' 동작이다.

"흐릿하게 남은 흡혈귀 체질 덕분에 이번 감염증에 걸릴 일은 없으니까, 그 체질을 좀 더 **강화**하면 옮길 일도 없어진다는 것이 나의 플랜이다. 플랜이었다."

"음… 그렇게 잘될까?"

이야기만 들어서는 잘 모르겠다.

흡혈귀화하는 것이 박쥐에 가까워지는 것이라고 생각하면 오히려 감염되기 쉬워지는 것처럼 생각되기도 한다. 하네카와 이야길 하는 건 아니지만, 고양이도 감염된다는 이야기가 있는데 말이야.

무책임한 아마추어 판단은 내릴 수 없다.

아니, 원래부터 감염되지 않을 리가 없다. 건강한 육체를 유지한다는 불사신성이기에 감염되어도 발병하기 어려울 뿐이다. 치명적인 부상을 입어도 금방 낫는다, 같은 것이다. 요컨대 그 능력을 바탕으로 불사신성과 흡혈귀성을 보다 높임으로써 몸 안에 들어온 바이러스를 무효화할 뿐이 아니라, 소독까지 하겠다는 심산인가?

완전히 백신이잖아.

"그런 일이 가능하다면, 오히려 우리는 적극적으로 외출해서 공기 중의 바이러스를 계속 정화하는 편이 좋을 정도라고. 완전히 공기청정기잖아."

아니면 아마비에 님이네.

우리도 그림에 그려 달라고 할까.

"전성기의 나였다면 그런 일도 가능했을지 모르겠지만 말이다. 괴이의 왕으로서 미움받던 나임에도 불구하고. 다만 거기까지 되돌렸다간, 당연하지만 퇴치 대상으로 돌아가고 말 게야."

그 도피 생활은 이제 됐다, 라며 시노부는 고개를 저었다.

나에게 그랬던 것처럼, 그 '지옥 같은 봄방학'은 시노부에게도 넌더리 나는 회상인 모양이다.

영원한 유녀가 되면 누구라도 질리게 된다.

"메니코에게 들기로는 자기복제 기능을 갖지 않은 바이러스는 현대의 정의로는 생물이 아니라고 하던데, 바이러스 그 자체에서 에너지 드레인을 한다는 느낌인가?"

"네 녀석은 부녀자에게서 지식을 얻기만 할 뿐이로구먼. 그야말로 에너지 드레인처럼… 그런 것인가. 생물이 아니라는 의미로 따지면, 흡혈귀도 현대의 정의로는 생물이 아니지."

괴물이다, 라고 말했다.

흐음…. 정직한 감상을 이야기하자면, 별로 나이스 아이디어라고는 말하기 어렵네…. 그렇기에 시노부는 일단 젠체를 한 것이겠지만, 그야말로 그런 '흡혈귀화'라는 도핑을 반복한 결과, 겨울 무렵의 나는 하마터면 인간으로 돌아오지 못할 뻔했던 것이니까.

그것도 인간의 정의에 따라 달라진다.

자기 그림자에 유녀를 집어넣어 두고 있는 자를, 과연 인간이라고 부를 수 있을까?

다만, 자기 사정으로 그렇게나 방자한 짓을 해 놓고 정작 시노부를 위해서는 하지 않는다는 것도 앞뒤가 맞지 않는다.

대학생이 된 뒤로는 자제하고 있었고, 쌓인 게이지를 여기에서 한 번 소비해 두는 것 자체에 큰 문제가 있다고는 생각되지 않는다.

카게누이 씨가 엮여 있지 않을 경우의 이야기지만….

그야 미세 조정이 필요할 만하다. 대담한 조정, 혹은 중지가 필요할 정도다.

"그 사람 앞에서 흡혈귀화 따윌 했다간, 죽게 될 거야…."

얼마나 학습을 못 하는 녀석이냐고 기가 막혀 할 것이 틀림없다…. 나 때문에 북극으로 날아가게 되었음을 깨닫고 있다면 보다 더.

"하지만 일단은 저쪽에 불려 가는 형태고… 결국 왜 내가 영상 통화로 접촉했는지, 전혀 깨닫지 못한 눈치였고."

정말이지 통이 큰 거물이다.

무책임하다고도 할 수 있겠지만.

"실제 문제로, 통상 모드보다는 어느 정도 흡혈귀화 해 두지 않으면 오노노키의 허리에 달라붙어 따라가는 대점프 이동에 견딜 수 없을 거 아냐. 트랜싯을 반복할 때마다 몸이 너덜너덜해질 거라고."

그것도 전성기 모드의 시노부, 키스샷 아세로라오리온 하트언더블레이드라면 트랜싯 없는 직행편으로 아세로라 왕국(가칭)

옛터까지 단숨에 날아갈 수 있을 것이다. 그 수준까지 되돌릴 수는 없다고 해도, 어느 정도 육체를 강화해 두지 않으면 너덜 너덜한 시체 두 구가 루마니아 근처에 도달할 뿐이다.

말도 안 되는 배달이다.

"수어사이드마스터와는 전혀 무관계하게, 카게누이 씨가 우리를 불러들일 가능성은 있을까? 그럴 경우 우리는 저쪽에 두 개의 안건을 갖게 되는데."

"그건 꿈을 너무 크게 품는 게 아니겠느냐…. 데스가 카게누이에게 퇴치되었다고는 생각하지 않지만, 그러나 이 전개에서 아무 관계가 없다고는 생각되지 않아. 그것에 대해서는 인스피레이션 따윈 필요 없다. 그 부분은 오노노키 녀석에게 물어볼 수밖에 없을 테지."

"그러네… 데스라고 부르지 마, 수어사이드마스터를."

사이가 좋아 보이네….

정말 맹우라는 느낌이다.

"나는 소꿉친구인 오이쿠라를 이름인 소다치의 줄임말이면서 친구라는 뜻인 '토모다치'의 줄임말인 '다치'라고 불렀더니, 오래간만에 육감적인 폭력을 당했는데…."

"후자의 의미 쪽이 보다 강한 반발을 산 것이 아니겠느냐?"

"저기, 나도 너를, 앞으로 키스라고 불러도 돼?"

"딱히 상관은 없다만 속박이 풀릴 게다. 내가 그 알로하 애송이의 이름에 속박되어 있는 것을 잊지 마라."

속박되어 있는 쪽에게 그런 주의를 들을 줄이야… 다만 그런 입장인 키스, 즉 시노부 쪽에서 흡혈 행위에 의한 도핑을 요구해 오고 있으니 정말로 긴급한 사태인 듯하다.

이것은 거절할 수 없겠네.

회식은 거절할 수 있어도, 이것은 거절할 수 없다.

가엔 씨에게 혼나는 것은 불가피하다고 해도… 후배인 카게누이 씨를 통해서 처리하는 것으로 참아 달라고 할 생각이었지만, 오히려 보다 강한 설교를 듣게 될 것 같다. 카게누이 씨의 몫까지 혼난다거나?

나쁜 꾀를 낸 결말이 이거다.

카게누이 씨의 비즈니스 출국이 가엔 씨의 지령에 의한 것인지 여부도 오노노키에게 제대로 확인해 두는 편이 좋아 보인다.

작년에 있었던 일을 생각하면 카게누이 씨는 가엔 씨의 수족이 되어 움직이는 타입의 충실한 후배는 아니었던 것 같지만… '뭐든지 알고 있는 누나'에게 비밀로 할 수 있다면 비밀로 하고 싶다.

비밀은 무덤까지 가지고 간다.

비밀을 품는 것으로, 오히려 무덤에 들어가게 될지도 모르지만.

"감염을 퍼뜨리는 게 아니라 외출하는 것 자체에 죄책감을 느끼게 되어서는, 동조 압력에 굴하고 있다는 말을 들어도 어쩔 수 없겠네."

"그러니까 외출이 아니라 귀가라 하지 않았느냐."

그 부분에 너무 구애되네.

그러던 그때, 인터폰이 울렸다.

아무래도 오노노키가 찾아온 것 같다. 식객 시절에는 창문으로 들어오는 경우가 많았는데, 격세지감이다.

지금의 오노노키는 손님인 것이다.

다만 최초에 그녀가 '손님'으로서 인터폰을 울린 2년 전에는 그대로 아라라기 가의 현관이 파괴되었으므로, 이것은 빨리 나가는 편이 좋다.

츠키히의 휴교 기간이 끝나서 다행이야, 정말.

006

연동해서, 가령 내가 아세로라 왕국(가칭)으로 출발한다고 해도 그동안 내가 돌보기로 한 여동생들을 누가 돌보는가 하는 문제를 깨달아 버렸지만, 문제는 하나씩 해결해 나가자.

천 개의 물음도 첫 번째 물음부터다.

우선은 오노노키를 불러들이자.

"여어, 오래간만이네, 귀신 같은 오빠, 줄여서 귀신 오빠. 나는 시체니까 감염증 리스크는 없지만, 만일을 위해서 사회적 거리를 유지해 줘. 그 이상 1밀리미터도 다가오지 마."

현관 입구에서 얼굴을 보자마자 그냥 끔찍이 싫어하는 듯한 거리두기가 이루어져 버렸는데, 교과서를 읽는 듯한 그녀의 무뚝뚝한 말투는, 그야말로 시체 인형이기 때문이다. 견해에 따라서는 시체 인형이기에 감염증을 만연시킬 리스크가 증대될지도 모른다고 말할 수 있겠지만 (좀비란 그런 존재다. 좀비 바이러스다) 어쨌든 오노노키는 신발 벗는 곳에서 집 안으로 들어오기 전에 허리춤에 차고 있던 자신의 소독제로 손가락을 알코올 소독했다.

그야말로 매너도 함께 휴대하고 있다.

물론 마스크도 완비하고 있다. 마스크 아래는 무표정일 것이다. 이 부분은 주인의 지령에 절대복종하는 식신의 설정을 준수하고 있다고도 말할 수 있다.

한때는 등 쪽이 탁 트인 드레스 같은 것을 내 여동생에 의해 입게 되었던 요츠기였지만, 그 패션은 원래 모습으로 돌아가 있었다.

소문으로 들었던 안대도 없어져 있다.

아무래도 가엔 씨에게 압수되었던 안구를 돌려받은 듯하다… 나도 그 건에는 무관계하지 않았기에 내심 조금 안도했다.

나도 자주 눈이 도려내지니까 그 심정을 이해할 수 있다는 것도 있었다.

"곧바로 출발해도 괜찮겠지만, 어느 정도의 설명은 필요하겠지. 필요 보급이야. 고귀고령자^{高貴高齡者}는 그림자 속에 있어?"

"그림자 속에 있지만, 그 표현은 쓰지 마."

그림자 속에서 튀어나와 버릴 거라고.

낯을 가리는 고양이처럼 손님이 오자 숨어 버렸다… 는 것은 아니다. 잘 아시다시피 동녀와 유녀는 원래부터 별로 사이가 좋지 않으므로, 여기서 마주치자마자 싸우게 되는 건 좋지 않다는 나의 배려가 작용한 것이다.

몬스터 거리두기다.

최종적으로 얼굴을 마주하는 것은 어찌한들 피할 수 없겠지만, 최대한 싸움의 불씨를 피하는 방향성을 유지해야만 한다. 이것은 문제를 나중으로 미루는 행동이다. 그 밖에는 단계적인 흡혈귀화 수순을 밟기 위해, 본래는 야행성인 유녀에게 수면을 취하게 하기 위함도 있다. 뱀파이어적으로 말하면 관 안에서 취하는 휴식 같은 것이다…. 그런 쪽의 '유비무환'과는 무연한 시노부가 '쉬는 것도 일이다'를 철저히 지키고 있다는 것 자체가, 이번에 얼마나 직감을 중시하고 있는가 하는 것을 알려 준다.

"좋아. 나도 쓸데없는 싸움은 피하고 싶어."

그렇게 말하면서 부츠를 벗지 않고 신발 벗는 곳과 집안의 경계에 걸터앉는 오노노키.

"응? 들어오지 않을 거야? 차라도 내줄까 했는데."

"난 괜찮아. 파티션이 없는 회식은 피하고 싶거든."

"아이스크림도 있어."

"…괘, ……괘안찮아."

어느 쪽이야?

안 그래도 어느 쪽 의미로도 받아들일 수 있는 말인데, 더욱 뒤엉켰다.

무표정이고, 그것도 마스크를 쓴 상태라 좀처럼 눈치를 파악할 수 없지만, 오노노키는 아이스크림의 유혹에 승리했다…. 대단한 마음가짐이다.

선물로 들려 보내 주자.

안에 들어오지 않는 것은, 만에 하나라도 집 안에 신종 코로나 바이러스를 흩뿌리는 일이 있어서는 안 된다는 해외에서의 귀국자(?)로서의 배려도 있는 듯하다.

과거에 우리 집 현관을 박살 냈던 자와 동일인물이라고는 생각되지 않는 배려.

아무리 생각해도, 역시나 식신.

나도 마스크를 쓰는 편이 좋아 보인다.

"그건 그렇고, 어디부터 이야기할까? 언니에게 이것저것 전해 들은 것도 있고 반대로 이쪽에서 묻고 싶은 것도 있는데 시간이 없거든. 유럽과는 시차도 있으니까, 출발 시간도 조정하고 싶은 참이야."

정말이지, 언니의 무계획성에 나는 항상 휘둘리기만 해, 라고 중간 관리직 같은 말을 하는 오노노키.

뭐, 문득 떠오른 생각 때문에 유럽에서 귀국하게 되었다면 환장할 노릇이겠지…. 센고쿠와 재회할 수 있는 미래가 뒤틀려 버린 것까지 생각하면, 더 말할 것도 없다.

아아, 그렇지.

본론에 들어가기 전에 센고쿠에 대한 것을 물어봐야 한다.

"우리 집을 떠난 뒤에 센고쿠가 있는 곳으로 갔다고 들었는데, 그 뒤에 무슨 일이 있었어? 카게누이 씨에게서는 오노노키에게 물어보란 말을 들었는데."

"그것을 설명하고 있을 짬은 없으니까, 괜찮다면 하권下券을 읽어 줘."

하권을 읽으라니.

뜬금없는 소리를 하네.

"코로나 사태를 이야기 속에 집어넣는다니, 좀 아니라고 의견이 갈릴 부분이지. 현실이 무대인 이상, 마치 코로나 바이러스가 존재하지 않은 것처럼 그리는 것은 여차하면 기만으로 느껴질 수도 있겠지만, 읽는 사람에 따라서는 팬데믹이 소설에까지 침식해 와서 어두운 기분이 될 수도 있을 거야. 독서를 즐기고 있을 때 정도는 자숙이 아니라 자유롭고 싶다고 생각하는 게 당연해. 그런 독자에게 추천하는 것이 하권이야."

"세일즈 토크 하지 마."

오노노키 요츠기의 추천문이냐.

하권인데도 시계열적으로는 상권의 전 이야기인가… 여전히 복잡하다.

그렇다고는 해도, 오오노키가 하고자 하는 말도 이해가 안 가는 것은 아니다.

오히려 크게 공감한다.

"역사를 안다는 의미에서는 『약혼자들』이라든가 『베니스에서의 죽음』이라든가, 감염증 사태를 집어넣은 명작이 있어서 나쁠 것은 없지만. 리얼 타임의 증언을 그런 식으로 남기지 않으면 역사에 묻혀 버리니까. 그 부분을 어떻게 타협해 나가야 할까. 현실과 공상의 선 긋기는 점점 어려워져 갈 뿐이야. 나데 공도 그 부분으로 인해 앞으로 고생하게 되겠지."

"? 왜 센고쿠가 고생하는데?"

"그것도 자세한 것은 하권을 읽어."

하권으로 전부 떠넘기네.

동시발매가 아니었다면 어쩔 셈이었을까?

애초에 그 이야기를 하자면 출판업계 자체도 큰일이다. 도회지에서는 서점이 휴업했다는 에피소드를 들었을 때에는 그리 열심인 독서가가 아닌 나도 충격을 받았었다. 책은 생활필수품일까 아닐까… 음악이나 스포츠에 관해서도 할 수 있는 이야기지만, 어려운 부분이다.

"필수품이 아니었다면 생겨나지 않았을 것이고, 훨씬 전에 없어졌을 거야. 뭐, 인공적으로 만들어진 괴이로서는 그렇게 생각하는데 말이야. 오히려 이렇게 평가해야 마땅해. 책이란 건 이런 때에 금지되어 버릴 정도로 즐거워서 견딜 수 없는, 없어서는 안 되는 것이었나 하고. 아티스트나 크리에이터는 꼭 자랑스럽게 생각해 줬으면 해, 우리는 목숨을 걸고 감상하고 싶어질 정도로 가치 있는 작품을 창출해 버렸다고 말이지. 서적이기에, 자기도 모르게 기적을 일으켜 버렸다고 말이야."

재치 있는 소리를 하네, 시체 인형은.

무뚝뚝한 교과서 읽기 어조이지만.

음악이나 스포츠도 마찬가지일까…. 제한을 하지 않으면 무제한으로 사람이 모여 버리는 오락이 아니라면, 어쩌면 이런 때는 '에이, 좋아서 하는 거라면 좋을 대로 하는 게 어때? 어차피 사람들에게 영향은 없을 테니까'라며 방치되게 된다. 그것은 그것대로, 그렇게 유감스러운 일도 없다.

"나도 팬으로서 진심으로 나 자신을 칭찬해 주고 싶어. 아아, 나의 혼이 키워 온 수많은 엔터테인먼트는, 역시 사회에서 위험시될 정도로 재미있는 것이었구나 하고."

"멋진 소리를 너무 많이 하는 거 아냐?"

그 발언도 위험한 기분이 든다.

다만 시체 인형에게 마음이나 혼이 있는가 하는 의문은 촌스러운 짓이다.

"하지만 역시 지금까지의 명작 SF들이 전부 휴대전화가 없었던 시대의 미스터리 같은 인상을 주게 되어 버린다고 한다면 부끄러워진다고. 이런 팬데믹, 공상 속의 미래 세계에서는 그려지지 않은 거잖아."

"의외로 그려져 있다고 생각해. 네놈 정도의 얄팍한 독자가 읽지 않았을 뿐이지. 역사에 남은 고전작가의 상상력을 얕봐서는 안 돼. 마치 예언서처럼 휴대전화나 로봇, 감시사회를 그린 SF가 있는 것처럼, 이런 팬데믹도 분명 명확하게 상상되어 왔어. 명성이 자자한 SF작가조차 예견하지 못했던 것은 이런 상황에서도 일치단결할 수 없는 인간들의 우매함뿐이야."

"시끄러워. 멋진 소리를 했다고 생각하면 꼭 이렇다니까."

네놈 정도의 독자란 소리도 했었지.

나 정도의 독자이긴 하지만.

"일치단결하면 일치단결한 대로 동조 압력이 발생해. 걱정하지 않아도 우리의 하권은 코로나라든가 인류의 어리석음 같은 것과 관계없는 밝은 모험담이니까, 안심하고 읽어. 온화하고 하트풀한 오키나와 여행 이야기야. 나데 공이 학교 수영복을 입고 스노클링을 하거나, 알몸에 블루머를 입고 이리오모테 산고양이와 장난을 치거나 해."

"신빙성이 높은 거짓말 하지 마, 아무리 물건에 빙의한 츠쿠모가미라지만."

2020년대에는 낼 수 없잖아, 그 책.

정말로 상권만이 출판되고 말 거다.

"확실히 너무 광고하면 하권부터 읽는 사람이 속출해 버릴지도 모르니 이 정도로 해 두자. 실제로 몬스터 시즌에서는 나데코 편 쪽이 인기가 있었다는, 정말 있어서는 안 될 사태가 일어났다고 하니까."

"그런 사태가 일어났어?"

여기서 읽기를 그만둬 버릴 거 아냐.

함께 즐겨 주세요~ 같은 소리를 하라고.

앞으로 이쪽은 어떻게 생각해도 밝은 이야기가 될 것 같지도 않고… 수어사이드마스터에 관련된 여행이 설령 어떠한 결말을 맞게 되더라도, 마지막에 가엔 씨에게 혼난다는 설교 END에 흔들림은 없는 것이다.

"지금부터라도 유녀와 동녀와 함께 마냥 장난치며 논다는 방향으로 전환하는 편이 좋을까….."

"그런 책이야말로 낼 수 없잖아, 2020년대에는. 됐어, 양쪽

다 있어도. 상권과 하권으로 제로섬 게임이야."

두 권으로 0을 만든다는 거구나.

뭐, 어떠한 실태나 어떠한 실패 때문에 오노노키가 센고쿠 곁에서도 해직된 것은 아닌 듯하니, 기체의 안전성은 일정 수준 확보되었다고 납득하기로 할까…. 애당초 센고쿠에 대한 정보를 오노노키에게 들을 수 있을 것이란 추측 쪽이 잘못이었다.

살아서 돌아갈 수 있으면 읽어 보도록 할게, 그 하권이란 것을.

학교 수영복이나 알몸 블루머는 아마 광고라기보다는 단순한 허풍이겠지만. 좀 더 끔찍한 일이 일어났을 거란 예감도 들고.

"이번에는 중권中卷이 생겨나지 않도록 노력하자. 그럼 오노노키. 본론으로 들어갈까. 카게누이 씨는 우리에게 무슨 일을 거들게 하고 싶은 거야? 이런 난세에, 유럽에까지 호출하다니."

맹우의 시신 확인은 아니길.

그런 마음을 담아서 이야기를 꺼냈더니,

"물론 괴이 관련이야."

라고 오노노키는 바로 대답했다.

그야말로 책을, 교과서를 읽는 듯한 어조로.

"게다가 흡혈귀 관련이야. 그게 아니었다면 그 무법적인 언니도 아마추어를 어시스턴트로 부르지 않겠지."

그야 그렇겠지만, 새삼 그런 선고를 받으면 겁이 나지 않을 수가 없네…. 나도 가엔 씨와 절교한 이후로는 업무로 괴이담에 엮인 적은 없었으니.

"다만, 귀신 오빠 쪽과 완전히 무관계한 것도 아니라는 점이 곤란한 부분이야. 왜냐하면 둘 다 아는 사람이 관련되어 있거든… 아는 사람이라고는 해도, 사람이 아니지만."

"…데스토피아 비르투오소 수어사이드마스터?"

"어이쿠, 어째서 그렇게 생각한 거야? 귀신 오빠. 나는 아직 둘 다 아는 사람이라고밖엔 말하지 않았는데."

교묘한 화술로 용의자를 함정에 빠뜨린 명탐정 같은 대사이지만… 아니, 그렇게까지 노골적으로 냄새를 풍기면 누구라도 딱 감이 올 거 아냐.

시노부의 직감이 아니라도 딱 느껴진다.

"에… 그러면 진짜로 시체 확인이란 소리야? 카게누이 씨가 분진 폭발이 일어날 정도로 가루로 만들어 버린 수어사이드마스터의 시체를 보기 위해, 우리는 동유럽의 검시소까지 가게 되는 거야?"

"언니의 이미지와 너무 동떨어져 있잖아. 나의 언니를 해체 중장비처럼 말하지 마."

적중하진 못했어도 빗나가지는 않았을 거 아냐.

나도 해체될 뻔했다고.

"적중하진 못했어도 빗나가지는 않았다는 건 이쪽도 할 수 있는 말이야. 귀신 오빠. 그냥 까마귀인 줄 알았지만 사실은 아주 닮은 큰부리까마귀였다는 거지. 시신의 신원확인을 하는 건 아니지만 경우에 따라서는 그것보다도 잔혹할지도 몰라. 언니는 그런 사람이니까 깊이 캐묻지 않았던 모양인데, 나는 귀신 오빠가 어째서 두려움도 없이 원격회의를 열었는가가 신경이 쓰였어."

그렇겠지요.

까마귀와 큰부리까마귀 이야기는 잘 알 수 없었지만, 이렇게 되면 중간 관리직이라기보다는 압박이 강한 보스의 디지털 계열 비서라는 느낌이다. 파워 캐릭터라는 의미에서는 오노노키도 비슷비슷한데, 주어진 포지션에 따라 사람이 바뀐다는 이야기일까.

사람이 아니라 식신이지만.

"이야~ 가끔씩은 나도 옛정을 새로이 하고 싶다고 생각해. 특히 요즘 같은 때니까. 인연의 소중함을 알았거든."

"그 결과, 새로운 시체를 만들게 될지도 모르지만."

아무렇지도 않게 살벌한 위협을 하면서, "수어사이드마스터에 관해서 정보가 있다고 한다면, 내가 웃고 있는 동안에 전부 털어놓는 편이 좋을 거야."라고 말했다.

마스크 아래는 무표정인데.

큰일 났네, 정보라고 할 정도의 정보는 갖고 있지 않다. 지금은 시노부의 제6감밖에 없는 것이다. 괜히 이상하게 감춘 것 때문에 오해를 사 버렸다… 역시 인간은 정직함이 제일이다.

평소의 신조를 굽혀서는 안 되었다.

"옛정을 새로이 하고 싶어 하는 건 아니겠지만, 시노부가 수어사이드마스터의 현재 상황을 신경 쓰고 있다는 건 정말이야. 그것이 신경 쓰여서 전화를 건 거야. 가엔 씨와는 절교 중이니까, 카게누이 씨에게."

"정말로? 정말로 그것뿐?"

여러 가지로 생략하기는 했지만 큰 거짓말은 하지 않았다. 시노부가 독단으로 무법한 해외 출국을 꾀하고 있었던 것이나, 가엔 씨의 질책을 피하기 위해 카게누이 씨를 초이스했다는 것 등을 일부러 알릴 필요는 없을 것이다.

정직이 첫 번째로 중요하겠지만, 배려도 두 번째 정도는 될 것이다.

"그래. 그러니까 정보를 알고 싶은 건 오히려 이쪽이야. 카게누이 씨의 초청에 응한 건, 그런 이유야."

뭐, 내가 거절하면 제2후보인 센고쿠 쪽이 호출된다는 부득이한 사정도 있었지만… 흡혈귀 관련이라고 한다. 우리가 먼저 후보로 꼽히는 것도 무리는 아니다.

"그러네. 아라운도 우로코의 뱀 관련으로는 나데 공 쪽에 어드밴티지가 있었던 것처럼."

"뱀 관련?"

아라운도 우로코?

혹시, 아직 하권 선전이 이어지고 있나?

"알았어. 그렇지만 나데 공은 그렇다 쳐도, 귀신 오빠를 말려들게 하는 것은 나로서는 별로 내키지 않지만. 언니는 그런 부분을 대충 넘기곤 하는데, 프로페셔널로서 최소한의 선을 그어 둬야 하는 부분이 있으니까."

"가엔 씨는 나를 그 길로 끌어들이는 걸 포기한 모양이야."

"그렇겠지. 나도 귀신 오빠가 전문가에 적합하다고는 생각하지 않아. 개인의 감정이 너무 많이 들어가니까. 어떤 상대라도 동정하고, 어떤 적도 이해하려고 해. 그래서는 올바른 판단을 할 수 없게 돼. 화장지를 잔뜩 사재기하거나 하지."

"그 소동에 관해서라면, 오히려 나는 늦었던 편이라고."

유통 구조 같은 것을 배우게 되었다. 오일 쇼크로부터 반세기가 지나도, 인간은 그렇게 간단히 변하지 않는다는 사실도.

"귀신 오빠가 배운 것이 불변이라면, 내가 체감한 것은 유언비어의 공포야. 실체 없는 괴담이 그런 식으로 생겨나는 거라고 리얼타임으로 목격한 것은, 앞으로 나의 전문가로서의 프로 의식을 바꾸겠지."

확실히 유언비어임을 알면서도 올바른 행동을 취할 수 없다는 점으로는, 어딘지 모르게 괴이 같은 소동이기는 했다. 화장지에 국한되지 않고, 팬데믹 그 자체가 유언비어로 엄청나게 부풀려진 측면은 부정할 수 없다.

인간불신에 빠진다.

인연의 소중함을 알고 있을 텐데도.

경계하면 경계하는 대로, 음모론의 온상이 될지도 모를 위험이 있다. 반신반의半信半疑란 실은 가장 적절한 자세일지도 모르겠네.

"그렇다고는 해도, 나는 어디까지나 언니의 식신이야. 프로 면허를 가지고 있는 건 아니야. 언니의 명령에는 따를 뿐이야. 어쩌다 언니의 무질서한 성격과 귀신 오빠의 코로나 바이러스 따윈 무섭지 않다는 어필이 합치되어 버린 이상."

"누구의 어디가 코로나 바이러스 따윈 무섭지 않다는 어필이냐고."

엄청 위축되어 있다고.

감염은 잘 안 될지도 모르지만, 그것은 동시에 백신도 효과를 발휘하기 어려울 가능성을 시사하는 것이니까.

"다만 각오해 줬으면 해. 특히 이번 일은, 귀신 오빠가 어중간한 마음가짐으로 발을 들이지 말았으면 좋겠어."

몰라도 되는 것을 알게 된다.

그렇게 오노노키는 거듭 확인해 왔다.

"세상에는 알아 두는 편이 좋은 것과 모르는 편이 좋은 것이 있다는 걸, 알아 두는 편이 좋을 거야."

마지막 한 구절을 더한 것으로 말이 좀 복잡해졌지만, 아무래도 오노노키는 나에게 철수한다는 선택지를 주고 있는 듯했다. 어쩌면 내가 카게누이 씨의 억지스러운 스카우트를 거절하지 못하고 응했다고 생각하는지도 모른다.

그런 자상한 구석도 있는 시체 인형이다.

혹은 오노노키가 이 집에서 나가는 상황이 되었을 때를 반성하고 있는지도… 다만, 어느 쪽이라도 나의 답은 정해져 있었다.

"괜찮아, 오노노키. 각오는 되어 있어. 이건 시노부에 대한 보은이기도 해. 내가 멋대로 2년 이상 함께하고 있는 시노부에 대한."

속죄이기도 하다.

그렇다면 그런 각오는, 항상 하고 있다.

"아, 그래?"

리액션이 가볍다.

나의 각오에 대해, 노 리액션이라고 해도 좋다.

"그렇다면 나도 각오를 하고 극비사항을 누설해 줄게. 말해 두겠는데, 이 말을 들으면 예전으로는 돌아갈 수 없어. 대체 지금 언니가 유럽에서 뭘 하고 있는가… 즉, 유럽에서 무슨 일이 일어나고 있는가."

"…꿀꺽."

그렇게 나는 침을 삼킨다.

수어사이드마스터가 그 일에 얼마나 얽혀 있는가 하는 문제도 있지만, 그 방약무인한 카게누이 씨가 나의 조력을 원한다는 안건의 내용에는, 다양한 지옥을 엿보아 왔던 아라라기 코요미라 하더라도 무서운 것을 보고 싶어 하는 호기심을 자극받지 않을 수 없는 것이다.

몰라도 좋은 것.

나는 무엇을 모르는 거지?

뭐든지는 몰라, 알고 있는 것만. 그런 하네카와의 입버릇을 떠올리면서 기다리고 있자니 오노노키는 교과서를 읽는 듯한 어조로, 그러나 차분한 목소리로,

"실은 지금, 유럽에서는 팬데믹이 일어났어."

라고 말했다.

라고 말했다. 라고 말했다?

“……………….”

“놀라서 말도 안 나오나 보네, 귀신 오빠.”

그야 말도 안 나오지.

잠깐 기다려. 그 정도 수준의 바보로 여겨지고 있는 거야, 나는? 오노노키에게? 바로 앞에서 화장지 품귀 현상 이야기 같은 걸 했잖아? 그거, 모르면서 아는 척을 하는 거라고 생각했던 거야?

“설마 오노노키는 나처럼 머릿속에 든 것 없는 애송이에게는 코로나의 무서움이 전해지지 않았을 거라고 걱정하는 거야? 어필이 아니라 진심으로 말하는 거라고?”

“텔레비전을 보지 않는 젊은이에게 SNS로 발신해 줄까?”

“그 선입관 쪽이 무서워.”

“이걸 연장자의 선입관이라고 생각하는 것도 젊은이의 선입관 아냐?”

“그건 달관達觀이네. 선달관이야.”

그런 말을 들어 버렸다.

내 입장에서는, 나에게 전해지지 않는 것은 위험성이 아니라 진실함, 혹은 진지함이라고 생각하지만… 뭐, 그런 세대를 초월한 가치관의 교섭은 여기서 논의할 만한 단절은 아니다.

그 이전이다.

지금, 팬데믹이 일어났다는 것 정도는 전 세계의 모든 인류가 알고 있다고. 이것에 관해서는 하네카와도 틀림없이 ‘모두 알고 있어’라고 말할 것이다. 지금 세계 어디에서 무엇을 하고 있는지 알 수 없는 하네카와도.

그런 것도 모르는 거야?

그런 말을 들어도 이상하지 않다.

"그게 아니라. 귀신 오빠. 나는 신종 코로나 바이러스 이야기는 하지 않았어."

"뭐야. 세계 기준으로, COVID-19라고 말해야 한다는 거야?"

"한자 코 비鼻에 엇걸어서 뭔가 멋진 말을 할 것 같네."

그런 소릴 한 뒤, "COVID-19도 관계없어."라며 오노노키는 말을 이었다.

"지금 현재, 코로나 바이러스의 **이면**에서 유럽 전토에 만연해 있는 것은, **불사신의 괴이에게만 감염되는 팬데믹**이야. 흡혈귀가 픽픽 죽어 나가고 있어. 이대로 놔뒀다간 멸망할지도 모를 기세로 말이지. 구 하트언더블레이드가 신경 쓰는, 그 여자의 맹우이자 그 여자의 부모 격인, 말하자면 캐릭터 설정 담당인 데스토피아 비르투오소 수어사이드마스터도, 이미 양성이야."

양성陽性.

태양太陽을 꺼리는 흡혈귀에게는 얄궂은 명칭이지? 귀신 오빠.

007

그 이야기를 하자면 광환光環을 뜻하는 코로나corona라는 단어 또한, 천문학적으로는 흡혈귀를 지레 겁먹게 만드는 어휘임이 틀림없지만… 그러나 그런 사태가 유럽에서 정말로 일어났다고 한다면, 카게누이 씨가 비즈니스 출국한 것을 용인하지 않을 수 없다.

필연이다.

오히려 출국하지 않는 쪽이 철저하지 못하다.

반대로 말하면, 감염증에 잘 걸리지 않는다는 것이 나와 시노부가 출국할 수 있는 유일한 구실이었다면, 그것이 와르르 무너진 순간이기도 했다. 우리의 흡혈귀 체질이, 이래서는 완전히 역효과를 거두는 거 아냐?

평소대로인 거 아냐?

역효과이자, 엎친 데 덮치기.

무방비하게 클러스터 안에 뛰어드는 짓이다. 그것도 평소대로.

그러나 흡혈귀를 타깃으로 하는 감염증?

애초에 몇 세기 전에는 감염증의 범인으로 간주되기도 했던 흡혈귀가 그런 감염증의 피해자가 된다는 것은 완전히 반대 상황인데… 그러나 그것이 시노부의 직감과 딱 부합한다는 것도 분명한 사실이다.

죽는 것의 달인이라고도 할 수 있는 미식가 흡혈귀, 데스토피아 비르투오소 수어사이드마스터의 신변에, **죽는 것 이상**의 일이 생긴 것이 아닐까 하는 예감이, 완전히 적중했다.

하지만… 그런 일이 있을 수 있을까?

신종 코로나 바이러스의 만연과 동시에, 흡혈귀 세계에도 팬데믹이 일어났다니… 매개체는 박쥐인가? 아니면 늑대인가?

신종 코로나 바이러스의 감염에 관해서, 하이리스크한 사람들에게 최대한 이해를 보이고 있었다고 생각했는데, 막상 자신이 그 하이리스크한 입장에 처하고 보니 그 심정을 전혀 이해하지 못했다고 통감하게 된다.

　결국 안전권에서 이야기하고 있었구나, 나는.

　위기감이 한참 부족했다.

　연장자의 말씀대로였다.

　어필하고 있었던 것이다, 코로나에 꺾이지 않는 강한 나 자신을… 이 얼마나 부끄러운 일인가. 반성하지 않을 수 없다.

　"현재 증상을 일으키는 것은 흡혈귀뿐인 것 같아. 흡혈귀와 그 권속뿐이야. 나도 커다란 분류로는 불사신의 괴이지만, 현재로서는 감염될 우려는 없어. 그렇지만 그것조차 아직 확실하다고는 할 수 없어. 팬데믹이라고 말하고는 있지만 원인을 아직 전혀 모르거든."

　스타트 지점이 구 하트언더블레이드가 말하는 아세로라 왕국(가칭) 주변이라는 점을 제외하면 말이지, 라고 오노노키는 말했다.

　"불사신의 괴이란 의미를 넓게 적용한다면, 귀신 오빠의 가족도 극히 위험하다는 걸 잊지 말도록 해."

　"……."

　"나의 걱정이 전해진 것 같으니 다행이야. 그렇게 나와야지. 이렇게 기쁜 일은 없어. 귀신 오빠는 구 하트언더블레이드에 대한 보은이라느니 속죄라느니 하는 기특한 소리를 하고 있었는데, 그런 제삼자적인 입장에서 이 일에 참전하는 건 불가능해. 귀신 오빠는 다름 아닌 당사자로서 높은 리스크를 안고 참전하게 될 거야."

감염 지역을 피하는 트랜싯에 알코올 소독과 마스크, 현관문 주변까지만 들어온다는 오노노키의 위생 의식은, 현재 관여하고 있는 업무에 근거하고 있었던 건가.

이거야 원.

지금은 아직 그 징후가 보이지 않지만 오노노키, 그리고 카게누이 씨도 결코 안전권에 있는 것은 아니다. 그 팬데믹이 시체 인형이나 그 자체인 인간에게 퍼져 나가지 말라는 법은 없으니까.

"그러네… 아마비에 님이 존재한다면, 역병 그 자체 같은 괴이가 있어도 이상하지는 않겠지…."

"언니는 그런 리스크 관리에 대한 배려가 전무하니까, 여기서는 내가 독단으로 구 하트언더블레이드와 의논하기 위한 시간을 줄게. 대점프를 위한 에너지를 충전해야만 하니, 한 시간 정도 여기에서 기다리겠어."

대담무쌍하게 그만한 각오를 표명한 직후이지만, 고마운 배려라고 말하지 않을 수 없다. 시노부의 입장에서도 상황이 크게 변했다고 말해도 좋을 정도이니 말이야…. 어느 쪽이나 하이리스크임은 틀림없지만, 그러나 나보다 시노부 쪽이 더 위험한 입장에 놓여 있다.

오노노키의 '언리미티드 룰 북'에 달라붙어서 출국하기 위해 흡혈귀화를 강화할지 말지 협의하고 있었는데, 지금 와서 생각하니 너무 위태위태해서 현기증이 난다.

무섭다, 무서워.

이렇게까지 바보였나? 이 2인조는.

"호의를 감사히 받도록 할게. 아이스크림, 가지고 올까? 역시나 현관에서 혼자 먹는 건 상관없을 거 아냐?"

"소망할게. 뚜껑은 내가 벗기겠어. 의논이 금방 끝나더라도, 내가 마스크를 벗고 있는 모습을 봐서는 안 돼."

다른 요괴와 다른 도시전설이 뒤섞여 버린 것 같은 소리를 하고 있는데, 걱정하지 않아도 이것은 그리 간단한 의논이 되지는 않을 것이다. 나는 ABC 노래를 부르면서 두 손을 비누로 씻고, 주방의 냉장고에서 아이스크림을 꺼내 오노노키에게 패스한 뒤에 2층의 내 방으로 재빨리 퇴각했다. 그림자를 노크한다.

"뭐냐. 이야기는 정리되었느냐. 카캇, 칭찬해 주마."

잠이 덜 깬 눈을 비비면서 기어 나오는 금발 유녀… 천하태평이시다.

마음만이라도 평화로워진다고.

"자, 그러면 나의 나이스 아이디어를 실행하기로 할까. 감염증 대책은 확실하다는 말을 듣고, 그 시체 계집애도 자기 이름처럼 오들오들 떨었을 테지."

"뭐라고 말해야 좋을까…."

할 말을 잃게 된다고, 너의 웃는 얼굴에.

오노노키와 오들오들을 연결시키려는 것도 너무 억지스럽고 말이지.

"결론부터 말하면, 수어사이드마스터는 살아 있는 모양이야."

"호호오. 그건 의외로구먼. 천년에 걸쳐 그 생명 중에 죽어 있는 시간 쪽이 길 것 같은 미식가인데."

내가 자살지원의 흡혈귀라면 데스는 영양실조의 흡혈귀다… 라고 시노부는 말했지만, 그 '자살지원'이라는 말이 2년 만에 무겁게 다가온다고.

납작하게 짓눌릴 것 같다.

다른 표현도 생각하지 않아서, 나는 오노노키처럼 교과서 읽기 어조로 말했다. 그다음에 이어지는 이야기를.

"다만, 감염증에 걸린 모양이야."

"뭣이?"

"신종 코로나 바이러스가 아니라, 흡혈귀만이 걸리는 감염증에… 그래서 지금 유럽에서는 흡혈귀가 잇따라 쓰러지고 있다더라고."

흡혈귀이면서 흡혈귀를 사냥하는, 한때는 하네카와와 행동을 함께했던 드라마투르기나 뱀파이어 하프인 에피소드는 과연 지금 어디에서 어떻게 지내고 있을까…. 걱정되는 상대가 지금 또 늘었다.

내가 그 두 사람을 걱정하는 것도 참 우스운 일이다.

기연奇緣이라고 말할 수밖에 없다.

흡혈귀 멸망의 위기인 것을 오노노키는 강조했는데, 그러고 보면 애초에 이 과학의 전성기인 현대사회에 흡혈귀는 어느 정도나 존재하고 있을까?

수명은 길지만, 시시루이 세이시로의 예시를 들 것도 없이 단명하는 경우가 많은 종이므로 원래부터 절멸의 위기에 처해 있는 것은 틀림없을 테고… 그렇기에 더욱 심한 곤경에 처해 있다고 말할 수 있다.

드라큘라 성의 모델이 루마니아에 있는 것으로도 알 수 있듯이, 흡혈귀는 본래 유럽의 괴이이므로 그쪽에서 만연하는 것은 납득이 가는 이야기이기는 하지만, 그렇다고 해서 그것이 일본으로 전해지지 않는다고 단언할 수는 없다.

흡혈귀가 전승되고 있는 이상, 흡혈귀 살해자도 전승된다.

방역대책의 어려움은, 지금 와서는 이야기할 것도 없는 일반 상식이다.

"너의 예측대로, 아세로라 왕국(가칭)을 중심으로 그 파문이 점점 퍼지고 있는 모양이야…. 맹우를 걱정해서 귀국하려 한 너는 결코 잘못되지 않았어. 하지만 귀국하는 것이 수어사이드마스터에게 도움이 될지 어떨지, 약간 미묘해지기 시작했다고 생각하지 않아?"

"쩌는구먼!"

"쩌는구먼, 이란 말을 할 상황이 아니라고."

쩌는구먼이란 말을 할 상황이 아님은 딴죽을 들을 것도 없이 알고 있었는지, 시노부는 얼굴을 가리듯이 그 자리에 쪼그려 앉아 버렸다…. 감정의 기복이 심한 금발 로리 노예다.

그렇게 알기 쉽게 낙심하나?

고양이의 식빵굽기 자세?

이렇게 말하는 건 뭐하지만, 오노노키 앞에서 나는 조금 더 허세를 부렸다고. 예상 밖이기는 했지만, 각오는 이미 하고 있었다는 척을 했다고.

　계속 쪼그려 앉아 있는 시노부를 억지로 일으켜 세우지 않고, 그러나 나는 그대로 오노노키에게 들은 이야기를 계속 전했다. 전언의 전언처럼 되었지만, 그래도 요점은 충분히 전해졌을 것이다.

　신종 코로나 바이러스에 감염되면 가족과의 면회도 불가능해지고, 최악의 경우에는 임종도 지킬 수 없게 된다는 절실한 문제가 있음이 널리 알려져 있는데, 여기서 그 불안을 떼어 놓을 수 없게 되었다. 자신들의 문제로서 앞길을 가로막고 있다.

　팬데믹의 중심지에 뛰어든다는 것부터가 안 그래도 위험한데, 양성이라는 수어사이드마스터와 만난다는 행위는 어떻게 생각해도 추천할 수 있는 일이 아니라고 생각된다.

　맹우 역시, 시노부에게 감염시키는 것을 바라지 않을 테고….

　"아직 불명확한 점들뿐이고, 오노노키로서도 정식으로 계약서를 주고받은 것도 아닌 나에게 상세한 내용을 전부 이야기한 것도 아니겠지만, 듣기만 해도 아마추어가 가벼운 마음으로 끼어들어도 될 만한 일이 아닌 것 같아. 여기서는 프로에게 일임하는 것도 어른의 판단이 아닐까?"

　어른의 판단.

　내가 입 밖에 내면 실소를 부르는 말이다.

　스무 살이 된 정도로는… 이제 곧 성인 연령도 18세로 조정된다고 하는데도.

시노부도 얼굴을 무릎 사이에 묻은 채로,

"아~ 아~ 듣고 싶지 않았다. 네 녀석의 입에서 어른의 판단이 어쩌고 하는 말이 나오다니. 내 주인님도 끝장이로구먼."

상처 이야기 쯤에서 끝났었다면 좋았을 게다, 머리의 좌우를 팡팡 때린다는 '듣고 싶지 않아' 리액션을 취하면서 그런 소리를 했다. …상처 이야기라니.

상당히 초기잖아.

귀가 따가운 것은 이쪽이다.

그렇지만 그 지옥 같은 봄방학에, 무턱대고 흡혈귀를 구했을 때의 나에게 어른의 판단 따윈 티끌만큼도 없었다는 것도 분명한 사실이다. 그런 얼빠진 행동의 결과, 얼굴에 영원히 남는 상처를 입은 것이다.

정확히는 얼굴이 아니라, 목덜미 뒤편의 깨문 자국이다.

"지금의 네 녀석이라면 죽어 가던 나를 간단히 내버릴 것 같구먼. 훌쩍훌쩍."

"정에 호소하는 건 비겁하잖아."

거짓 울음이 너무 서툴다.

뭐가 '훌쩍훌쩍'이냐.

"나도 그 봄방학에서 배웠고, 너도 배웠을 거 아냐. 그 뒤에 평행세계를 멸망시켰을 때라든가."

"아주 캐주얼하게 나의 트라우마를 자극해 주는구먼."

그 세계관에서는 수어사이드마스터나 다른 흡혈귀들은 어떻게 되었을까, 하고 한순간 아무 소용없는 생각을 했지만, 그러나 지금은 다른 것에 골머리를 썩일 필요가 있다.

설정의 앞뒤 맞추기를 하고 있을 상황이 아니다.

직면한 과제에, 앞뒤가 아니라 조준을 맞춰야만 한다.

토라진 듯한 태도를 취하고 있지만 시노부도 모르는 것은 아니겠지…. 몰랐다면 앞뒤 가리지 않고 클러스터에 뛰어들 수도 있었겠지만, 상황으로서는 상당히 사면초가인 상황이다.

"수어사이드마스터와 영상 통화를 연결할 수는 없을까…. 저쪽의 상세한 상황은 아직 알 수 없는 점이 많다고는 해도, 말투로 보면 카게누이 씨와 수어사이드마스터는 콘택트를 취할 수 있는 듯 보였는데…."

그건 그렇고 제대로 듣지 못했는데, 카게누이 씨는 대체 어떠한 스탠스로 이번 비즈니스 출국에 임한 것일까? 상황에 따라 다르다고는 해도 기본적으로 그녀는 '불사신의 괴이를 퇴치한다'라는 입장이다…. 도리에 반하는 '죽지 않는 괴이'를 악으로 간주하는 정의의 사자다.

감염증으로 흡혈귀가 멸망한다면, 어쩌면 바라는 바가 아닐까? 그렇다면 오히려 흡혈귀를 퇴치한다는 감각으로 팬데믹을 확대시키는 스탠스를 취할 가능성도… 없으려나.

그것은 신종 코로나 바이러스의 세계적인 만연을, 오만해진 인류를 향한 경종처럼 받아들이는 것과 다를 바 없는 상상력의 발로다.

혹은 카게누이 씨가 아니라 가엔 씨라면 그렇게 에두른 행동도 할지 모른다는 음흉함도 엿볼 수 있겠지만, 그 폭력 음양사의 경우에는 눈에 보이지 않는 요괴 바이러스 같은 것이 아니라 주먹과 박치기와 발차기로 흡혈귀를 멸할 것이다.

스탠스가 다르다.

"헌터와 흡혈귀는 닭과 달걀 같은 구석도 있으니 말이다. 흡혈귀가 멸망하면 흡혈귀 헌터 역시 멸망하는 게야."

"장대한 이야기를 하고 있네…."

하지만 뭐, 사실이다.

그런 의미에서는, 자기복제 기능을 갖지 않은 바이러스도 숙주를 멸망시켜 버리면 자신도 멸망해 버린다는 이야기다. 다만 그렇다고 해서 숙주를 멸망시키지 않는다는 브레이크를 걸 수 있는가 하면, 딱히 그렇지 않다는 것이 문제점이다.

멸망할 때는 평범하게 멸망한다.

어떤 생물도 언젠가는 절멸한다.

확률적으로.

공룡이든 바이러스든, 인류든 흡혈귀든… 의지가 있는 인간도 이렇게나 마구잡이로 환경을 파괴하고 있는데, 바이러스에게 자기억제가 작동한다는 건 말이 안 된다.

"이 불황 속에서 직업을 잃는다면 흡혈귀 헌터라 해도 곤란하겠지. 이제 와서 번듯한 직업은 가질 수 없을 게야."

확실히, 직업에 귀천은 없다고 해도 기업에서 근무하는 카게누이 씨나 자기 사업을 시작한 카게누이 씨 따윈 전혀 상상할 수 없다.

지면에 발을 붙일 수 없으니까.

"그러면 지금 수어사이드마스터는 카게누이 씨가 보호해 주고 있다고 생각해도 될까? 그렇다면…."

그렇다면 안심, 이라고는 말하기 어렵다.

흡혈귀의 의료체제가 어떤지는 알 방법이 없지만… 작년 봄 이후로 수어사이드마스터가 계속 가엔 씨 쪽의 감시하에 있었다고 해도, 그것으로 안전이 확보되는 것도 아니라는 사실이 팬데믹의 무서움이다.

젠장, 확실히 현지에 가 보지 않으면 알 수 없는 일이 너무 많고, 너무 크다…. 시노부를 흡혈귀로 만든 것이 수어사이드마스터라고는 해도, 거기에 주종관계는 없으니 텔레파시 같은 것도 쓸 수 없고 직감 이상의 것은 작동하지 않는다.

페어링되어 있는 나와 시노부 사이에도 사용한 적 따윈 없으니까 말이야, 텔레파시 같은 건. 감각을 공유하는 부분이 있으니까, 굳이 말한다면 심퍼시sympathy는 있다.

"심퍼시 정도의 페어링인 것은, 이후의 일을 생각해 네 녀석의 마음속을 언어화해서 유녀에게 보여서는 안 된다는, 알로하 애송이 나름의 배려였는지도 모르겠구먼."

"그렇다고 한다면 그 배려는 적절한 예방조치였음을 인정하지 않을 수 없겠어."

"인정하지 마라. 왜 연령제한 등급이 적용되는 거냐, 주종 간에."

"그래서, 어떡할 거야?"

나는 다시 한번 시노부의 의지를 확인한다.

오노노키를 언제까지고 현관에서 기다리게 할 수도 없다. 그 애는 시체 인형이지, 너구리 장식품*이 아니니까.

혹은 연어를 입에 문 곰*일까.

"네가 보는 수어사이드마스터가 내 입장에서의 하네카와라고 한다면, 여기서도 그렇게 치환해서 생각해 보겠는데, 만약 하네카와가 해외에서 신종 코로나 바이러스 이상으로 치사율이 높은 중증화 리스크가 높은 감염증에 걸렸다고 할 경우, 내가 대체 어떡할지를 생각하면…."

가지 않는다, 꾹 참는다, 멀리 떨어진 장소에서 안전하게 무사를 기원한다, 라고 말하기 위한 예시였는데… 막상 그 단계에 접어들자 말이 막혀 버렸다.

갈지도 모르기 때문이다.

망설이지 않을 가능성은 아직 있다.

어른이 되지 않았네~

사람은 이런 충동으로 꽃놀이를 가는 거구나.

"알고 있다. 전부 말할 것 없다, 내 주인님아."

거기서 간신히 시노부는 고개를 들었다.

어쩌면 정말로 울고 있을지도 모른다고 의심할 정도였는데, 그러나 그 금색 눈동자는 오히려 번쩍이며 결의에 넘치고 있었다.

※너구리 장식품(信楽焼の狸) : 시가라키야키 타누키. 질그릇으로 유명한 시가 현 코가 시의 특산품인 너구리 장식품. 사업 번창의 행운을 부른다고 해서 각종 업소의 앞에 장식되어 있는 경우가 많다.
※연어를 입에 문 곰 : 홋카이도의 유명한 기념품 중 하나인 곰 조각상. 길운을 부른다고 한다.

결의.

즉, 유녀는 쪼그려 앉아 있는 동안에 어떠한 결단을 내린 것이 틀림없어 보인다. 그렇다면 나에게 가능한 것은 그것을 존중하는 것뿐이다. 평소처럼.

멸망의 아세로라 왕국(가칭)에 갈 것인가.

쇄국의 일본에 머무를 것인가.

어느 쪽이든 나는 옛 종복으로서 그 결단에 따르고, 행동을 함께하겠다. 그러나 금발 유녀가 내린 결론은 그 양자택일 중 어느 쪽도 아니었다.

아니, 양쪽 다이기도 했다.

"이렇게 하자. 청해 놓고 미안하지만, 네 녀석은 여기에 남아라. 내가 혼자 아세로라 왕국(가칭)에 가겠다. 이거면 어떠냐?"

008

물론 기각하고, 나도 함께 유럽으로 향하게 되었다. 간신히 이야기가 한 걸음 앞으로 나아간 실감이 든다. 아니, 이것은 내 잘못이다. 일심동체 같은 소리를 하면서 시노부의 판단에 맡기는 흐름으로 만든 것은 비겁하기까지 했다.

두 사람의 문제는 두 사람이 결정해야만 한다.

두 사람이니까.

고등학생 무렵에 그렇게나 독단전행으로 터무니없는 일을 벌였던 내가 말해 봤자 설득력이 없겠지만, 속죄라고 말한다면 그 부분의 벌충이라도 하지 않으면 새로운 행동양식이라고는 말할 수 없다.

이것이 우리의 뉴 노멀.

다만 그 발안은 봐 줄 만한 곳이 전혀 없는 아이디어도 아니었으므로, 기각이란 두 글자로 끝내지 않고, 은폐하지 않고 소개만은 해 두기로 한다. 그것이 이후의 행동 계획의 참고가 된 것도 솔직한 부분이다.

취소된 플랜의 핵심은 페어링의 해제였다.

시노부의 말에 의하면 현재의 어쩔 도리가 없는 더블 바인드에 처한 커다란 이유는, 괴이의 왕이 나의 그림자에 봉인되었다고 하는 문자 그대로의 속박 플레이 때문이다.

어디에 가더라도 무엇을 하더라도, 혹은 어디에도 갈 수 없더라도, 자숙하더라도 현의 경계는 고사하고 국가의 경계를 넘더라도 우리는 2인 3각이 기본이 되는 것이다. 밀접 접촉을 피하는 것은 나와 시노부의 관계에서도 아주 난이도 높은 미션이 된다.

그러니까 시노부는 귀향을 계획하기에 앞서 나를 꾀는 수밖에 없었다. 결코 나를 공범자로 만들기 위해서, 위기감이 부족한 여행으로 유혹한 것이 아니다.

뭐, 예를 들자면 시노부는 발목에 나의 형태를 한 철구를 매단 죄수이니, 그런 의미에서는 코로나 사태가 아니라 평소부터 행동 제한이 요청되고 있는 상황인 것이다.

요청이 아니라 명령인가?

깨뜨리면 무거운 과태료가 부과된다. 심장이 터질 듯이 무거운.

이미 출국한 카게누이 씨의 '지면을 걸을 수 없다'는 속박과 어느 쪽의 조건이 더 혹독한가는 판단이 갈릴 것이다. 참고로 카게누이 씨는 그 저주를 식신 동녀라는 '이동수단'을 활용함으로써 ('시체 인형'인데도 '활용活用'한다니 재치 있다) 회피하고 있다.

다른 사람의 눈을 피하고 싶은 내성적인 나로서는 활용할 수 없는 회피법이다.

그러나 이번에 아세로라 왕국(가칭)으로 출국하기 위한 로드맵을 정비하는 데 있어 우리는 그 '이동수단'을 빌리게 되었는데, 그것도 혼자서 예약할 수는 없는 지정석이다.

2인 1조가 아니면 신청할 수 없는 여행사 투어 같은 것이다. 다만 그런 투어라도 두 배의 요금을 치르면 혼자서도 신청할 수 있는 것처럼 (실제로는 1.5배 정도인 케이스가 많지만) 이 굳은 인연(족쇄?)의 콤비를 해제할 수단이 없는 것은 아니다.

리스크를 감수하면.

이 이상 리스크를 감수할 것을 생각하면 그 위태로움에 두 눈을 가리고 외다리로 선 것처럼 휘청거릴 것만 같지만, 요컨대 그것이 일시적인 페어링의 해제다.

숨겨진 비기이기는 하지만, 지금 와서 갑자기 등장한 무법의 설정 파괴는 아니다. …우리는 과거에 두 번, 그것을 실행한 적이 있다.

전과 2범.

과태료 부과 정도로 끝나지 않는 무법자다.

실행했다고 할까, 양쪽 다 강제해제 같은 것이었다…. 첫 번째는 '어둠'에게 쫓겼을 때다.

나의 그림자가 괴이가 아닌 암흑에 삼켜졌을 때, 풀어낼 방법이 없는 강고한 속박이 억지로 해제되었다. 그것은 말하자면 컴퓨터가 재부팅된 것 같은 상황이었는데, 한동안 나와 시노부는 보기 드문 개별행동을 취했던 것이다.

전해 들은 이야기로는, 블랙 하네카와와 만났다던데… 진짜냐.

부럽다고.

"부럽다고 말해도, 그때의 고양이는 속옷 차림이 아니었는데 말이다?"

"커다란 오해야. 그런 의미에서 부럽다고 말한 게 아니야."

그러면 어떤 의미로 말한 거냐고 따져 물어 와도 곤란하므로 곧바로 다른 예시 쪽을 설명하자면, 그쪽 해제는 가엔 씨의 손에 의한 것이다.

그렇게 말하면 마치 정식 수속이고 트래디셔널한 의식이 엄숙하게 이루어진 것처럼 들릴지도 모르겠지만, 실제로는 나의 육체가 일본도로 마구 베였다는 참살 현장이었다.

마구 베기였지만 마구잡이로 이루어진 일은 아니다.

사형이 부과된 것이다.

아무리 엄격한 페어링이라도, 내가 죽으면 그야 해제되겠지… 똑같이 컴퓨터로 예를 들자면 메인보드가 부서진 상황이다.

수리할 수 있었던 것이 기적이다.

양쪽 경우 모두 다시 페어링하는 것은 가엔 씨에게 부탁해서 처리했고, 그리고 지금에 이르는 것이다…. 내가 천국에 갔을 때는 어땠더라? 그때도 죽었던 것 같은데, 페어링은 해제되었던가?

솔직히 그 케이스는 그럴 상황이 아니었으므로, 확실치 않다.

뭐, 올바른 방법이 아니기는 하지만, 어찌 되었든 속박된 페어링의 해제에 관해서 결코 비밀 루트가 없는 것이 아님을 말하고 싶었다. 그 방법을 실행할 수 있으면 시노부는 혼자서 귀국할 수도 있다는 것이, 쪼그려 앉아 있는 동안에 그녀가 짜낸 이론상의 플랜이었다.

추측하신 대로 이것은 나의 안전 확보만이 목적인 플랜이다. 시노부의 리스크는 티끌만큼도 변하지 않는다. 흡혈귀의 위험지대에, 흡혈귀가 들어가려고 한다는 주제에 변경은 없는 것이다.

단신으로 팬데믹에 돌입한다.

방호복도 없이.

이동할 때 접촉하는 인원수를 줄이는 것으로 줄어드는 리스크 따위, 이 경우에는 미미한 것이고, 오히려 불안은 현저히 증대된다.

"허락될 리가 없잖아, 그런 게. 내가 허락하지 않는 것은 당연하고, 가엔 씨도 그렇고 카게누이 씨도 허락하지 않을 거야."

오히려 불사신의 괴이의 전문가인 카게누이 씨가 가장 허락하지 않을지도 모른다.

시노부가 나를 염려해 준 것에 의심은 없다고 해도, 결과적으로 죄수의 발목에 달려 있던 철구가 벗겨져 버린다… 철혈이자 열혈이자 냉혈의 흡혈귀가, 지금까지의 사례와는 달리 자신의 의사로 페어링을 해제하게 되면 이것은 팬데믹과는 다른 의미에서 큰일이다.

모든 전문가가 집합할 수밖에 없다.

그런 식으로 오시노와 재회하다니 최악이다.

시노부(와 아라라기 코요미)가 지금 보호 대상이 된 것은 갱생했기 때문이라든가 하는 이유가 아니라, 어디까지나 키스샷 아세로라오리온 하트언더블레이드가 무력화되어 하찮은 존재이기 때문이다.

하찮은 금발 유녀이기 때문에, 다.

카게누이 씨는 부활한 불사신의 괴이를 신바람을 내며 가차 없이 분쇄하겠지… 변명을 들어 줄 거라고는 생각되지 않는다.

죽지 않는 자는 말이 없는 것이다.

일이 그 마당에 이르면, 뭐든지 알고 있는 누나도 해제된 페어링을 회복시켜 줄 거라고는 생각하기 어렵다.

너희들 따윈 몰라, 라는 말을 들을 것 같다.

다시 일어설 수 없다고, 가엔 씨에게 그런 말을 들으면.

"그런가…. 그런 시점은 없었구먼. 내가 요도 '코코로와타리'로 네놈을 마구 베는 장면까지밖에 떠올리지 못했다."

"대참사가 났었잖아, 그런 짓을 해서."

천국에서 '아름다운 공주'와 만났었지.

조금 기억이 나기 시작했지만, '그녀'와 재회하는 것은 피해야만 한다…. 결코 바보는 아니겠지만, 역시 원래 최강이자 최대의 괴이이기에 계획을 세우는 것에는 적합하지 않구나, 시노부는.

힘으로 해결하려는 이 경향은 집안 내력일까?

아니, 새로이 오시노라는 성씨를 준 오시노 메메는 힘으로 해결하는 타입이 아니었으니 이 추측은 성립되지 않으려나. 실제로 오시노라면 이런 때에 어떤 플랜을 입안할까?

어떻게 밸런스를 잡고, 중립을 유지할까.

"그 알로하 애송이의 경우에는 팬데믹보다도 다른 리스크 쪽이 높겠지. 기초질환의 유무는 모르겠지만, 그런 불규칙한 생활습관으로 나태한 생활을 하면 다른 병에 걸릴 게다."

단기간이긴 하지만 내 그림자가 아니라 오시노가 근거지로 삼았던 학원 옛터의 폐허에 속박된 적도 있었던 시노부는, 그 무렵의 일을 떠올렸는지 씁쓸한 표정으로 토해 내듯이 말하는 것이었다. 그 무렵의 2인 생활의 기억을 좋은 추억처럼 말한 적이 한 번도 없네, 이 유녀는.

그림자에 속박되는 편이 낫다니, 어떻게 되어 먹은 글램핑이었냐고, 그 폐허에서의 생활은.

다른 병이라.

"손 씻기와 마스크 쓰기가 철저히 이루어져서 인플루엔자의 예방도 되었다고 들었는데… 역으로 하네카와처럼 평시에 위험한 분쟁지대에 있다면, 감염 예방보다도 일단 중요한 피난을 우선해야만 해."

밀접 접촉이 두려워서 중대한 질환 치료를 위해 병원에 갈 수 없다, 라는 본말전도는 밀접 접촉과 마찬가지로 피해야만 한다. 그리고 마찬가지로, 너무나도 걱정되는 맹우를 찾아가고 싶기 때문에 나와의 콤비네이션을 해제하겠다는 말을 해도, 그것은 도저히 승낙할 수 없다.

"하지만 전해졌어. 그렇게까지 해서라도, 자신의 리스크를 돌아보지 않고 달려가고 싶다는 너의 마음은…."

약간 리스크 계산이 잘못되었던 부분도 있었지만, 그래도 전해졌다. 마음도, 그리고 각오도.

영혼도.

나와 달리 자신의 하이리스크조차 두려워하지 않는다. 그렇기에 나보다 더 위험하다고도 할 수 있으므로, 역시 경거망동을 감시하기 위해서라도 동행할 수밖에 없겠는데… 유녀에게 판단을 맡기지 않고, 내가 좀 더 적극적으로 생각해야만 한다.

물론 나도 그렇게 신중한 편은 아니지만, 의욕이 앞서는 시노부와 쉽게 겁먹는 나로 딱 좋은 밸런스가 잡힐 것이다.

이 인연은 끊어지지 않는다.

영원히.

"그렇다면 이제, 기다리고 있는 오노노키에게 이 결론을 전하는 편이 좋을까. 그 아이의 지혜도 빌리자. 세 사람이 모이면 문수보살의 지혜라는 속담도 있으니까."

세 사람이 모이면 문수보살의 지혜 이전에 밀접 접촉이 되어 버리지만… 뭐, 세 사람 중 둘은 사람이 아니고, 나머지 한 명인 나도 엄밀한 정의로는 사람이라고는 말하기 어려운 구석이 있다.

"으~음. 그 시체에서 좋은 아이디어가 나오겠나. 나 이상의 파워 캐릭터니, 전에 난리를 피워서 이 집에서 추방당한 식신이지 않느냐."

역시 사이가 안 좋구나~

그렇게 싫어하는 얼굴을 하지 않아도 될 텐데.

"하지만 오노노키에게 부탁하지 않으면 애초에 출국 자체가 어렵다고. 어차피 한 번은 고개를 숙여야만 하니까, 빨리 끝내버리는 편이…."

"고개를 숙이는 건가…. 내가… 그 시체 계집애에게…."

크으으, 하고 신음하는 시노부.

그렇게 송곳니가 부러질 듯이 이를 악물지 않아도…. 괴이의 왕에서 금발 로리 노예로 격하되어도 결코 프라이드를 잃지 않은 것은 훌륭하지만, 그렇지만 그것도 경우에 따라 다르다.

"거기서 시끌벅적하며 사이가 좋아져 준다면 나도 많이 편할 텐데."

"네 녀석의 하렘 운영지침 따윈 알 바 아니다."

"나 같은 녀석은 이미, 고개를 숙이는 것을 아무렇지도 않게 생각하게 되었지만 말이야."

"그것도 대체 어떤 것이냐. 프라이드는 고사하고 성의마저 없어져 있지 않느냐."

그 상실을 사과해라, 라는 말을 들었다.

그것은 말씀하시는 대로다.

시노부에게 넙죽 엎드려 빌면서 요도를 빌려 달라고 한 적도 있었지, 그러고 보니.

"다만 그렇게 되면 아래층으로 내려가기 전에 먼저 도핑을 끝마쳐 둘까. 조금이라도 나의 연령감을 올려서, 그 동녀의 머리 위쪽에서 고개를 숙이지 않으면 체면 문제가 된다."

"그렇게 잔재주를 부리는 쪽이 체면 문제라고 생각하는데…. 대면 시에도 문제고. 하지만 흡혈을 먼저 끝내 두는 편이 좋다는 건 나도 동감이야."

오노노키의 '언리미티드 룰 북'에 달라붙기에 앞선 각오를, 언외로 시사한다. 치킨 레이스에서 핸들을 내팽개치는 듯한 느낌의 시사이긴 하지만, 그렇게라도 하지 않으면 프로인 동녀에게 설복당할 가능성도 있으니 말이지.

흡혈 그 자체는 평소에도 하던 일이라 특별한 준비도 필요없다. 정기적으로 나의 혈액을 주지 않으면, 나의 그림자에 속박된 시노부는 굶어 죽어 버린다. 그야말로 미식가인 수어사이드 마스터 정도는 아니어도, 어떤 의미에서 시노부는 편식가인 것이다.

나의 목덜미에 남은 깨문 자국은, 그대로 시노부의 흡혈(급혈) 루트가 되는 것이다. 나는 상반신을 드러냈다.

"딱히 요염하게 어깨를 드러내지 않아도, 피를 빠는 것 자체는 가능한데 말이다…. 쓸데없는 서비스 신이다."

그렇게 말하면서 시노부는 나의 무릎 위에 올라온다. 그녀의 '식사'를 위해서는, 밀접 접촉을 피할 수 없다… 파티션 같은 건 논외다.

여기까지는 평소대로의 루틴이다.

문제는 흡혈의 양이다.

오노노키의 대점프를 견디기 위해서는, 통상 모드의 못 미더운 불사신성으로는 성층권에서 산산조각 난다. 로켓에 달라붙어서 날아가는 듯한 상황이니까.

좀 더 강화해야만 한다.

그것을 지나쳤기 때문에 고등학교 시절 막판에 아주 큰일이 터져 버렸고, 그런 사태에 질려서 대학생이 된 뒤로는 기억하기로 단 한 번도 과잉흡혈을 한 적은 없었지만, 그저 무턱대고 기피하는 것이 아니라 자신의 체질을 컨트롤 아래 두려는 노력이라는 것도 필요할지 모른다. '위드 코로나' 같은 것이다.

강화에 의해 시노부의 외견상 나이는 변화한다.

겉으로 보이는 나이가 변하면, 그것에 이끌려서 정신연령도 변화한다. 아마도 나의 혈액을 한 방울도 남기지 않고 전부 빨면 27세의 베스트 컨디션, 철혈이자 열혈이자 냉혈의 흡혈귀로 경사스러운 회귀를 이루겠지만, 역시나 그것은 지나친 강화다. 아주 사소한 하자이기는 하지만, 내가 죽어 버린다는 문제점도 있다.

"아슬아슬한 경구수액이라고. 오노노키와 배틀했을 때는 18세 정도의 운동복 모드가 되었던가?"

운동복 모드라고 할까, 그것은 포니테일 카렌 패션이다. 직전에 페어링되어 있는 내가 카렌에게 두들겨 맞는다는 흔한 사건이 있어서, 링크되어 있는 시노부에게 미친 영향이 짙다.

영향이 짙다고 할까, 패색이 짙다.

"나쁘지 않군. 그 모드라면 나도 네 녀석도 고고도高高度 고고속高高速 이동에도 견딜 수 있을 테지. 게다가 만약 이다음에 애니메이션화가 되었을 때에 새로운 캐릭터 디자인을 하지 않아도 된다."

"뭘 예견하고 있는 거야."

된다고 해도 10년 후라든가 20년 후일 거라고.

몇 권의 텀이 있다고 생각하는 거야.

"10년, 20년 뒤에는 코로나 사태가 어떻게 되었을지 상상도 안 되고 말이지."

"인류가 멸망했을지도 모르니 말이다."

"있으니까 무섭다고, 그럴 가능성이."

그럴 경우 태평스러운 책이 된다고, 이 책은.

"일단 참고삼아 열거해 보면, 지금까지 보브 커트의 10세 모드와 롱 헤어의 12세 모드와 트윈테일의 17세 모드가 있었던가."

"분명 13세 모드가 없었던가? 그 왜… 땋은 머리에 안경을 낀, 하네카와를 모사한 거. 중학생 모드라고도 할 수 있는."

"있었지, 있었어. 그립구먼."

이상한 화제로 불타올라 버렸다.

알고 지낸 지 오래되면 이래서 문제다.

딱히 아무거나 골라잡아도 되는 건 아니지만, 어느 정도의 강화가 적절한지 여부는 역시 고민된다. 비행 중의 안전만을 담보로 하고 싶다면, 최초의 18세 안으로도 별문제 없어 보이기도 하지만, 저쪽에 입국 후의 전개를 상정하면 그렇게 간단히 결정할 수는 없다.

흡혈귀화의 정도가 너무 낮으면 신종 코로나 바이러스에 대한 리스크를 회피할 수 없고, 그렇다고 해서 너무 높으면 이번에는 흡혈귀가 타깃이 되는 팬데믹에 대응할 수 없게 된다.

좀 더 말하면 카게누이 씨의 일을 거드는 것도, 우리가 무력해서는 아무런 도움도 되지 않는다. 확실히 우리는 프로페셔널이 아니지만 거들기로 했으면 최선을 다하고 싶다. 프로 의식은 없어도 그 정도의 의식은 있다.

"내가 스무 살이 되었으니까 너도 스무 살에 맞추는 것도 괜찮을 것 같지 않아? 그림이 될 것 같은데. 사진발도 끝내줄 것 같고."

"거기까지 강화하면 괴이의 팬데믹에 노출되기 전에 카게누이에게 퇴치될 테니 말이다. 겉모습을 십 대로 디자인했기에 그때 간신히 눈감아 주었던 것도 있겠지. 18세가 한계다."

의태擬態 같은 소리를 하고 있다.

혹은 의사擬死일까.

시노부의 실제 연령 600살을 생각하면 변화의 폭은 드넓은 블루오션이지만, 선택의 폭으로 보면 좁디좁은 레드오션이다. 헤아릴 수 없이 많은 플랑크톤의 시체들로 가득 차 있는 느낌이다.

"빈틈을 메운다는 것도 있지. 아직 모습을 보여 주지 않은 11세와 14세… 일단 십 대의 범위에서 말하면 16세와 19세도 없나."

컴플리트하는 버릇이 나와 버렸는데, 여기서 그런 것을 발휘해서 어쩌려는 거냐. 뭐, 오노노키보다 (겉모습이) 연상이고 싶다는 시노부의 희망 등 다양한 조건을 가미하면 12세 이상 14세 이하가 정당한 사고일 것이다.

무엇을 정당하게 생각하는 거냐는 정당한 의문을 품을지도 모르겠는데, 고르자면 13세라는 것이 결론일까.

5년 분량의 강화다.

8세에서 13세라면, 유녀에게 그 5년은 커다란 5년이다.

그렇다면 내 쪽의 흡혈귀화의 부작용은, 최소한으로 억제할 수… 있을 것이다. 몇 번이고 반복하면 그 정도로 끝날 일이 아니겠지만, 적어도 그 부분에서 배려는 했다고 주장할 수 있는 숫자이기는 하다.

"13세. 이도 저도 아닌 어중간한 나이이지만, 임기응변으로는 일단 아슬아슬하게 허용범위 안이라는 느낌일까."

"13세를 아슬아슬하게 허용범위 내라고 말하는 것은 어중간하기는커녕 그야말로 쩌는구먼! 이로구먼."

그렇게 말하면서 시노부는 아앙~ 하고 입을 벌리고 뾰족한

송곳니로 내 목덜미를 깨물었다. 헌혈은 불요불급한 것은 아니
었다.

009

13세의 시노부를 데리고 아래층으로 내려간 행위가, 과연 오
노노키의 의표를 찌르게 되었는지 어땠는지는 확실치 않다. 안
그래도 무표정한 오노노키는, 이미 아이스크림을 다 먹고 마스
크를 장착하고 있었으니까.

식후의 꼼꼼한 마스크 장착이다.

"뭐, 그렇게 되겠지, 귀신 오빠라면. 귀신 오빠와 시노부라면."

"성가시다. 당연하다는 듯이 편하게 부르지 마라."

"시노부 언니라고 부르면 될까? 그 모습이라면."

오시노 시노부, 13세.

지난번에는 직전에 만났던 하네카와의 영향을 강하게 받은 땋
은 머리였지만, 그렇다면 이번 헤어스타일은 어떻게 되는 걸까
하고 기대에 가슴을 부풀리고 있었는데… 8세에서 13세 정도로
부풀리고 있었는데, 그런 의미에서는 헛다리를 짚었다고 할까.
차양이 넓은 모자로 금발이 거의 완전히 가려져 있었다.

오노노키는 그저 교과서를 읽는 듯한 목소리로,

"모자 캐릭터라니, 옛날의 나데 공 같네."

그렇게 말할 뿐이었다.

리액션이 나쁜 동녀다.

요컨대 센고쿠, 이미 모자 캐릭터는 그만뒀구나…. 그것도 츠키히에게 듣지 못했네. 전혀 정보를 제공해 주지 않았다고, 그 여동생… 그러고 보면 츠키히도 츠키히대로 머리모양을 휙휙 바꾸는 녀석이다.

그 녀석의 머리모양에는 흥미가 없지만.

어떤 헤어스타일도, 이젠 자다가 뻗친 머리라고 생각하며 보고 있다.

"나데 공은 요즘 귀신 오빠처럼 길어지는 대로 놔두고 있어. 일에 전념하고 있어서 부스스해."

"네놈은 달라지지 않았구나, 시체 인형."

"시체니까. 시체 인형의 머리카락이 자라면 무섭잖아. 그렇다고는 해도 나데 공과 행동을 함께했을 무렵에 싹둑 잘린 적이 있어. 머리째로."

어떤 모험을 하는 거지, 이 애는.

그런 이야긴 들은 적 없다기보다, 듣고 싶지 않았다.

나에게는 절망적인 이 트윈데믹도, 의외로 오노노키에게는 평소에 상정했던 예정조화의 긴급사태일지도 모르겠네…. 600년 정도는 아니더라도, 오노노키도 100년간 사용된 시체의 츠쿠모가미다.

"레이스 옷깃이 달린 검은 망토는 페스트 시대의 의사 코스프레야? 의료종사자에 대한 감사의 표시로서는 조금 뒤틀려 있네, 시노부 언니."

나는 긴다이치 코스케의 외투 같다고 생각했지만, 세련된 옷깃으로 보면 확실히 가면 의사 같다고 하자면 그렇게 보이지 않는 것도 아니다. 시노부의 심층심리에 어떤 의식이 작용했는가는 본인에게도 불명이다.

포니테일이나 땋은 머리 정도로 알기 쉽지는 않다.

평범하게 해석하면 고향에 귀국하기에 앞서 준비한 흡혈귀 망토인지도 모른다…. 펼치면 박쥐 같기도 하니.

전통적인 의상이다.

새해를 맞이할 때의 전통의상 같은 정장이라고도 받아들일 수 있다.

"어쨌든 나의 자상함은 무위로 돌아간 모양이네. 늘 이래, 못해 먹겠어. 배려를 하는 게 바보 같아. 그러면 출발할까, 귀신 오빠, 시노부 언니."

좀 더 잔소리를 들을 거라고 대비하고 있었는데 교과서를 읽는 듯한 어투로 불평을 할 뿐, 오노노키는 생각 외로 간단히 현관에 앉아 있던 몸을 일으켰다. 김이 샌다고 말하는 건 뭐하지만, 브레이크를 걸어 주지 않으면 그건 그것대로 불안하다.

너는 우리들의 ABS잖아?

아이스크림의 빈 컵은 손에 든 채다. 쓰레기를 가지고 돌아가는 부분까지, 감염대책은 철저하다.

시체의 자세이지만, 본받아 마땅한 자세다.

"말려도 소용없잖아. 어차피. …어느 정도 머무르게 될지 알수 없는데, 집을 비워 둬도 그 여동생들은 괜찮겠어?"

"아니, 그 가정 내 문제는 아직 닥치지 않았어. 유럽은 지금 서머타임이고, 시차도 있으니 괜찮지 않을까? 잽싸게 갔다가 잽싸게 돌아온다면 이쪽에서는 한 시간도 지나지 않는 거잖아?"

"시차 개념은 차차 설명할게."

대★장편 도라에몽에서의 타임머신 사용법 같은 소리 하지 마, 라고 말하면서 오노노키는 현관의 신발 벗는 공간에서 밖으로 나갔다. 신발을 벗는 공간이었지만, 결국 부츠는 마지막까지 벗지 않았다.

편하게 쉬게 해 줄 수 없어서 유감이다.

당황하며 나와 시노부는 그 등을 따라간다.

간다고 정해지면 꾸물거리지 않네, 동녀는.

조금 더 시노부와 와글와글하는 장면을 보고 싶었는데… 그렇지만 길을 가면서? 유럽을 향한 대점프 중에 느긋하게 이야기할 여유 따윈 없을 것이다. 혀를 깨물게 된다고.

"공교롭게도 이 정도의 장거리 이동이 되면 트랜싯 문제 때문에 귀신 오빠의 집 마당에서 가볍게 이륙할 수도 없거든. 지구의 자전이나 중력 관계를 가미하면 비행장은 잘 골라야만 해."

비행기의 이륙이라기보다 그건 그야말로 로켓 발사다. 설마 타네가시마*까지 걸어갈 생각은 아니겠지? 하며 의심했지만 오노노키는 터벅터벅 걷는 걸음을 멈추지 않았다.

※타네가시마(種子島) : 규슈 가고시마 현에 속한 섬. 섬 남부에 일본 내 최대의 로켓 발사 시설인 타네가시마 우주센터가 있다.

배려의 동녀인 것치고 설명은 부족하네⋯. 그 부분은 주인의 영향이 짙다.

고등학교 3학년이라면 몰라도, 스무 살의 대학생이 유녀와 동녀와 함께 걸어 다니는 것은 지역의 방범 측면에서 바람직하지 않지만, 역시 이런 시대이므로 마을은 한산했다.

뭐, 그렇지 않아도 원래부터 교외의 시골 마을인 사랑스러운 나의 고향은, 해마다 한산해져 가는 흐름이었지만⋯ 13세의 시노부를 유녀라고 부르는 것도 바람직하지 않은가.

어떻게 부를까? 숙녀?

"전 세계의 어디라고 해도 시간은 똑같이 경과하니까, 가령 시차가 열 시간 있다고 해도 열 시간 전으로 이동할 수 있는 건 아냐. 날짜 변경선이 무엇을 위해 있다고 생각하는 거야, 귀신 오빠."

아니, 그런 걸 정식으로 정정해 와도 말이지.

나도 설마 진짜로 시간을 거슬러 올라갈 수 있다고 생각한 건 아니다. 시간 이동은 예전에 시노부와 했을 때 겪은 것만으로도 질려 버렸다.

"애초에 잽싸게 갔다가 잽싸게 돌아올 수 있다고 생각하는 시점에서 아직 위기감이 부족하다고 말하지 않을 수 없어, 귀신 오빠. 살아서 돌아올 수 있을지 어떨지도 알 수 없는데."

"그 이야기를 들으니 찍소리도 못 하겠네."

"단말마가 나올지도 모르지. 전염병의 만연으로 전 세계의 모든 이들이 피부로 느끼는 리얼한 죽음을 의식했나 싶었지만, 꼭 그런 것은 아닌 걸까. 이런 상황이 되어도 '나만은 괜찮을 거야'라고 생각해 버리는 게 인간일지도."

이런 소릴 시체에게 들으면 끝장이다.

그러나 전염병이라니, 의외로 강한 말을 사용해 온다…. 감염증보다 두세 단계 하드한 초이스다.

시노부, 13세도 그렇게 생각했는지,

"흡혈귀도, 감염이라기보다는 전염이지."

라고 그렇게 말을 받았다.

"페스트도 그랬지만, 그러고 보니 광견병 같은 것도 그 장르에 포함되는 것일까. 이 나라에서는 비교적 관리되고 있는 모양인데, 그건 치사율이 거의 100퍼센트인 병이다."

물을 두려워하게 된다는 점에서는, 확실히 광견병도 흡혈귀화에 가까운 증상이라고 말할 수 있을지도 모른다. …닭이 먼저인가 달걀이 먼저인가로 말한다면, 흡혈귀가 먼저인가 전염병이 먼저인가 하는 이야기일까.

"흡혈귀는 깨무는 것으로 전염되니까."

라고 오노노키는 말했다.

"좀비 같은 것도 그럴까. 나는 시체 인형이니까 엄밀히 말하면 이미지대로의 좀비는 아니지만. 그런 호러 영화가 히트하는 건, 역시 사람이 잠재적으로 얼마나 전염병을 두려워하는가 하는 증거인지도 모르겠네."

그럼에도 불구하고 귀신 오빠는 정말 무서운 걸 몰라, 라고 말을 이었다. 간단히 받아들여 주었나 하고 생각했는데, 역시 그 나름대로 분노를 참을 수 없는 걸까. 스무 살이 되어도 변하지 않는 나의 경거망동에.

"좀비 영화에는 히트작도 있지만 실패작도 있다고."

"이번이 실패작이 되지 않기를 기도할게. 쪽박이 아니기를 말이야. 영화업계도 응원해야만 하니까. 그래서 실제로, 여동생들에 대한 대처는 어떻게 할 생각이야?"

"그렇다. 어찌할 셈이냐."

왜 시노부까지 나를 나무라듯이 말하는 거야…. 사이가 나쁜 것도 곤란하지만, 너무 일치단결해도 문제네.

가상의 적으로 삼지 말라니까?

"이 상황에서 마요이 언니가 있으면 트리오의 재결성이겠네. 신이 되어 버렸으니 그렇게 간단히 데려갈 수는 없나."

마을을 지킨다는 큰 임무가 있으니까.

하지만 과연 어떤 걸까. 흡혈귀를 타깃으로 한 감염증에 관해서 말하면, 설령 포지션이 신이라고 해도 하치쿠지를 데리고 가는 데에 별 의미는 없을지도 모른다… 내가 행복하다는 것 이외의 의미는.

카게누이 씨가 우리를 부른 데에 보조 역할이 아닌 샘플의 의미가 있는 것 아닐까 하는 의심도 가능한 것이다.

샘플이란 말로 이해가 잘 안 된다면 모르모트다. 우리에게 바이러스를 감염시키고, 백신 연구를 할 생각인지도.

지금, 전 세계에서 이루어지고 있는 일이다.

같은 불사신의 괴이라도 오노노키에게는 (지금은) 감염되지 않는다면, 신인 하치쿠지는 더욱 감염되지 않을 것이고… 신종 코로나 바이러스도 감염되는 동물과 감염되지 않는 동물이 있다.

개나 고양이, 그리고 영장류는 감염된다… 라고 했던가?

"개는 별로 감염되지 않아. 고양이 애호가들에게는 괴로운 뉴스지. 고양이 관련으로 이야기를 하자면, 호랑이가 감염되었다는 뉴스가 있었던가?"

고양이나 호랑이가 감염된다면 하네카와는 엄청 위험하네. 그것도 신종 코로나 바이러스 이야기이고, 안티 흡혈귀 바이러스 쪽은 아니다. 다만 하네카와는 드라마투르기와 행동을 함께했던 무렵의 특수 사정도 있지….

"그러니까 나의 음성陰性에도 확실한 증거가 있는 건 아니야. 네거티브한 말을 하자면 포지티브인지도 몰라. 무증상일지도. 위양성僞陽性이 있다면 위음성僞陰性도 있을 테고… 그걸 한창 조사하는 중이라고도 할 수 있어. 그러니까 시간은 상당히 걸릴 거라고 생각해 줘. 살아서 돌아갈 수 있을지 어떨지 알 수 없다는 말은 극단적인 표현이지만, 몇 년 단위의 업무가 될지도 모르는 건 진짜야."

"……."

"뭐, 역시나 언니도, 귀신 오빠를 그렇게 장기간에 걸쳐 구속할 생각은 없겠지…. 장기라고 말하면 귀신 오빠에 관해서는 가엔 씨의 장기 계획도 있고."

어? 내가 가엔 씨의 장기 계획 안에 들어가 있는 거야? 그건 처음 듣는데… 아주 불온한 소릴 들은 거 아냐?

가능하면 이대로 모르고 있고 싶다.

"어느 쪽이든 외출 자숙이 촉구되고 있는 요즘 시대에, 집을 너무 오래 비우는 것은 바람직하지 않지 않아? 여동생들로부터 배싱bashing당할 거야."

"그 배싱은 아무리 강철 멘탈을 지닌 나도 견디기 힘들겠네…. 여동생들에게는 메시지를 보내 둘게. 사실을 말할 수는 없으니, 뭔가 좋은 핑계를 생각해서 적당히 둘러대게 되겠지만…."

돌봐 준다고 하는, 부모님에게 부여받은 역할을 필연적으로 포기하게 되어 버리지만, 고등학생이 된 두 여동생은 생각했던 것보다 빠릿한 듯하니 그 점에 대해서 걱정하지는 않는다. 위기적 상황에 강한, 위기적 상황에야말로 빛나는 다이아몬드 멘탈의 바탕이 중학교 시절 파이어 시스터즈로서의 활동에 있다고 한다면, 나도 그렇게 잔소리를 하지 않아도 되었을 것이다.

부모님의 기대에 부응하지 못하는 것은 나뿐이다.

"좋은 핑계라. 한번 들어 볼 수 있겠느냐, 어떤 좋은 핑계가 있는 게지? 이 시기에 해외여행을 가는 것에 대해서. Go To 해외에 대해서."

"일단 해외여행을 간다고는 말하지 않을 거야. 아무리 그래도 있을 수 없는 일이니…. 대학의 리포트라든가 논문이라든가 시험이라든가, 하여간 그쪽 문제 때문에 일단 하숙집에 돌아가야 하게 되었다는 정도일까. 혹은 혼자서 스테이 홈 하다가 궁지에 몰린 오이쿠라에게 도움의 요청이 와서…."

"가장 있을 수 없는 거짓말을 하려 하고 있구먼. 그건 거짓말이 아니라 네 녀석의 소망 아니냐?"

그 말대로이지만, 그 소꿉친구도 나는 맹우라고 부르고 싶은 것이다. 이것으로 다음 문제를 해결했다고 생각하게 된 나였지만 오노노키로서는 아직 걱정이 남았는지,

"만약 만사가 잘 풀렸다고 해도, 귀신 오빠가 유럽에서 불사신의 괴이를 대상으로 한 팬데믹에 감염되었다고 치고, 혹은 언니에게 감염되었다고 치고."

라는 이야기를 꺼냈다.

칼을 꺼내듯이 이야기를 꺼냈다.

"후자의 가정이 무서워."

"그러면, 설령 죽지 않더라도 더 이상 일본에 돌아올 수 없게 될지도 몰라. 여동생들에게 옮길 가능성을 완전히 배제할 수 없으니까."

아아, 그 문제가 있었나.

깜빡했다. 늘 그랬던 것처럼.

오노노키가 괜찮다면 여동생도 괜찮을 테지만… 애초에 괴이 자체가 생사의 개념에서 벗어나 있다고도 할 수 있고, 극단적인 소리를 하자면 모든 괴이는 불사신 같은 존재다.

실체화한 괴이 쪽이 드문 것이다.

"하지만 확실히 단언할 수 없는 것은 사실인가…. 나도 유럽에 뼈를 묻을 생각은 없었지만, '살아서 돌아갈 수 없다'라는 말은… 과연, 그런 의미이기도 했나…. 아무리 귀국이라고 주장해도 공항 검역에서 걸리면 출국할 수 없으니 말이야."

"그 이야기를 하자면, 죽어서 돌아가는 것도 간단하지 않아."

오노노키는 더욱 엄격한 소리를 했다.

그런가, 걱정하고 있던 시체의 신원 확인은, 그런 관점에서 보면 오히려 있을 수 없는 일이다…. 가까운 인간의 죽음을 지켜볼 수 없다는 것은 감염증이 일으킨 비극 중 하나다.

그런 사례를 구체적으로 들은 것은 아니지만, 해외에서 감염증으로 사망했을 경우에 관을 운송해 달라고 할 수 있는 루트가 확립되었다고는 생각하기 어렵지….

"현실적으로는 바다 저편에서 화장되어 유골만 수송되는 형태가 되는 거 아냐? 화장을 하는 지역일 경우의 이야기지만…. 글로벌의 어려움이지. 괴이의 모습도 나라에 따라서 달라져. 한마디로 흡혈귀라고 해도, 한마디로 유럽이라고 해도, 각 지역에 따라서 그 모습이 달라지는 거야. 크리스마스나 밸런타인데이의 모습이 전혀 다른 것처럼."

확실히 이제 일본의 밸런타인데이는 끝내, 마음 맞는 친구와 초콜릿을 먹는 날이 되었으니까.

동시에 일본에서 말하는 우리 쪽의 흡혈귀도, 유럽에서 말하는 저들의 흡혈귀와는 이미 완전히 다른 존재라고도 말할 수 있다. …600살의 시노부는 그 양자를 잇는 가교인 것이다.

"바이러스도 문화도 변해. 요컨대 지금은 아직 흡혈귀에게만 감염되는 전염병도 폭넓게 다른 괴이에게 감염되는 바이러스로 모습을 바꿀 가능성도 부정할 수 없어. 그렇기에 빠른 시일 내에 봉인해야만 해. 몇 년이 걸리는 장기전의 대비라고는 말했지만,

단기간에 해결할 수 있다면 당연히 그보다 나은 일은 없겠지."

"그렇다면 그 방침으로 가자."

오노노키의 말꼬리를 잡는 것은 아니지만, 나는 거기에 활로를 찾아냈다.

"아세로라 왕국(가칭)에 가서 곧바로 팬데믹을 해결하자. 신종 코로나 바이러스는 우리가 감당할 수 없다고 해도, 안티 흡혈귀 바이러스 쪽은… 그렇게 하면 집을 오래 비우지 않고 귀국할 수 있고, 일본에 전염병을 갖고 돌아올 걱정도 없어. 여동생도 하치쿠지八九寺… 아니, 하치쿠진八九神도 안전해."

"낙관적인 생각에도 정도가 있어."

어이가 없다는 듯 교과서를 읽는 목소리로 무뚝뚝하게 말한 뒤, 오노노키는 "하지만 어쩌면 그런 자세가 중요한지도 모르겠네."라고 말을 이었다.

"이런 소모전이 이어지면 언제부터인가 목표가 하향 수정되어 버리는 경향이 있으니까. 감염자 수를 제로로 만드는 것을 포기한다… 공포와 접하는 방법을 익혀 버리는 거야. 물론 그것도 방법 중 하나일 수 있겠지만, 그러나 천연두처럼 박멸하는 것을 포기하기는 아직 일러."

그것은 어느 쪽 바이러스를 이야기하는 것일까? 천연두… 입시 공부를 할 때 어느 과목인가에서 배운 기억이 있는데, 그러나 실은 인류가 완전히 박멸할 수 있었던 전염병은 그것뿐이라는 커리큘럼이었지. 광견병도 세계적으로는 아직 쌩쌩하게 현역이다.

그렇다면 뭔가의 힌트가 될까.

좀 더 공부해 둘 걸 그랬다.

"생각해 보면, 평범한 해외여행도 백신 같은 걸 접종하는 게 출국 조건이 되는 지역도 있으니까. 아세로라 왕국(가칭)은 괜찮은 거야?"

"이미 멸망했으니 말이다. 제아무리 독한 역병이라도 맹위를 떨치고 있지는 않을 테지."

그랬다.

말도 안 되는 집단면역이다.

"도착. 여기가 적절한 이륙장이야. 올 때도 여기에 착륙했어."

이런저런 이야기를 나누면서 꽤 많이 걸었다고 생각했는데, 오노노키가 그렇게 말하며 걸음을 멈춘 것은 그리 멀지 않은 공원이었다. …그것도 잘 아는, 시로헤비 공원이었다.

고등학교 시절이라면 자전거를 타고 왔을 거리이지만, 도보로 오지 못할 거리가 아닌 것도 아니다…. 그렇구나. 지구의 자전이라든가 중력 관계라든가 하는 조건도 있지만, 어쩌면 그 이상으로 영적인 조건도 있었는지 모른다.

이 마을을 수호하는 하치쿠진에게 있어 이곳은 키타시라헤비 신사의 조금 떨어진 영지 같은 곳이니까… 극히 한정적이기는 하지만 이 시로헤비 공원은 타네가시마에 있는 발사장에 필적한다.

으~음. 오래간만에 왔는데 여전하다고 할까, 더욱 적적해진 느낌이 있네… 자숙기간에는 공원에서 노는 부모자식 일행이 늘어나는 경향이었을 텐데, 마치 결계라도 펼친 것처럼 인적이 없다.

괜찮은 거냐, 하치쿠지?

또 폐신사가 되어 버리는 거 아냐?

"전염병이 만연하면, 신이며 부처며 그런 게 있겠느냐고 생각하게 되는 것도 인간이니까. 이런 상황에서 인간은 의외로 신에게 빌지 않는 법이야. 압도적인 현실의 위협은 괴이보다도 두렵다는 이야기이기도 하지… 다만, 눈에 보이지 않는 공포라는 점에서는 바이러스도 요괴도 마찬가지야."

닭이 먼저인가, 달걀이 먼저인가.

찐 달걀이 먼저인가, 차슈가 먼저인가.

라멘 같은 이야기를 하며, 오노노키는 공원 중앙 부근에서 포지션을 취한다.

뭐, 고향 마을이나 추억의 땅이 적적해진 것은 슬픈 이야기지만, 그러나 지금 이때 공원 안에 인적이 없다는 것은 그야말로 바라던 바다…. 동녀의 허리춤에 달라붙어서 하늘 높이 날아오르는 장면 따위, 목격되고 싶지 않다.

거동수상자에 대한 위험 정보가 공유되고 말 거다.

"나는 기내에 반입하는 수화물 안에 수납되기로 할까."

시노부는 그렇게 말하고 나의 그림자 속으로 다이빙했다. 행동이 조금 아크로바틱한 것은 13세의 특성일까?

앞뒤 가리지 않고 일단 움직이고 싶지, 그 나이에는.

2차 성징기의 한복판인 심신의 밸런스에 아직 익숙하지 않은

지도 모른다. 그런 의미에서 13세라는 절묘한 나이는 안정적이기 어려운 시기다.

두 여동생이 13세였을 무렵은 다시 떠올리고 싶지 않을 정도로 다루기 어려웠다…. 이렇게 말하는 나의 13세도, 변변치 못했다.

그 무렵의 실수가 아직도 영향을 남기고 있어서, 지금도 오이쿠라에게 미움을 받고 있다고. 그에 비해 오이쿠라는 13세 때가 가장 귀여웠는데, 그건 그것대로 말이지….

어쨌든 12세의 오노노키는, 20세의 나와 13세의 시노부가 둘이서 끌어안을 만큼 몸통이 굵지 않으므로, 시노부가 여기서 나의 그림자에 들어가는 것은 탑승 안내에서 최선의 수다.

"스무 살의 귀신 오빠가 혼자서 12세의 내 허리에 달라붙는 것이 최선의 수인지 어떤지는 신중한 논의가 필요하겠지만 말이야."

"확실히, 밀접 접촉이 되어 버리니까."

"밀접 접촉이 아니라 그냥 죄가 돼."

그렇게 말하면서도 오노노키는 만세를 하는 듯한 자세를 취한다. 나는 그 몸통에 달라붙었다. 허그치고는 열렬해서, 이것이 밀접 접촉이 아니라면 무엇이 밀접 접촉이냐고 말하듯 단단히 달라붙었지만, 그러나 절실한 문제다. 공중에서 손이 미끄러지기라도 했다간 아무리 도핑으로 육체를 강화했다 한들, 가루도 남지 않을 것이다.

피 웅덩이가 된다.

나의 외견에 연령의 변화는 없지만, 13세인 시노부 나름의, 20세인 아라라기 코요미인 것이다. 불사신성은 완벽하지 않다.

"그런데 생각해 보면 지금까지 스토익하게 용케 참았네. 고등학교 시절에는 의존증이라고 말해도 좋을 정도로 흡혈귀화 하고 있던 귀신 오빠였는데, 이번 행동은 전체적으로 칭찬받을 만한 건 아니지만, 그 점만은 칭찬해 줄 수 있어."

아주 위에서 내려다보는 시선이지만, 그렇게 말해 주면 조금이지만 마음이 편해지네…. 올바른 답 같은 건 없는 현재 상황에서는 특히.

"이러쿵저러쿵하면서도, 나도 이렇게 오래간만에 귀신 오빠의 강화된 근육을 온몸으로 느낄 수 있어서 나쁜 기분은 들지 않거든. 안심해. 모두가 귀신 오빠의 경거망동을 나무라도, 나만은 칭찬해 줄게."

회유하려고 하고 있지 않아?

확실히 품은 부드럽지만….

"그런 소리를 하고 있으니까 나무라는 소리를 듣는 거야. 유럽에서 언니를 끌어안고 두들겨 맞아 죽어 버려."

"나도 죽는 법은 고르고 싶어."

"누구라도 그래."

시체 인형은 그렇게 말하고 에너지를 하반신에 집중한다. 어쨌든 시체이므로 에너지라는 것도 실상과 다르겠지만, 풍성한 드레이프 스커트 안쪽에서 가볍게 무릎을 굽히듯이 스쿼트 자세를 취하고,

"언리미티드 룰 북."

이라고 영창한다.

어텐션 플리즈.

어텐션 플리즈.

아무리 격렬하게 흔들려도, 운항에는 영향이 없습니다. …아무리 격렬하게, 마음이 흔들려도.

010

트랜싯의 과정을 생각해 보니, 거의 세계 반주半周 여행이 되어 버렸다. 최초의 착지점은 오키나와의 외딴섬 어딘가였고, 그다음에는 아시아 대륙을 이쪽저쪽, 러시아 근처를 경유해서 유럽권역 내에 도착한 뒤에도 오노노키는 호핑을 반복했다. 지금까지 현 밖으로 여행한 적도 거의 없던 내가, 단숨에 이쪽저쪽 해외를 경험했다고 말해도 좋은 걸까, 나쁜 걸까.

아니, 나쁘겠지.

이것을 해외여행으로 세는 것은 무리가 있다.

아무런 이문화 교류도 하지 않았다, 물론 이문화 교류가 허락되는 세계정세가 아니라고 해도… 뭐, 오노노키는 최단거리가 아니라 각각의 장소의 상황을 확인하고 감염자가 생기지 않은 지역을 골라서 물수제비뜨기 같은 호핑을 반복하고 있었던 것인데, 그렇다고 해도 절대란 없으니까 (트윈데믹 이야기를 하는 건 아니지만, 어디에서 어떤 감염증이 유행하고 있는가 따위, 완벽히 파악하는 것은 불가능하다) 공언해도 될 일이 아니다, 해외여행에 나섰던 일 따위.

비즈니스 출국이고, 극비 임무다.

휴식 없이 겪는 심한 고도 변화와 맹렬한 기압 차이에 블랙아웃이라고 할까, 몇 번인가 실신할 뻔하면서도 나는 동녀의 허리에 계속 달라붙었다. 그것이 동녀의 허리가 아니라면 이런 식으로 계속 달라붙어 있을 수 없었을 거라고 해도 과언이 아닌, 강렬한 항공로였다.

그런 업다운을 약 두 시간.

멀미를 하지 않는 편이 무리가 있을 듯한 제트코스터 점프를 반복한 끝에… 간신히 우리는 유럽, 서유럽과 동유럽과 북유럽과 남유럽의 중심인 땅, 멸망한 국가인 아세로라 왕국(가칭)에 도달했던 것이다.

도착까지 거의 150페이지가 걸렸으니 정말로 '간신히'이지만, 이것은 스테이 홈을 철저히 한 것으로 이해해 주면 고맙겠다.

"흠…. 개선凱旋이라고는 말할 수 없고, 그리운 나의 고향이라고는 더욱 말할 수 없구먼…. 이 꼬락서니여서는."

그림자에서 기어 나온 13세의 시노부도 나와 마찬가지로 비틀거리는 위태로운 발걸음이었다. 물론 물리적인 업다운의 영향은 그림자 속에까지 미치지 않지만, 그러나 육체와 마찬가지로 우리 사이의 링크도 강화되어 있으므로 감각이 평소보다 강하게 공유되고 있다.

만약 시노부가 그림자에 잠기는 것으로 멀미를 피하려고 꾀하고 있었다면 그 계획은 제대로 빗나간 것이다. 멀미가 심한 것은 어쩌면 흡혈귀인데도 물가를 (그것도 몇 번이나) 건너 버렸기 때문일지도 모른다.

다만 시노부가 말하는 '이 꼬락서니'란 나와 시노부의 몸 상태를 말하는 것이 아니라, 몇 백 년 만에 보는 고국의 풍경 쪽을 가리키는 말이었다.

풍경.

혹은 살풍경.

뭐라고 할까… 아니, 오노노키는 당연히 안전성을 배려해서 이런 지역을 골라 착지했다고 생각하고, 생각하고 싶지만, 그 점을 제쳐 두더라도 황폐한 국토였다.

문자 그대로 몇 백 년이나 방치되어 있는 듯한, 한없이 이어지는 황야였다. 마을도 없고 초목도 없고, 사람도 없거니와 짐승도 없다.

인공물은 고사하고 자연조차 없는, 지구의 지표라고 불러야 할 듯한 풍경이 한도 끝도 없이 이어지고 있다. …오노노키의 점프가 너무 강해서 유럽이 아니라 달에 왔다는 말을 들으면 믿어 버릴 것 같다.

관광도 현지 맛집 순례도 바랄 수 없을 것 같다.

여기는 비경祕境조차 아니었다.

"가 본 적은 없지만, 그랜드 캐니언을 평평하게 만들면 이런 느낌이 아닐까 하는 생각이 드는 절경이네…."

가 본 적이 있는 장소와 비교할 수 있다면, 지옥보다도 지옥 같다고 말할 수 있다…. 설령 몇 세기나 전에 멸망한 나라라고 해도, 반대로 그만한 시간이 경과하면 새로운 생명이 싹틀 법도 한데.

바이러스를 생명이라고 정의하는가 어떤가는 둘째 치고, 여기서는 그것조차도 존재할 것 같지 않다. 나쁜 의미에서의 무균상태라, 이렇게 호흡할 수 있는 것이 신기할 정도다.

실제로 이만한 국토가 있다면 거리두기를 신경 쓸 필요는 없어 보이는데…. 하지만 여기가 트윈데믹의 다른 한쪽, 안티 흡혈귀 바이러스 만연의 중심지라는 이야기지?

"아직, 나의… 즉 '아름다운 공주'의 저주는 유효한 모양이구먼. 벌레 한 마리 없는, 풀 한 포기도 나지 않는 황야일 줄이야."

모든 생명을 자살로 몰아넣는 아름다움.

그림으로도 그릴 수 없는 지옥도.

농담 반 진담 반의, 그것도 거울의 세계에서 들어도 말도 안되는 '신화'가 아닌 '동화'라고 생각했지만, 이렇게 실제로 두 눈으로 보게 되니 박력이 다르다…. 아무것도 없는 하늘과 땅에, 그저 위압되고 만다.

박력 있는 실화다.

오노노키는 이번 일로 이미 몇 번이나 와 본 장소일 것이다. 나나 시노부와 달리 이제 와서 특별히 느끼는 것도 없는지, 살풍경한 지면에 그냥 털썩 주저앉아서 무릎 마사지를 시작하고 있었다.

시체이므로 아픔이나 피로는 느끼지 않을 테지만, 역시 그만한 대점프를 반복하면 금속피로가 아닌 시체피로를 일으키는 모양이다…. 탑승해 놓고 할 말은 아니지만, 카게누이 씨의 사용법이 난폭할 뿐이지 원래부터 이런 장거리 이동에 적합한 괴이는 아닌 것이다.

순간적으로는, 어쩌면 걸어서 세계를 반 바퀴 도는 것보다 다대한 에너지를 소모했는지도 모를 정도다.

설마 이 아무것도 없는 착지점이 최종 목적지인 것은 아니겠지만, 역시나 일단 휴식이 필요한 것이겠지… 장거리 버스 운전기사가 쉬는 서비스 에어리어, 요컨대 휴게소 같은 것이다.

서비스는 기대할 수 없는 에어리어 51이지만.

"하지만 이만큼 넓은 국토… 요컨대 영지가, 역사적으로 인근의 다른 나라에 병합되지 않았다는 것도 이상한 얘기 아냐? 그것도 '아름다운 공주'의 저주야, 금발 숙녀?"

"금발 숙녀는 어쩐지 좀 그렇군. 당연해서 재미없다."

"금발 유녀라고 불리는 걸 마음에 들어 하지 말라고."

"그 점에 관해서는 '아름다운 공주'의 아름다움과는 거의 무관계한 정치적인 사정이겠지…. 이렇게 저주받은 황폐한 국토를, 아무도 원하지 않았기 때문일 게야."

그렇구나.

식민지라고 하기에는, 식민植民은 고사하고 식수植樹도 불가능한 토지로는 아무리 궁리해 봤자 굶주리게 된다. 작년에 하네카와가 일시 귀국했을 때에 들은 이야기지만, 나라의 멸망이란 영지를 지나치게 넓힌 것부터 시작되는 일도 많다고 하고 말이지.

어디까지나 아름다움으로 멸망한 아세로라 왕국(가칭)이 예외 중의 예외인 것이다. 그 결과 생겨난 유럽의 작은 중립지대라고 말해야 할까. 스위스와는 전혀 의미가 다른 영세중립국… 나라가 아닌가, 망국인가.

"말해 두겠는데 여기 보이는 모든 것이 아세로라 왕국(가칭)인 것은 아니다. 주변 나라들도 말려들어서 멸망했으니 말이다."

"그렇구나…. 나라를 기울게 만드는 미녀에도 정도가 있는 법인데."

민폐라고 할 수 있는 수준을 넘어섰다.

대륙이 기울었다.

이것이야말로 삐딱하게 기운 괴짜 이야기다.

그렇지만 이렇게까지 철저하게 멸망했다고 하면 우리의 도핑은 딱히 필요 없었던 걸까? 인간뿐 아니라 매개가 되는 동물도 없다면, 신종 코로나 바이러스에 감염될 우려도 전혀 없는 것이니… 안티 흡혈귀 바이러스 쪽을 경계한다면, 오히려 **인간스러움을** 늘려 두는 편이 적절했던 것이 아닐까.

물론 강화 없이는 항공회사 ONK의 플래티넘 회원이 될 수 없었으므로 전혀 흡혈하지 않고는 불가능했다고는 해도… 13세가 아니라 10세 정도의 단발 시노부라도 기압 차이에는 견딜 수 있었을지도 모른다.

나중에는 어떻게든 말할 수 있다고 해도.

이러고 있는 지금도, 이미 나나 시노부는 치사성의 안티 흡혈귀 바이러스에 감염되었을 우려도 있는 것이다. 이런 아무도 없는 황야에서 전염이 시작되었다고 한다면, 신종 코로나 바이러스 같은 비말 감염 바이러스가 아니라 공기 감염, 에어로졸 감염의 감염증일 가능성이 높다.

지금은 딱히 위화감이랄까, 자각증상은 없지만 물론 잠복기간은 있을 테고…. 우리 나름대로 숙고한 끝에 출국했다고 생각했지만 막상 이국의 땅, 망국의 땅에 발을 들이고 보니, 역시 만용을 부렸다는 기분도 부정할 수 없네.

조기 해결을 바란다면 우리, 그것도 전 괴이의 왕이자 전 왕녀가 오는 것이 가장 빠른 길이라는 생각은, 과연 얼마나 정곡을 찌른 것이었을까… 에에잇, 지금 와서 후회해 봤자 소용없다.

나중에는 어떻게든 둘러댈 수 있다고 해도, 말하지 마라. 입 다물고 있자.

그것은 착한 아이인 체하고 있는 것뿐이다, 스무 살이나 되어서.

하다못해 좋은 어른인 체하자.

하겠다고 결정한 일을 끝까지 해낼 뿐이다.

"그렇지만 생명이 없으면 토지란 이렇게나 풍화되는 법이구나…. 그나마 사막 쪽이 생명력이 넘친다는 기분이 들어."

선인장과 오아시스라든가… 낙타라든가, 그리고 뭔가 여우 같은 고양이가 있었던가? 이것도 애매한 지식이라 면목이 없지만.

"앞으로 천 년 정도 이대로 더 방치되어 있으면 여기도 사막화가 될지도 모르겠구먼. 일조시간에 따라 다르겠지만… 뭐, 돗

토리 사구砂丘에도 눈은 쌓인다고 하니 말이다.”

어째서인지 유럽에 와서 일본의 관광 명소 이야기를 하는 13세였다…. 해외 여행지에서 일부러 자기 나라 음식을 먹고 싶어 하는 투어리스트냐.

“오래 기다렸지. 연료의 보급이 끝났어. 그럼 그리운 고향을 한 시간 관광했으니, 슬슬 라스트 플라이트로 언니가 있는 곳으로 날아가자.”

오노노키가 마지막으로 무릎을 펴듯이 일어섰다. 역시나 이미 마스크는 벗고 있다. 여기서부터는, 시체 인형인 그녀는 비말 감염을 경계할 필요는 없는 것이다.

카게누이 씨가 있는 곳인가.

온몸에, 지금까지와는 다른 긴장이 퍼지네.

어떠한 전개가 되더라도, 반드시 몇 방인가는 얻어맞게 될 테니까.

“루마니아에 있는, 것은 아니지? 루마니아 근처라고 말했는데… 브란 성, 꽤 멀리서 보였으니까.”

후지 산은 일본의 어디에서도 보인다, 라는 이야기를 하는 걸까?

“응. 그건 단순히 통신 전파가 닿는 곳으로 이동해 있었던 것뿐이야. 원래는 가엔 씨와 연락을 취하기 위해서지… 그런 상황에 귀신 오빠로부터의 콘택트가 있었던 거야.”

그 이야기가 사실이라면 정말 기적적인 타이밍이다.

가엔 씨를 피하려고 했던 내가, 가엔 씨에게 연락을 취하려고 한 카게누이 씨와 이어지다니…. 평소의 행실이 그렇게 나쁜 건가, 나는?

납득되어 버리는 점이 참 싫다.

"거점은 또 다른 지역에 두고 있어. 여기 정도로 살풍경하지는 않지만, 그러나 거기도 멸망한 나라인 것은 마찬가지야."

"음…. 요컨대 조금 전에 시노부가 말했던 '아름다운 공주'의 아름다움이 멸망시킨, 주변국 중 하나라는 거야?"

"아니야. 그 나라가 멸망한 이유는 따로 있어. 여기까지 말하면 둔한 시노부 언니라도 느낌이 딱 오지 않을까?"

"누가 둔한 시노부 언니냐."

흡혈귀의 송곳니처럼 날카롭다, 라고 시노부는 불쾌감을 드러냈다. 도발에 약하지만, 그렇지 않으면 곤란하다. 그 날카로운 직감을 믿고 우리는 지구 반대편까지 찾아왔으니까.

"알았다. 듣기 전부터 느낌이 딱 하고 왔다. 루마니아의 브란 성이 아니라 '시체왕국'의 '시체성'이겠지?"

'시체왕국'? '시체성'?

또 살벌한 이름이 나오셨는데… 멸망할 만해서 멸망한 듯한 이름의 나라이지만, 그것을 가지고 장난칠 분위기는 아니었다.

그 심각함은, 공기를 통해서 전해져 온다.

마치 전염병처럼.

"나의 맹우, 결사이자 필사이자 만사의 흡혈귀, 데스토피아 비르투오소 수어사이드마스터의, 옛 근거지였던 성이다."

나는 그 저주받은 성에서,

키스샷 아세로라오리온 하트언더블레이드가 되었던 게야.

011

아폽토시스[*].

혹은 자살 유전자라고도 하는데, '자살골'이라는 명칭이 '자책골'로 바뀌게 된 경위를 생각하면 이 명칭이 언제까지 유효할지 알 수 없다. 그렇다고 해도 수어사이드마스터라는 이름을 지닌 시노부의 맹우를 생각하면, 아세로라 왕국(가칭)의 모습을 표현하기에는 이쪽이 적절할지도 모른다.

적절하고, 그러면서도 부적절하다.

이렇게 말하는 것도, 만약 '아름다운 공주'의 아름다움 혹은 저주를 과학적으로 분석한다면, 모든 생명을 자살로 몰아넣는 그녀의 특성은 이른바 모든 유전자를 자살 유전자로 갱신하는 침략성이 있다고 말할 수 있기 때문이다.

당사자인 본인이 불사신의 흡혈귀가 되어 왕국을 떠난들, 이미 생겨난 그 영향력은 변하지 않고 토지에 물들어 계속 남았을 것이다. 시노부는 정치적인 문제라고 설명했지만, 그러나 인근의 많은 나라가 이 토지를 자기 것으로 삼지 않았던 이유가 그런 저주와 완전히 무관계하다고는 말하기 어려울 것이다.

※아폽토시스(apoptosis) : 세포가 유전자에 의해 제어되어 죽는 방식의 한 가지 형태.

주위에도 멸망한 나라들이 있다고 한다면 더욱 그렇다.

정말 까마득히 옛날 일이니까 확실한 것은 말할 수 없겠지만, 그 부분을 명확히 밝히는 것이 아마도 이번 안티 흡혈귀 바이러스의 핵심에 이르는 길이 아닐까.

아무것도 살아 있지 않은 토지이기에.

불사신을 죽이는 괴이를 낳아도 이상하지는 않다.

아니, 이상함이 있다.

"언리미티드 룰 북."

이미 감염되어 있을지도 모르는 몸으로, 마치 발생한 클러스터로부터 대피하는 것처럼 우리 세 사람은 최후의 플라이트로 '시체왕국'을 향해 날아간다. 역시나 슬슬 급격한 고도 변화에도 익숙해지기 시작했다.

앞으로 두 번 정도라면 날아도 괜찮을 정도다.

아니, 거짓말이다.

귀갓길을 생각하는 것만으로도 치가 떨리려고 한다…. 설령 최고의 전개가 이어져 안티 흡혈귀 바이러스 쪽을 해결했다고 해도 신종 코로나 바이러스의 위협까지 어찌할 수는 없는 이상, 귀갓길도 항공회사 ONK의, 직행편이 아닌 트랜싯 노선을 이용하지 않을 수 없는 것이다.

그 이전에, 제대로 돌아갈 수만 있으면 좋겠는데.

어쨌든 우리는 일본을 출발한 뒤로 휴식을 포함해서 약 세 시간 뒤, 한낮에 서머타임의 최종 목적지 '시체성'에 도착했다. 아세로라 왕국(가칭)에서는 지표의 절경에 마음을 빼앗겨서 하늘까지는 신경을 쓰지 못했는데, 평소보다 강한 흡혈귀화 때문에 태양이 평소보다 눈부시게 느껴진다.

유럽의 햇살은 안 그래도 따갑다고 하는데… 이건 선글라스를 쓰는 게 좋았을까?

부신 눈을 게슴츠레하게 뜨면서, 나는 카게누이 씨와 수어사이드마스터가 안에서 기다리고 있을 '시체성'을 올려다본다. … 자백하자면, 그런 기대는 없었다.

어쨌든 그 절경, 그 살풍경을 본 직후다.

같은 멸망한 망국이라면 '시체왕국' 쪽도 비슷하리라고 예상하고 있었고, 실제로 동녀의 허리에 매달린 채로 간신히 내려다본 지표의 경치는 대체 어디에 국경이 있었는지 알 수 없을 정도로 아세로라 왕국(가칭)에서 그대로 이어지고 있었다.

뭐, 국경에 관한 이 부분의 의식은 하네카와가 말하는 섬나라 사람의 감각일지도 모르지만… 그러나 막상 착지한 좌표에서 올려다보이는 '시체성'은, 그야말로 너덜너덜하게 풍화되고 이쪽저쪽 무너져 있기는 했지만 그래도 거의 원형이 남아 있었다.

황폐해질 대로 황폐해진 주위의 풍경 속에서 성만이 원형을 남기고 있는 것이, 그 위용을, 그리고 비정상적인 모습을 한층 돋보이게 하고 있다고도 말할 수 있다. 이것이 결사이자 필사이자 만사의 흡혈귀, 데스토피아 비르투오소 수어사이드마스터의 근거지.

풍화조차 되지 않는, 죽음.

어울린다고 하자면 이 이상은 없을 정도다.

"다만, 데스도 이 성을 상당히 오래전에 포기했지만 말이다. 내가 흡혈귀가 된 뒤 얼마 안 있어 녀석은 성을 나갔을 게야. 먹는 것밖에 흥미가 없는 그 녀석은, 이렇게 거대한 성을 관리할 생활력이 결여되어 있었다."

그야 불사신의 흡혈귀다, 생활력이 결여되어 있는 것은 당연하다고도 할 수 있겠지만… 그렇다면 여기에 숨어 있을 때는 어떻게 지내고 있었지?

"메이드라도 고용했던 건가?"

"나의 맹우는 네놈이 아니라고 말하고 싶은 참이지만, 그러나 성안의 잡무를 맡아서 처리해 주는 집사가 있었던 것은 사실이다. 뭐라고 하는 이름이었더라. 아, 그렇지…."

트로피카레스크 홈웨이브 독스트링스.

"…였던가. 나와 마찬가지로 데스에게 피를 빨려 흡혈귀가 된 옛 인간이지만, 트로피카레스크의 경우에는 데스의 권속 취급이었다."

"그 트로피카레스크라는 녀석은 〈트로피컬 루즈! 프리큐어〉와는 어떠한 관계가 있는 건가?"

"없다. 컬래버레이션 가능성을 찾지 마라."

13세에게 나무라는 소리를 들었다.

가장 중요한 것이라고 생각했는데, 그러나 13세에게 나무라는 소리를 들으면 정말로 나무라는 소리를 들었다는 느낌이 드네….

8세와 장난치며 놀 때와는 느낌이 다르다고.

역시 리얼 프리큐어 세대.

"그렇지만 권속인 트로피카레스크 쪽은, 어째서 이 성을 떠난 거지?"

"스포일러가 되지 않는 범위 내에서 결론만 이야기하자면, 내가 죽였다."

"……."

조금 더 자세히 부탁드립니다.

다소의 스포일러는 흘려들을 테니.

"트로피카레스크를 죽인 것이, 내가 흡혈귀가 되기를 결의한 직접적인 원인이었다고도 덧붙여 둘까."

덧붙인 정보로 인해 더욱 어폐가 생겨나는 기분이 들지만, 그러나 시노부는 일부러 자학적으로, 굳이 위악적으로 말하고 있는 것도 아닐 것이다. 다만, 나는 별로 '한 명을 죽이면 살인범이지만 100명을 죽이면 영웅이다' 같은 논법은 좋아하지 않지만, 그래도 한 나라를 멸망시켰다는 이야기가 되면 척도가 달라져 버리는 것은 분명한 사실이다.

선악의 기준이 흔들린다.

그야말로 평행세계에서 그 세계를 멸망시켰을 때도 그랬지만… 이 부분은 팬데믹으로 사생관死生觀이 일변한 것과 맥락을 같이 한다.

시노부가 그러한 과거를 품고 있었던 것을 알면, 그 지옥 같은 봄방학에 내가 대체 무엇에 화를 내고 있었는가를 전혀 이해하지 못했던 키스샷 아세로라오리온 하트언더블레이드의 사생관은, 좋고 나쁘고 이전에 합치되지 않는 것이 당연한 분열이었다.

파열이었다.

현재 그 고랑이 다소나마 메워져 있다고 한다면 그것 역시 좋다고도 나쁘다고도 말할 수 있을 것 같지 않다…. 옛날의 나라면 이 상황에서의 출국에도 전혀 겁먹지 않았을 거라는 상황도 있었겠지만, 그러나 적어도 봄방학의 나라면 시노부를 따라서 2개국 연속으로 망국을 찾아가는 일은 없었을지도 모른다.

코로나 사태 속에서 출국하다니 말도 안 된다는 마음이 있었던 반면, 코로나 사태로 가치관이 흔들렸기에 이 출국을 결의할 수 있었다고도 할 수 있다.

"주인도 잃고 관리인도 잃었다고 한다면, 잘 버티고 있는 편이겠지. 사람이 살지 않으면 집은 금방 상한다고 하는데."

"빈집 관리 같은 소리를 하고 있네."

과연 전 폐빌딩 거주자.

"이 성의 경우에는 주인이 없어졌기에 오늘날까지 남아 있었다고 할 수 있을지도 모르겠네."

그렇게, 오노노키는 스커트 자락을 들어 올리고 다리를 비비면서 말했다. 역시 무릎에 한계가 온 모양이다. 내가 마사지를 해 주고 싶을 정도로 미안했다.

"그렇기에 현대에서는 격리병동으로서 역할을 다하고 있어."

격리병동… 그렇구나.

그 말도 듣기에 따라서는 너무 강하다는 기분도 들지만, 감염증에서 올바른 조닝zoning은 불가결하다는 것이 지금은 세계적인 상식이다.

어떤 의미에서 자택격리이기도 하겠지만, 권속을 잃고 키스샷 아세로라오리온 하트언더블레이드와 헤어진 수어사이드마스터는 성을 떠났고, 그리고 600년의 세월이 지나서 다시 성에 돌아온 것이다.

이것도 외출이 아닌 귀가일까?

"…면회, 해도 되는 게냐?"

"주치의, 가 아니라 음양사의 허가가 있다면 말이지."

목소리가 살짝 긴장된 것을 보면, 시노부는 '잠깐이라도 좋으니 맹우의 임종을 지키고 싶다'라는 생각만 하는 것이 아님은 명백했지만, 오노노키는 여전히 무뚝뚝한 교과서 읽기 톤으로 담담하게 대답하는 것이었다.

여전히고 뭐고 시체로서의 생태, 즉 성대의 구조상 오노노키는 교과서 읽는 어조로밖에 말할 수 없지만, 그러나 그 담담함은 냉담함과는 다르게 단순한 사실을 고하는 것이겠지.

"게다가, 아직 살아 있을 경우의 이야기야."

아니… 사실은 더욱 엄하다.

바짝 말라붙은 수로에 놓인 도개교를 건너 성안에 들어가서, 나는 그것을 알았다. 세이브 포인트 같았다. 이것은 완전히 게임 세대의 표현인데, 그러나 그 정도로 현실감이 없는 광경이었던 것은 사실이다. 이제 대점프는 하지 않아도 되는데, 아직도 구름 위에 있는 것처럼 발이 땅바닥에 닿지 않은 듯한 불안한 기분을 맛보지 않을 수 없었다.

성안의 볼룸ballroom 같은 방에, 그리고 모든 곳에, 대량의 관이 나란히 놓여 있었던 것이다. 나란히 놓여 있다기보다 쌓여 있었다고 말하는 편이 정확할지도 모른다.

테트리스처럼.

마찬가지로 게임의 예를 들어 말할 경우의 이야기지만.

발 디딜 틈도 없을 정도로 많은 관이었다. 걸음을 내딛으면 어디를 밟더라도 한쪽 발을 관에 들이게 될지도 모르는 무대설정이다.

"이거… 전부, 흡혈귀의?"

"맞아."

짧게 긍정하는 오노노키.

격리병동이라는 그 표현은 그래도 그나마 부드러웠는지도 모른다…. 뜨뜻미지근했는지도 모른다.

이래서는, 마치 흡혈귀의 모르그morgue다.

시체성… 시체공시의 장.

"안티 흡혈귀 바이러스에 감염되어 돌아가셨다고 해서, 시체가 재로 변하거나 사라지거나 하지 않는 것이 이 전염병의 괴로운 부분이야. 아니면 600살의 시노부 할머니에게는 그리운 광경일까?"

"누가 시노부 할머니냐."

13세의 시노부는 불쾌하다는 얼굴을 했다.

떠올라 있는 것은, 그러나 오노노키에 대한 불쾌함은 아닐 것

시노부 수어사이드 **163**

이다. 뭐, 페스트나 스페인 독감까지 거슬러 올라가지 않더라도, 일본에서는 아직 이 정도 상황까지 (현재로서는) 되지 않았을 뿐, 이것은 현대의 신종 코로나 바이러스로도 충분히 일어날 수 있는 광경이다.

"…스테이 홈으로 온라인 수업을 받고 있을 때, 전시중戰時中이란 이런 분위기였을까 하고 생각한 적이 많았는데, 하지만 전시중은 그 이상의 분위기였겠지."

바이러스와의 투병을 전쟁처럼 이야기하는 경우도 종종 있는데, 그러나 바이러스를 너무 적시하는 행위는 감염자나 사망자를 적시하는 행위로 이어질 수도 있다는 의견을 들었을 때에는 자신의 어리석음을 부끄러워했다.

애초에 전시중에 온라인 수업은 없을 테니 말이야.

"정확해. 다만 IT기술로 전쟁이 이루어지고 있는 글로벌 시점에서는, 역시 지금은 전시중이야."

오노노키의 말이지만, 그러나 하네카와가 할 것 같은 말이기도 하다. 글로벌리즘이 감염을 확장시켰다는 측면은 있다고 해도, 여러 가지 의견이 다방면에서 많이 모이는 것도 과거의 역병과의 차이일까?

"스페인 독감 같은 건, 스페인에서 시작된 것도 아니거니와 독감도 감기와는 다른 것이라고 하지. 헛소문도 바이러스와 같은 수준으로 만연했다고 하고."

유언비어의 두려움인가.

이것에 관해서는, 헛소문은 지금도 정보화 사회이기에 만연하고 있다고 말할 수도 있는 것이고… 결국, 관棺 앞에서 인간은 무력하다.

어쩌면 흡혈귀도.

"흡혈귀는 확보한 병상이 그대로 관짝이 되어 버려. 인간과의 차이는 그 부분뿐이야."

"…설마 이 관들 안에, 드라마투르기나 에피소드가 잠들어 있는 건 아니겠지?"

"아니야. 라고 말하고 싶지만, 내가 자리를 비운 사이 그런 일이 일어났어도 이상하지는 않겠지."

"흠. 내 입장에서 말하자면, 이 현대사회에 이 정도 수의 흡혈귀가 아직도 살아남아 있었다는 것 쪽이 놀랍다."

시노부가 유족의 감정에 배려가 없는 소리를 한다. 흡혈귀의 경우에는 유족 감정이 아닌 권속 감정이라고 말해야 할까.

그러나 동시에 핵심을 꿰뚫고 있다.

흡혈귀의 본고장인 유럽이라고는 해도… 아직 오컬트도 쇠락하지 않았다는 것일까.

"그것도 지금은 빈사 상태지만 말이야. 맞다, 여기서 한 가지 좋은 뉴스를 제공해 두자면, 신종 코로나 바이러스와 달리 이 안티 흡혈귀 바이러스의 사망 리스크에 나이는 관계없어. 600살이든 8세이든 13세이든, 평등하게 치사율은 거의 100퍼센트야."

광견병과 같은 치사율인가.

좋은 뉴스는 절대 아니지만, 생각해 보면 드라큘라보다도 장수하는 시노부나 수어사이드마스터에게는 정신적 위안 정도는 되는 정보일지도 모른다.

오래 살고 있는 쪽이 높은 리스크라는 세대 간의 분열은 생겨나지 않는다.

"모든 괴이 중에서 과연 어느 부근까지를 흡혈귀로 간주하는가 하는 문제는 전문가들 사이에서도 다양한 설이 분출되고 있어. 좀비는 물론이거니와, 인간의 생피를 빠는 괴이 같은 건 산더미처럼 많으니까. 오히려 대범한 우리 언니는 불사신의 괴이를 세세하게 분류하는 것에 의미가 없다고 생각하는 파야."

그런 파벌이 있는 것에 몸서리치지 않을 수 없지만 명색이나마 음양사이니 말이야, 그 사람은…. 일본에서 말하는 '오니'와 흡혈귀라는 '귀신'을 어디까지 똑같이 분류하는가는, 개인의 재량에 달렸다고도 할 수 있다.

그렇다, 개개의 전문가가 어떻게 생각하는가보다도 안티 흡혈귀 바이러스 쪽이 어떻게 생각하고 있는가다. 바이러스에 의도는 없다고 해도.

평화로운 시대가 찾아오면, 바이러스를 의인화해서 게임을 만들어 볼까.

"일단은 관 뚜껑으로 밀봉되어 있지만, 그래도 진공 팩인 건 아니야. 바이러스가 흘러나오지 말라는 법은 없으니까 얼른 지나가자. 언니는 이 앞의 서고에 있어."

"서고? 그런 방이 이 '시체성'에 있었던가."

600년 전의 일이니까 잘 기억이 나지 않는지, 아니면 '아름다운 공주' 시대에는 지금 정도로 책을 즐기지 않았는지, 그렇게 너스레를 떠는 듯한 말을 하는 시노부. 나는 그것과는 반대로 카게누이 씨와 서고라는 조합이 의외라고 생각되었다.

"역시나 책은 전부, 완전히 풍화되어 있었지만. 보존상태가 너무 나빠서 건드리면 부스러지는 상태였어. 그냥 수어사이드 마스터가 투병 중인 옥좌를 경과 관찰하기 위한, 가까이 있지만 너무 가깝지는 않은 방일 뿐이야."

"그렇구나."

납득했다.

그리고 카게누이 씨를 돌파하지 않으면 수어사이드마스터와는 만날 수 없는 파수꾼 포지션이라고도 할 수 있다. 서고가 있었다는 것조차 기억이 가물가물한 시노부가 옥좌로 가는 비밀통로를 알고 있다고도 생각할 수 없으니, 역시 폭력 음양사의 인카운트는 불가피하다.

"참고로 그 밖에도 와 있어? 이 '시체성'에, 전문가가."

"물론 이 팬데믹에 관해서는 최중요 사항으로서 전 세계 모든 분야의 엑스퍼트가 말을 걸어왔지만, 일단 밀집 공간을 형성해서는 안 되니까 한곳에 단숨에 집합하는 것은 피하고 있어. 그 부분은 다른 모든 업무와 마찬가지야. 상주하고 있는 건 언니뿐이야."

"허어⋯. 혹시 카게누이 씨는 세계적으로 높이 평가받는 전문가야?"

우리만을 부른 것이 아니라는 사실에 문자 그대로 백 명의 원군을 얻은 기분이었지만 (저쪽이 우리 같은 무뢰한을 원군으로 생각해 주는지 어떤지는 별개의 문제다) 가엔 씨가 그러한 중요한 포지션을 맡고 있다면 그것은 저항 없이 받아들일 수 있는 반면, 카게누이 씨는 오히려 학회에서 이단시되고 있을 법한 아웃로 타입이라고 생각했는데….

"여전히 귀신 오빠 안에서 언니의 이미지가 나쁜 모양인데, 유감스럽게도 그 견해는 맞아. 이단시되고 있어."

"되고 있구나."

"다만, 언니는 수어사이드마스터와 오랜 인연이 있거든. 그렇기에 감시역으로서 적임이라고 평가받았어. 그것을 구실로 손해 보는 역할을 맡게 되었다고도 할 수 있지."

오랜 인연….

작년 4월, 아직 세상이 이런 식으로 격변하기 전에 넌지시 암시하기는 했지만, 결국 그 내용까지는 듣지 못했지.

살의를 품을 정도의 오랜 인연.

그 살의는 현대의 수어사이드마스터가 시노부 이상으로 무력화되어 있던 것으로 인해 카게누이 씨의 의욕이 사라지는 형태로 일단 해결을 보았다. 옥좌에서 투병하는 수어사이드마스터가 작년 이상으로 무력화, 그리고 약체화되어 있으리라는 점을 생각하면 그곳에서 살벌한 분위기가 될 두려움은 없을 것이다…. 몇 안 되는 안심할 재료 중 하나이기는 하지만.

데스토피아 비르투오소 수어사이드마스터와 카게누이 요즈루의 관계, 그리고 데스토피아 비르투오소 수어사이드마스터와 키스샷 아세로라오리온 하트언더블레이드의 관계.

나와는 관계없다는 것으로는 끝나지 않는다.

"도착. 여기가 서고야. 두 사람 다, 마음의 준비는 되어 있어? 언니에게 두들겨 맞을 마음의 준비는."

왜 그런 준비가 필요한 거야.

라고 말하고 싶은 참이었지만, 내 경험상 설령 우리가 흡혈귀 속성이 아니었다고 해도 그런 준비가 필수 불가결한 것이 카게누이 씨라는 전문가였다. …그렇다면 준비를 하자.

마음을 두들겨 맞을 준비를.

012

미리 오노노키에게 이야기를 듣지 않았더라면 그곳이 서고였다는 것조차 몰랐을… 어두컴컴하고 먼지투성이인, 책은 고사하고 공간 자체가 풍화되어 있는 듯한 그 공간에서 카게누이 씨는 여전히 예의 나쁘게 독서대 위에 쪼그려 앉아 있었다. 그녀가 걸린 저주는 '지면을 걸을 수 없다'이므로 지붕이 있는 실내나, 아무리 무너질 것 같고 내려앉을 것 같아도 땅바닥이 아닌 바닥은 그 저주에 해당되지 않을 테지만… 뭐, 평소부터의 습관 때문인 것도 있겠지.

"하핫. 영상 통화도 나쁘지 않았는디, 역시 직접 만나 붕께 인상이 달라져 불구마잉, 아라라기 군. 스무 살이 되었다는 느낌이여."

이 어두운 방에서도 나의 화질이 올라가 있는 걸까…. 5G 시대가 기다려진다고. 직접 만나는 것은 1년 만이 되지만, 정말이지 이 사람과는 수라장에서밖에 만나지 않네.

수라인 걸까, 이 사람은.

혹은 나일까.

"키가 자란 것도 아니지만요. 통탄스럽기는 하지만 저의 키는 여기서 성장을 멈춘 것 같아요. 서로 머리카락은 길어진 모양이지만요."

"구 하트언더블레이드는, **조금** 성장한 모양이네잉."

역시 그 부분은 놓치지 않는 모양이다.

식은땀이 나네…. 오노노키보다 연상이며 카게누이 씨의 역린을 건드리지 않는 정도의 연령감을 의식했다고 생각했는데, 그러나 지금 와서 생각하면 정말 교활한 계획을 세웠다는 기분도 든다.

잔재주를 부렸다는 쪽의 이유로 역린이 건드려질 것 같다.

그냥 트윈데믹의 중간지점을 지나고 싶었다면, 역시 솔직하게 스무 살 정도를 노리는 것이 정답이 아니었을까…? 이렇게 막상 만나 보니 카게누이 씨는 이런 비위를 맞추는 행동을 싫어할 것 같다.

이것도 화석 같은 의견이지만, 역시 원격근무가 아니라 직접 대면하지 않으면 알 수 없는 것도 있다는 이야기도 사실 같다.

"흥. 뭐, 오래간만에 인사를 나누고 있을 상황도 아니제. 요츠기, 가 봐도 돼야. 수고했어. 한동안 쉬고 있어라잉.”

“알았어. 언니도 틈을 봐서 쉬어.”

웬일로 카게누이 씨가 오노노키를 치하하는 듯한 말을 하고, 더욱 드물게 오노노키가 카게누이 씨를 배려하는 듯한 말을 했다. 그러한 시추에이션이라는 건가.

그리고 온 길을 돌아가는 듯이 방 밖으로 나가던 시체 인형은 마지막으로 나를 돌아보며,

“귀신 오빠에게는 말해도 허무하네.”

라는 말을 거의 독백처럼 중얼거리고, 아래층에 있는 관들의 방으로 떠나가는 것이었다. 또 동녀에게 깔보였네.

허리에 달라붙어 있었다고는 해도 나 또한 장거리 이동으로 지치지 않은 것은 아니지만, 역시나 오노노키와 곁잠을 잘 수도 없다.

각오가 시험받는 것은 지금부터다.

각성해야만 한다.

“정말, 언제가 되어야 나는 오노노키에게서 존경받을 수 있을까.”

“네 녀석이 누군가에게 존경받는 건 무리다.”

매몰차게 말하고 난 뒤,

“카게누이.”

그렇게 13세의 시노부는 정면을 향했다.

유감이기는 하지만, 아무리 『약혼자들』을 읽은 직후라고 해도 역시나 카게누이 씨를 상대로 즐거운 잡담의 코너는 없다. 이

사람만은 어떻게 손써 볼 방법이 없다.

리스크가 너무 높다.

원격회의라면 그나마 낫지만, 얼굴을 마주하게 되면 만담이 되어 버린다…. 역시 이 부분은 온라인 회의의 메리트다.

"솔직히 나는 맹우와 만나면 그것으로 족하다. 거들라고 한다면 뭐든지 거들어 줄 테니, 일단 거기서 비키고 나를 데스와 이야기하게 해 주지 않겠나?"

오, 갑작스럽지만 스트레이트하게 부탁했네.

어조가 거만해 보이는 것은 전 괴이의 왕인 것을 생각하면 어쩔 수 없다고 해도, 그러나 자신의 팔다리가 절단되어 있었을 때조차도, 전문가인 오시노에게는 고개를 숙이지 않았던 시노부가… 성장한 것은 연령감만은 아니었다는 건가?

아니면 그 정도로 맹우는 맹우인가.

"딱히 방해할 생각은 없고, 애당초 나는 그럴 생각으로 너그들을 불렀응께, 규칙은 잘 지켜 줘야. 주의사항이 있다잉. 병상에 있는 데스에게, 니도 치명타를 가하고 싶은 건 아니겄제? 구하트언더블레이드."

"…알았다."

요구를 (카게누이 씨치고는) 넌지시 거절당해도, 시노부는 짜증을 내거나 발을 동동 구르거나 하지는 않았다…. 타협할 수 있는 한은 타협한다는 자세가 보인다.

타도가 아니라 타협의 태도다.

시노부에게 있어 수어사이드마스터가 나에게 있어 하네카와였다는 것은 (철회되었지만) 결코 과장은 아닌 듯하다.

그렇다면 넙죽 엎드려 빌지도 모른다.

그 정도까지의 자세는 보고 싶지 않지만.

"그래서? 주의사항이란 뭐지? 말해 두겠는데 나도 나의 주인님도, 안티 흡혈귀 바이러스란 것에 죽을 각오는 되어 있다."

"어, 잠깐 기다려, 시노부. 나는 죽을 각오까지는…."

"이런 상황에만 국한된 게 아니여. 결의할 때는 왠지 모르게 죽느냐 사느냐의 양자택일이 되곤 하제. 하지만 실제로는 괴로워하면서도 계속 살아간다는 케이스가 적지 않다는 것도 알고 있어야 한다잉."

나의 각오 없는 자세를 무시하고, 카게누이 씨는 이야기를 그렇게 받았다. 마치 지금의 수어사이드마스터나 혹은 다른 투병 중인 흡혈귀가 그런 곤경에 처했다는 것 같은 말투다.

"아니, 아니. 좀 더 일반적인 이야기여. 신종 코로나 바이러스는 젊은이보다도 고령자 쪽이 리스크가 높다는 건, 고령화 사회에서의 고령자 의료라는 측면도 있어 불제? 불사신의 괴이가 아니어도, 지금은 요츠기와 마찬가지로 100년 가까이 오래 산 존재도 있고. 의료의 발달이 의료를 핍박당하게 하는 건, 일종의 풍자가 되어 부네."

너무 오래 산 흡혈귀가 자살을 하려고 하는 것과 비슷한가, 라고 시노부와 이야기하기보다는 흡혈귀 전체를 야유하는 듯한 말을 하는 카게누이 씨. 뒤집어 보면, 소자화少子化가 진행되고 있기에 밸런스, 혹은 언밸런스이기도 한 것이다.

어떠한 바이러스도, 혹은 어떠한 아름다움도 태어나지 않은 생명까지는 빼앗을 수 없다. 그 황폐한 국토를 상기하고 나는 그렇게 생각한다.

"풍자라고 한다면, 불사신의 괴이를 분쇄하는 것을 삶의 보람으로 삼는 네가 이렇게 격리병동의 관리를 담당하는 것 이상의 풍자 따윈 없을 게다. 가장 가슴을 찌르지 않느냐?"

흡혈귀 전체가 품은 병인 자살충동을 빗댄 풍자는 귓등으로도 듣지 않았는지, 역시나 시노부는 말대꾸를 했지만… 잠깐, 흡혈귀 전체가 품은 병?

시노부 자신도, 일본으로는 죽으러 온 것이나 비슷한 것이었는데….

"그 말대로제. 나 같은 자유인이라도 바라는 일만 할 수 있는 건 아니란 얘기여. 뭐, 지금 세상에서 일해서 먹고살 수 있다는 것만으로도 감사히 생각해야제. 일도 수단도 고를 수는 없응께."

수단이라는 건, 아마추어인 우리들을 유럽까지 불러들인 것 말일까? 일단 반칙 기술이라는 자각은 있는 듯하다. 혹은 독을 먹으려면 접시까지, 라는 심경일까.

독….

"…카게누이 씨는, 언제부터 이 일을 담당하셨나요? 일본에서 거의 출입국이 정지되기 이전에는 이미 유럽에 계셨다던데, 구체적으로… 신종 코로나 바이러스가 이미 일본 국내에서 발견되었을 타이밍이었나요?"

별로 의미 있는 질문은 아닐지도 모르지만, 신경 쓰이는 부분은 있었다. 모처럼 시노부가 양보하는 스탠스인데 결국 언쟁이 되어 버리면 소용없으므로 분위기를 파악하며 던진 말이라고 생각하지만, 대체 언제부터 이런 현상이 일어났는가는 알아 두는 편이 좋을 것이다.

발현, 혹은 발증의 타이밍.

시계열로 볼 때 과연 어느 시점부터, 수어사이드마스터는 이 '시체성'에 입성 아닌 입원을 하고 있는 걸까?

"내가 불려 온 건 팬데믹 이전이여. 다만… 수어사이드마스터의 상태는, 훨씬 전부터였제."

나의 생각 따윈 훤히 꿰뚫어 보고 있겠지만, 그러나 그렇게 대답한 카게누이 씨… 훨씬 전?

"몸 상태는 훨씬 전부터 안 좋았던 모양이드만. 구 하트언더블레이드. 니는 그걸 알고 있지 않았냐잉?"

"…직접 그렇다고 들은 것은 아니지만 말이다."

떨떠름하게 끄덕이는 시노부.

솔직한 것은 좋은 일이지만… 어?

"혹시 작년 4월에 일본에 왔을 때부터, 이미 수어사이드마스터는 몸 상태가 안 좋았다는 거야?"

"그러니까 그렇게 말했던 건 아니다. 그런 이야기도 하지 않았어. 녀석의 거식증은 이미 알고 있던 것이기도 하고 말이다. 다만, 카게누이가 보고 그렇게 생각했던 것처럼, 직계인 내가 봐도 명백히 약체화되어 있던 것은 틀림없었다."

그래서 정체불명의 '왠지 모르게'의 직감에 따라… 감염증 운

운하는 것은 예상 밖이었다고 해도, 맹우의 몸에 무슨 일이 있었다고 생각하기에 충분한 복선은 본인 안에 명확히 있었던 것이다.

"그러면 이미 그 시점에서 수어사이드마스터는 안티 흡혈귀 바이러스에 감염되어 있었다…."

"……라는, 이야기는 아녀야. 만약 그랬다믄 좀 더 광범위한 감염 지역이… 일본도 포함해서 형성되어 있지 않으면 이상허고. 하지만 그때 북극에서 불려 온 내 입장에서 말하자믄, 6세까지 유녀화되어 있던 수어사이드마스터에게 그 징후가 있었던 건 확실하제."

발병 시기를 알기 힘드네….

억지로 신종 코로나 바이러스에 비교해서 이해한다면, 편중된 식생활의 결과 기저질환을 가지고 있던 수어사이드마스터는 안티 흡혈귀 바이러스가 발병할 조건이 다른 흡혈귀보다도 훨씬 많이 갖춰져 있었다는 건가? 발병한 시기와 감염되는 시기는 어긋나 있던 것이고….

예의를 모르는 짓이라고 생각해서 작년 4월에는 시노부와 수어사이드마스터의 대화는 듣지 않으려 하고 있었으니 말이야…. 나도 거의, 수어사이드마스터와는 속을 터놓고 대화한 적은 없다.

친구의 친구 같은 감각이었다.

혹은 친척의 친척일까.

중요한 것은 아무것도 모른다.

"다만, 이것만은 말할 수 있어야. 그때 수어사이드마스터는 아주 가까이 다가온 자신의 죽음을 의식하고, 마지막으로 맹우인 구 하트언더블레이드의 얼굴을 보기 위해서 일본에 왔다는 것이여. 본인은 그런 식으로 말혔고, 니도 들었겠지만, 그것만은 확실하제."

"……."

시노부는 그 통보에 그리 의외라는 표정은 짓지 않았다. 실제로 들은 것은 아니겠지만, 작년 시점에서 어느 정도 눈치챈 부분은 있었던 것이겠지.

죽을 때.

이번에 시노부가 임종이 가까워진 맹우를 만나러 온 것이라면, 지난번엔 수어사이드마스터가 죽기 전에 맹우를 만나러 온 것이라고.

후회가 남지 않도록.

"그렇께 만약 작년 4월 시점에서 전염병에 걸려 부렀다믄, 제한 같은 게 걸리지 않았어도, 감시의 눈이 없었어도 수어사이드마스터는 출국 따윈 하지 않았을 것이여. 구 하트언더블레이드에게 감염시킬 우려가 있는 이상… 이것은 자각이 있을 경우의 이야기지만 사실로 볼 때, 적어도 너그들은 죽지 않았잖어?"

말도 안 되는 임상시험이고 말도 안 되는 지견知見이지만… 뭐, 그것은 그 말이 맞다. 다만 이쪽에서 어슬렁어슬렁, 이렇게 감염 지역에 찾아와 버린 이상, 지금 현재는 그게 다가 아니다.

"치사율은 거의 100퍼센트라고 들었는데요, 안티 흡혈귀 바이

러스에 감염되면 구체적으로는 어떤 증상이 나타나나요? 재가
되어 버리거나 하지는 않는 것 같은데….”

"몸의 여기저기가 엄청 상태가 안 좋아지는디, 가장 큰 것은
탈수증이제. 피도 물도 먹을 수 없게 되어 부러서, 숨이 넘어갈
무렵에는 꽉 쥐어짜인 걸레처럼 바짝 말라 버링께."

신종 코로나 바이러스도 탈수증상은 나타나겠지만, 주로 호흡
기 계열 질환이니 그렇게까지는 되지 않는 건가. 인과관계가 없
는 이상 당연하지만… 아니, 잠깐. 하지만 이거, 동시에 발병하
면 어떻게 되는 거지?

숨을 쉴 수 없게 되고 물도 마실 수 없게 된다?

우리는 약 1년 만의 도핑을, 양쪽 감염증 모두 회피할 수 있을
거라는 신중한 판단을 바탕으로 실시했는데… 의외로 이거, 양
쪽 다 걸릴 수 있는 리스크를 높여 버린 거 아냐? 두 마리 토끼
를 쫓는 자는 한 마리도 잡지 못하기는커녕, 두 마리의 토끼에
게 깨물리는 거 아냐?

"바이러스 간섭이 일어나서 어느 쪽에도 감염되지 않는다 같은
이상적인 전개는 없을까….”

"네 녀석의 인생에서 이상적인 목표가 달성된 적 따윈 한 번
도 없지 않느냐. 카게누이, 그러면 흡혈귀의 시체는 소멸되지
않는다고 말했는데, 원형을 유지하고 있는 것은 아닐 테지?”

"끔찍한 모습이제. 흡혈귀한티 이렇게 말하는 것도 이상한 표
현이지만, 형체는 고사하고 그림자도 안 남을 수준이여. 흥미가
있다믄 어느 것이든 마음에 드는 관을 한 번 열어 봐라잉."

마음에 드는 관이라니.

쥐어짜인 걸레처럼, 이라… 쥐어짜내진 경험이 있는 나에게는 귀 따가워지는 비유다.

"그 걸레 상태는 시체가 아니라, 데스의 몸으로 확인하도록 하지."

그렇게 말하는 시노부는 본래의 목적을 잃지 않고 있었다.

"내가 여기에 온 것을 데스는 알고 있나?"

"일단 말하긴 혔는디, 거의 혼수상태여서 전해졌을랑가 어떨랑가…. 구 하트언더블레이드, 혹시 니 혈액을 나눠 주면 건강을 회복할 거란 계획이었다믄 아쉽게 됐구마잉. 조금 전에 말한 대로, 혈액뿐만 아니라 어떤 수분도 받아들이지 않어. 피딩 보틀도, 주사도 역류해 붕께."

"…음식도 먹을 수 없다, 라는 거냐?"

"그라제. 일단 말해 두겠는디, 미각과 후각이 없어진 건 아닌 모양이라. …토마토주스를 혀에 묻히면 맛은 느끼제. 하지만 마실 수는 없는 것이여."

어째서 토마토주스를 예로 들지?

옛날에 독이 있다고 여겨졌기 때문일까?

"마시면 토해 내 불고. 마치 이물질처럼. 삼킬 수가 없는 것이랑께. 면역이 바이러스가 아니라 수분에 대해 작용하는 것 같어야."

물을 두려워한다는 것이 광견병의 증상이었으니 흡혈귀답다고 하자면 흡혈귀다운 증상이기는 하다. 다만, 상상하는 것만으로도 두려운 병이다.

정보 통제를 위해서라고는 해도, 그렇게까지 구체적으로 들었다면 출국할지 말지 조금 더 망설였을지도 모른다.

"미각이 없어진 것으로 자신이 신종 코로나 바이러스가 발병했음을 아는 것처럼, 피를 마실 수 없게 된 것으로 흡혈귀는 자신이 감염된 것을 깨닫는 것이제. 요컨대 그렇게 13세로 성장했다는 건, 구 하트언더블레이드는 감염되지 않았다는 얘기여. 아라라기 군의 피를 맛있게 빨았응께."

그것도 '세 시간 전까지는'이다.

으음…. 그러고 보니 미식가 흡혈귀인 수어사이드마스터는 '아름다운 공주'의 맛있는 혈액을 빤 이래로 거의 식사다운 식사를 섭취하지 않지 않았던가? 작년 4월에도, 결국은….

그 시점에서 이미 몸 상태가 좋지 않아서… 이미 죽을 때를 깨닫고 있어서… 아아, 뭔가가 연결될 것 같으면서도 연결되지 않는다. 이것이 소문으로 듣던 시차 피로인가?

"일반적인 흡혈귀에게는 지옥이겠지. 아니, 누구에게나 지옥인가. 굶어 죽고, 목말라 죽는다니…. 안심해라. 그런 안이한 수법으로 데스를 치료하겠다고 생각하지는 않는다. 이슬만큼도 말이야. 피의 연못 지옥의 피를 마시게 한다는 안도 이번에는 채용하지 않는다."

진위 여부는 수상하지만, 그런 시노부의 말을 카게누이 씨는 "그려?"라고 받아 흘리고는,

"그라믄, 주의사항은 여까지여. 문병할 수 있으면 되는 거제?

맹우를."

그렇게 말하며 엄지를 치켜들고는 서고 안쪽을 가리켰다.

"연합의 요청에 의하면 한 번에 면회해도 되는 건 한 명으로 정해져 있지만, 너그들에게 그런 말을 해도 소용없겠제? 둘이서 가도 돼야."

밀접 접촉을 피하기 위한 지침일까?

우리들을 마치 무법자처럼 말한다. 그리고 당연하다는 듯이 룰을 깨네, 이 사람. 아니, 실제로 비즈니스 출국을 한 카게누이 씨보다 우리 쪽이 아주 억지스런 방법으로 유럽까지 온 것은 분명한 사실이고, 더욱 실질적인 문제로 여기에 와서 따돌림을 당하게 되면 무엇을 위해 망국까지 온 거냐는 이야기가 되어 버리는데… 그러나 한편으로 그런 가이드라인과는 다른 곳에서 망설이게 되어 버리는 나였다. 이것은 나 개인의 망설임인데, 흡혈귀 간의, 맹우 간의 재회에 나 같은 어중간한 존재가 끼어들어도 괜찮은 건가?

자리에 어울리지 않는 느낌이 천벌이 떨어질 것 같은 레벨이다.

여기서는 분위기를 파악하고 뒷일은 젊은이들끼리… 가 아니라 뒷일은 600살 이상만으로, 라며 한발 물러서는 것이 적절한 스무 살의 자세가 아닐까?

그림자에 속박되어 있는 시노부도, 13세 모드라면 모기母機와 자기子機[*]의 이론으로 다소의 거리를 두는 것도 가능할 테고… 모기와 자기라는 예시가 2020년대에 (전화기인 만큼) 얼마나

통할지는 (고정전화인 만큼) 제쳐 두고 그렇게 생각했지만,

"내 주인님아, 쓸데없는 배려는 필요 없다."

그렇게 13세에게 나무라는 말을 들었다.

여기에서도.

저연령의 여아에게 나무라는 말을 들을 뿐이다. 나의 인생은.

"오히려 함께 있어 주는 게 편하지. 이것이 최후가 될지도 모른다면, 데스에게 내 주인님을 정식으로 소개하고 싶으니 말이다."

확실히 지난번에는 그 부분이 애매했다. 분위기에 휩쓸렸다. 시노부가 이상하게 허세를 부리려고 했던 것도 있어서.

"알았어. 떨어지지 않을게. 요전에는 그런 흐름이라 그렇게 넘어갔지만 나도 정식으로 인사해야지, 네 맹우에게."

"금발 로리 노예라든가 아라라기 하렘이라든가 하는 이상한 소리는 하지 마라."

제대로 못 박혔다, 심장에 말뚝을 박듯이.

아라라기 하렘이란 말은 내가 시작한 게 아니라고.

"트윈 테일도 풀어라."

"아니, 묶지 않았어. 지금은."

"수어사이드마스터의 상태를 봐서 제대로 말을 할 수 있는 듯 보인다믄 최대한 정보를 끌어내 줬으면 좋겠네잉. 모르는 사이

※모기(母機)와 자기(親機) : 통신기기 등에서 본체가 되는 부분을 모기, 부속되어 사용할 수 있는 부분을 자기라고 한다. 예를 들어 휴대전화가 일반화되기 전 사용되던 유무선 전화기의 경우 본체인 유선 전화기를 모기, 그에 부속된 무선 전화기를 자기라고 칭하는 식. 인터폰이나 공유기 등에서도 같은 용어가 사용된다.

는 아니라고 혀도 나는 기본적으로 적잉께, 좀처럼 본심으로 이야기를 나눌 수 없어서 말여."

이른바 감염 경로 특정을 위한 조사인가. 아주 중요하고, 그러면서도 난해한 임무가 부여되었다. 내가 의대생이었다면 몰라도, 안티 흡혈귀 바이러스의 감염력과 옥좌에서 요양 중인 수어사이드마스터의 몸 상태를 고려하면 안 그래도 장시간의 조사는 불가능할 텐데.

"가장 어려운 것은 본심으로 이야기하는 것일지도 모르겠구면. 데스는 동족인 나에게도 허세를 부리는 흡혈귀다. 600년 전도 작년도, 약한 곳도 약해진 곳도 전혀 보여 주지 않아."

그렇구나.

너의 친구란 느낌이 든다고.

013

코로나 사태에 관해서 이렇다느니 저렇다느니 하며 중얼중얼 불평을 해 왔지만, 실제로 자신이 발병한 것도 아니고 가까운 곳에 감염자가 있는 것도 아닌 나 같은 사람이 사태의 심각함을 실감한 것은, 고생해서 입학한 대학 수업이 온라인으로 되었을 때보다 오히려 즐거운 일이나 기대했던 일들이 전부 연기나 축소나 중지되었을 때였다고 말하겠다.

세상의 변화를 인정할 수밖에 없었다.

친구는 필요 없다, 인간의 강도가 떨어지니까. 그렇게 말했던 나조차도 그런 밀접 접촉이 되는, 오노노키의 말을 빌리면 금지되어 버릴 정도로 즐거운 엔터테인먼트에 얼마나 신세를 지고 있었는가 하는 이야기도 되지만… 그러한 의미에서는 자숙기간이라는 것은 그대로 대기시간이라고 바꿔 말할 수도 있다.

아이들링 타임이라고도.

기대하고 있었다고 말하는 것과는 전혀 다르지만, 결사이자 필사이자 만사의 흡혈귀, 데스토피아 비르투오소 수어사이드마스터와의 면회는 그 이상 연기되지 않고, 오히려 생각했던 것보다도 스무드하게 실현되었던 것이다. 카게누이 씨가 상대라면 진행이 빠를 거라는 짐작 하나에 관해서는, 나의 짐작이 당첨이었다.

진행이 빠른 것인가, 죽는 것이 빨라진 것인가는 제쳐 두고서다.

뭐, 카게누이 씨도 오노노키도 충고와 주의를 이구동성으로 반복하기는 했지만, 결코 시노부의 면회를 방해하고 싶었던 것은 아니었으므로 당연한 일이기는 하지만… 다만, 조금 더 뜸을 들이지 않을까 했었기 때문에 의외였다.

반대로 말하면 우리를 초조하게 만들 만한 시간도 이미 수어사이드마스터에게는 남아 있지 않다는 뜻인지도 모른다. 게다가 원격통화나 온라인 회의가 아닌 실체가 있는 대면이 실현되었는가 하면, 그것은 조금 미묘한 부분이라 고민스럽다.

음식점에 있는 아크릴판이나 텔레비전에서 흔히 보이는 파티션… 그것에 비하면 얇은 가림막이기는 하지만, 그러나 결코 투명하지는 않은 드레이프가 옥좌와의 사이에 정중하게 드리워져 있었던 것이다. 기억 속을 살펴보면, 과거 '거울 세계'에서 '아름다운 공주'를 알현했을 때에 똑같은 가림막이 설치되어 있었다.

일본식으로 말하면 비단으로 만든 발 같은 것일까.

고귀한 자가 그렇게 쉽게 모습을 드러내서는 안 된다는 예법으로 인한 칸막이 같기도 하고, 전염병 대책의 커튼 같기도 하고… 그러나 이 경우에는 단순히 병상을 둘러싼 커튼의 역할이 가장 클지도 모른다.

프라이버시를 간신히 보호하는 것처럼.

"카캇…. 와 줘서… 하드하고 쿨하게 기쁘, 군. 로라… 아니, 아니었지. 로라가 아니야. 이 몸이 이름을 붙여 줬어…. 뭐였더라…?"

카게누이 씨에게 병의 증상에 대해 미리 듣지 않았더라면, 얇은 천 너머에서 들려오는 그 쉰 목소리는 노인의 목소리라고 생각했을 것이다. 아니, 실제로 수어사이드마스터는 더할 나위 없을 정도로 고령이지만, 적어도 내가 작년에 만났을 때의 그녀는 시노부와 다를 바 없는 유녀였다.

오히려 연하인 여섯 살 아이였다.

그것은 그만큼 약체화되어 있었다는 것을 나타내는 지침이지만… 커튼 너머로 비쳐 보이는 실루엣은 그런 여아의 이미지에서는 거리가 먼, 말라 비틀어진 나무 같았다.

말라 죽은 나무 같았다.

옥좌에 드러누워, 상반신도 일으켜 세우고 있지 않다.

일으켜 세울 수 없다.

"그래… 그래, 그랬어. 철혈이자 열혈이자 냉혈의 흡혈귀, 키스샷 아세로라오리온 하트언더블레이드… 라고."

"…그렇다."

그 쉰 목소리에, 시노부는 고개를 끄덕인다.

이미 그 이름도 과거의 이름이 되었다는 것을 굳이 정정하지는 않는다. …그 이전에, 충격을 받고 있는 것 같기도 했다.

병에 걸린 수어사이드마스터의 모습에.

그것은 겉모습이나 목소리, 실루엣만을 이야기하는 것이 아니라… 맹우의, 그것도 자신이 진조로서 직접 명명한 이름조차 가물가물하다는 듯한 응대에. 기억이 혼탁해졌다.

의식조차 혼탁해졌다.

약한 모습을 보이지 않겠다고 허세를 부리지만 그래도 감출 수 없는 약함에, 시노부는 말을 잃은 듯했다.

하지만 반대로 시노부 쪽이야말로 허세를 부렸다.

맹우의 좋지 않은 몸 상태를 깨닫지 못한 척을 하고,

"설마 또 이 '시체성'에서 너와 대면하게 될 거라고는 생각하지 못했다. 그 무렵에는 서로, 믿기지 않을 정도로 젊었지."

라고 말했다.

"그래…. 젊음의 치기 어린 짓, 들뿐이었지."

더듬더듬, 수어사이드마스터는 대답한다.

시노부의 말이 얼마나 전해지고 있는지, 그저 문언에 반응해서 맞장구를 친 것뿐인지, 판단할 수 없는 응대였다.

"이런 형태로 귀성하게 될 줄이야… 카캇, 웃음이 나오는군. 이 몸은 '시체성'에서 태어나 '시체성'에서 죽는 게야."

"전 세계의 어디에서라도 죽지 않느냐, 너는."

"그랬, 던가…?"

시노부의 매서운 딴죽에, 그러나 애매한 대답을 하는 수어사이드마스터. 고작 두세 마디의 대화가 오갔을 뿐인데도 이미 애처롭다.

가슴이 옥죄어 드는 것 같다.

신종 코로나 바이러스의 증상과는 전혀 다르겠지만, 감염증의 공포 같은 것을 목도하는 기분이었다. 가림막 너머라고는 해도 충분하고도 남을 정도로 전해져 온다.

사이에 무엇을 끼우더라도, '거울 세계'나 천국에서 '아름다운 공주'를 앞에 두었을 때도 나는 몹시 떨었지만… 두 명의 흡혈귀의 밀회를 방해해서는 안 된다고 생각했었는데, 도저히 끼어들 수 있는 분위기가 아니었다. 배려라든가 소외감 같은 게 아니라, 그저 잠자코 있게 된다.

"일단 물어 두겠는데 말이다, 데스."

시노부는 말한다.

평정을 되찾았는지 속마음의 동요는 링크하고 있는 나에게도 느껴지지 않는다. 나는 허세라고 생각하지만, 어쩌면 정말로 동요하지 않는지도 모른다.

600년 살아왔다는 것은, 600년 지켜보았다는 이야기이기도

하다.

이렇게 되는 것은 일본에서 직감을 느낀 단계에서 알고 있었는지도… 직감이 아니라 예감이었는지도 모른다.

"도움은 필요한가?"

"필요 없어."

그 대답은 연약하다. 애처롭다.

무력감에 가득 차 있다.

"솔직히 말하면, 어서 돌아가 주면 고맙겠어. 만에 하나라도, 너에게 감염시키고 싶지 않아. 너에게도, 너의 권속에게도."

동석하고 있는 나의 존재를 깨닫지 못한 것은 아닌지, 수어사이드마스터는 그렇게 언급했다. 자신이 어떠한 상태인가는 이해하고 있는 모양이다.

사전 동의는 받았다.

"지금까지 다양한 죽음을 겪어 온 이 몸이지만, 이 감염증으로 아마도 사인死因 컴플리트겠지. 한 조각의 후회도 없고, 한 조각의 먹다 남긴 것도 없어. 만 번 죽어 마땅한 이 몸은… 만 번 죽어서 만족한다. 하드하고 쿨한 이명대로 말이야."

"…그런가."

"뭐냐…. 의심하는 거냐?"

"아니, 합리적인 의심의 여지는 없구먼. 애초에 나도 너도, 너무 오래 살았어. 뭐하다면 둘 다 600년 전에 죽어 있어도 괜찮았을 정도다."

"카캇… 그 말이 맞아. 그렇다고 너까지 죽을 것은 없어. 적어도 지금은 말이야. 아득히 먼 극동의 섬나라에서 만나러 와 준 것에는 감사할 따름이지만. 이것으로 정말로 후회는 없어. 한발 먼저, 이 몸은 편해지도록 하겠다."

도저히 즐겁게는 들리지 않는 목소리로, 수어사이드마스터는 그렇게 말했다. 시노부는 "나와 달리, 너는 추하게 발버둥 치지는 않겠지."라며 어깨를 으쓱해 보였다.

"완전히 죽지 못했던 나와 달리 말이야. 나는 수치스럽더라도 살아가기를 선택했고, 이렇게 편해졌지만… 이런 건, 별로 권할 수 있는 삶은 아니고 말이야."

"아니… 가능하다면 그것도 고를 수 있는 방법 중 하나였어. 그러니까 너의 권속에게도 감사하고 있어. 로라를 노예화 해 줘서 고맙다."

침묵이 이어졌다… 아, 감사 인사를 내가 들은 건가?

내가.

'로라'라고 하는 시노부의 인간 시절 이름이 잘 와닿지 않아서 곧바로는 반응하지 못했고, 그런 감사의 말을 들어도 인사하기는 곤란한데. 오히려 내가 시노부에게 한 짓은 맹우로부터 분노를 사도 이상하지 않은 만행이다… 당황하며 나는,

"이쪽이야말로, 시노부를 만나 주어서…."

라는 말을 해 버렸다.

이래서는 마치 결혼 인사를 하러 온 것 같다… 아니, 뭐, 수어사이드마스터는 맹우이면서 시노부의 보호자 같은 존재니까, 그렇게 그 인식은 빗나가지도 않았다.

본래 작년 4월에 이루어져야 했던 의식이지만, 그러나 역시 동시에 이 팬데믹의 한복판이 아니었다면 일어날 수 없는 권한 양도의 장면이기도 했다.

무력화되지 않았다면, 수어사이드마스터와 이렇게 평화롭게 대화를 나누는 일 따윈 불가능하다. …자타공인의 괴이와.

어쨌든, 나도 감사의 마음뿐이다.

수어사이드마스터가 '아름다운 공주'를 흡혈귀로 만들었기에, 그로부터 약 600년 후의 봄방학에 나는 그녀와 만날 수 있었으니까.

"키스샷을 트로피카레스크의 전철을 밟게 만들었다고 생각하면… 죽어도 제대로 죽지 못했을 테니 말이야. 아무래도 그렇게 될 걱정은 없어 보이는군."

트로피카레스크… 집사.

이 '시체성'의 관리인이었던 흡혈귀.

"나는 그 녀석처럼은 되지 않는다. 될 수 없어. 노예라고 해도, 트로피카레스크는 왕도 아닌데 왕도의 흡혈귀였으니 말이다."

"내 말이 그 말이다. 이 몸에게는 과분한 노예였어… 카캇. 간신히 그 녀석에게 감사하러 갈 수 있겠군. 상당히 오래 기다리게 해 버렸어."

…내가 아는 한 괴이에게 '저세상'의 개념은 없으며 지옥에 떨어지는 것은 인간뿐, 천국에 올라갈 수 있는 것도 인간뿐… 일 텐데. 뭐, 그것도 나라나 문화나 언어권에 따라 다를지도 모른다.

여기서 그것에 뭐라 언급하는 건 정말 촌스럽기 짝이 없는 짓이다.

시노부가 죽였다고 하는 흡혈귀… '괴이살해자'로서 죽인 것이 아니라 '아름다운 공주'로서 죽인 괴이.

왕도의 흡혈귀라면 설령 오늘날까지 살아 있었다 해도, 팬데믹의 피해를 그대로 받고 있었을까?

아니, 애초에 왕도의 흡혈귀가 600년 이상이나 살 수 있을 리가 없다…. 육체는 군세더라도 정신의 마모에 견뎌 낼 수 없다. 그것에 견딜 수 있는 것은 시노부나 수어사이드마스터 같은 이단의 흡혈귀뿐이다.

맹우일 만하네.

그 이단의 반쪽이, 잠에 든다.

죽음의 잠에.

"그래서? 키스. 카게누이로부터 이 몸에게 뭔가 물어보라고 듣지 않았나? 그것을 듣지 않으면… 역할을 다하지 않으면, 면회를 끝내고 싶어도, 끝낼 수 없잖나."

"할 수 있는 일이라면 이대로, 100년 정도 이야기를 하고 싶지만 말이야."

"포기해라."

"나에게 포기하라고 말하다니, 웃기는구먼. 이렇게 이야기를 할 수 있었으니, 흡혈귀 헌터와의 약속 따윈 깨도 괜찮지만 말이야. 뭐, 일단 체면을 세워 줄까."

거만한 태도를 취하는 시노부. 폼을 잡고 있는 상황에 미안하지만, 나로서도 그렇게 해 줬으면 좋겠다. 맹우와 대면해 기분이 좋아진 것은 이해하지만, 그러나 여기서 카게누이 씨와의 약속을 깨뜨리면 우리는 집에 돌아갈 수단이 없어진다는 사실을 생각해 줘.

집에 돌아갈 때까지가 소풍이라고.

"이 몸으로서는… 친우인 네 앞에는 전별이라고 할까, 유산으로서 공적을 세우게 해 주고 싶은 참인데, 유감스럽게도 비밀로 하고 있는 것도 아닌지라, 정말로 모르겠다…. 언제 감염되었는지도, 어디에서 감염되었는지도."

짐작도 가지 않아.

그렇게 말하는, 결사이자 필사이자 만사의 흡혈귀의 말에 거짓은 없는 듯 느껴졌다. 그렇다기보다, 무엇보다 빈사의 흡혈귀에게는, 이미 거짓말을 할 만한 능력이 없는 듯 느껴졌다.

잔기殘機 제로다.

"카게누이에게도 그렇게 말했지만… 유감스럽게도 좀처럼 믿어 주지 않더군. 만약 이 몸에게 마음에 걸리는 일이 있다면, 그 전문가에게 미움받는 채로 죽는 것 정도일까…."

이것은 거짓말이 아니라 농담인가?

사력을 다해서 농담을 하고 있는 건가?

애초에 카게누이 씨는 불사신의 흡혈귀를 전부 악이라 간주하고 있으므로, 개인적인 감정으로 수어사이드마스터를 싫어하는 것은 아니라고 생각하지만…. 다만 감추는 것이 있다고 생각하고 있기에, 우리에게 협력을 요청한 것은 틀림없다.

설령 의도하지 않았더라도, 어떠한 형태로 감추고 있는 사정이….

"언제 감염되었는가는 알 수 없더라도, 언제까지는 확실하게 감염되지 않았었다, 라는 건 알 수 있지 않을까?"

꽤나 불평을 하면서도 일단은 맡은 일을 할 생각이 있었는지, 시노부는 그렇게 질문했다. 언제까지는 확실하게 감염되지 않았었는가. 잠복기나 무증상 기간을 생각하면 그것도 확실하다고 말하기는 어렵겠지만….

"작년에 너를 찾아서 일본에 갔던 단계에서는 일단 문제없었다고 생각한다. 그야 건강 우량 상태는 아니었으니… 까놓고 말해 그 시점에서 '이제 곧 죽을 것 같군'이라고는 생각하고 있었어. 다만 그 예감은 기본적으로는 아사餓死를 상정하고 있었다. 이런 감염증은 예상 밖이야."

죽음을 예감하고서 시노부를 만나러 왔다는 추측은 맞았던 것이다. 거기까지 인정하지는 않았지만… 뭐, 말하지 않더라도 알 수 있는 일이다.

"카게누이에게 강제로 송환당하고, 그 뒤에는 어떻게 지냈던 거지? 이런 질문을 듣는 것에 질렸겠지만, 물어보지 않을 수도 없으니 말이야."

"헌터의 감시하에서 방랑 생활… 이라고 해도 그렇게 나다니지도 않았어. 다만, 그런 이 몸의 동선이 그대로 팬데믹의 감염 지도가 되었다고 하니… 이 몸이 첫 번째 감염자일 가능성이, 상당히 높다."

첫 번째 감염자. 그렇기에 이런 식으로 특별한 격리가 이루어지고 있는 것이겠지. 치사율 거의 100퍼센트의 안티 흡혈귀 바이러스… 이 '거의'라는 부분의 예외라는 점도 연구 대상이 될 만한 이유이기는 하겠지만.

지금으로서는.

이제 곧 예외가 아니게 되더라도.

다만 첫 번째라든가 두 번째라든가… 뭐, 백 명째라도 만 명째라도 그렇지만, 경쟁하고 있는 것이 아니니까 그런 숫자에는 별로 의미가 없다. 애초에 강제로 송환당한 이후 수어사이드마스터가 전문가의 감시하에 있었다면, 감염경로는 완전히 파악되어 있을 것이다.

기억도 확실치 않은 본인보다도 상세하게 파악하고 있을 것이다. 그럼에도 불구하고, 아직 원인불명의 병이라고 이야기하고 있다.

그 부분이 기묘하다.

"나도 한 가지만 물어봐도 괜찮을까?"

얇은 천 너머로 보이는지 어떤지는 모르겠지만, 나는 손을 들고서 수어사이드마스터에게 물어보았다.

"이건 이 감염증에 관해서라기보다 흡혈귀의 생태에 대한 질문이 될지도 모르겠는데… 흡혈귀 사이의 커뮤니티는 주로 어떻게 이루어져 있어? 권속이라든가 노예라든가 하는 것은 알 수 있지만, 너희들처럼 친구 사이라는 사례는 많은가?"

"전무하지."

맹우에게 부담을 주지 않겠다는 배려일까, 어리석은 나의 질문에 대답한 것은 시노부였다.

"개개의 영역의식이 강하니까 말이다. 권속 만들기라는 단위 생식 같은 것도 가능하니 그룹이나 사회를 만드는 의미가 없어. 그렇기에 **사회적 괴물**은 아닌 게지. 우리 사이를 놓고 봐도, 데스와는 내가 인간이었을 무렵부터 우호관계를 맺었으니 말이다."

그렇구나.

확실히, 흡혈귀가 되자 헤어졌고, 시노부와 수어사이드마스터는 그 뒤에 600년이나 만나지 않았다. 재회한 것은 엄밀히는 시노부가 흡혈귀가 아니게 된 뒤다.

아니, 알고 싶었던 것은 가령 수어사이드마스터가 슈퍼 전파자였다고 하면, 유럽에 점재하는 다른 흡혈귀들에게 **어떤 식으로** 전염병을 퍼뜨렸는가 하는 것이었다.

사회적 거리두기도 나라마다 차이는 있지만, 비말 감염보다 감염 범위가 넓은 공기 감염이라고 해도, 역시 나름대로 가까운 거리이지 않으면 다른 흡혈귀에게 전파되지는 않는 것 아닐까…?

밀접… 밀密, 비밀秘密.

"이 몸은… 발이 넓은 편이 아니라 말이야. 애초에 흡혈귀가 아직도 그렇게 많이 살아남아 있다는 것이 의외였다."

시노부와 비슷한 소리를 한다.

정말이지 친구는 친구를 부른다는 말이 딱 맞는 두 사람이다.

그렇다면 발이 넓은 편이 아니라는 것도 사실이겠지. 하지만 그렇다면 더더욱, 어떻게 감염 범위가 넓어진 것이냐는 의문이 남는다.

뭐, 하지만 삼밀=密을 피하든 회식을 피하든, 전염될 때는 전염되는 것이 역병이니 말이야. 그것은 신종 코로나 바이러스 이야기인데, 100퍼센트 완벽한 대책 따위 없다는 것은 어떤 역병이나 마찬가지일 것이다.

미크로 단위의 구체를 어떻게 다 피할 수 있겠는가.

피구도 아니고.

"간신히 살아 있던 흡혈귀라는 종을 이 몸이 멸종시켜 버린 것이라고 한다면, 역시나 마음이 아프군. 죽어서 사죄하고 싶다."

"그런 기특한 생각을 하겠냐, 네가."

"너에게 감염시키고 싶지 않다는 건 사실이다. 내가 보기에도 참 둥글어졌어, 송곳니의 끝. 지금의 너라면, 어쩌면 감염되지 않을지도 모르겠지만 그래도 조심하는 게 좋겠어."

원래대로라면 '몸조심해'라는 말을 들어야 할 것은 병상에 있는 수어사이드마스터 쪽인데도, 그런 말을 했다.

"시들어 버린 모습을 이 이상 노출시키고 싶지 않다는 점도 있지만 말이야. 가능하면 하드하고 쿨한, 멋진 모습의 이 몸을 기억해 주었으면 한다."

"멋진 모습의 너 따위, 별로 보여 주지 않았는데 말이다. 내가 보는 너의 모습은 언제나 죽는 모습뿐이었다."

그렇게 말하고 시노부는, 그 이상 옥좌에 한 걸음도 다가가지 않고 빙글 발걸음을 돌렸다. 작별의 말을 하지 않았던 것은, 오시노라는 성을 쓰는 이들의 스타일일까.

아니면.

다시 이 알현의 방에 돌아올 생각이었기 때문일까.

014

아사를 상정하고 있던 미식가 흡혈귀의 근거지이기에, 라는 이유는 아니겠지만 '시체성'의 만찬의 방(?)은 분위기라고 할까, 사람을 압도하는 박력이 있었다. 나도 사연이 있어 2주 정도 폐허에서 지낸 경험이 있는데, 그러나 같은 폐허라도 역시 폐성廢城이 되면 함부로 행동할 수 없다.

그런 데다 컬링을 할 수 있지 않을까 싶을 정도로 커다란 테이블 위에 놓인 디너 메뉴도 포함해서다.

"집에서의 시간을 쾌적하게 지내기 위해 주문한 음식들이야."

라고 말하는 오노노키.

새침한 얼굴이다.

휴식하는 것처럼 이야기했지만, 아무래도 나와 시노부가 수어사이드마스터와 최대한 오랫동안 면회하고 있는 동안에, 다시 한번 뛰어서 산 세바스티안까지 다녀온 모양이다. 호사스러운 테이크아웃이고, 동녀의 우버 이츠다.

드론을 이용한 배달에 가까운지도 모른다.

옥좌의 방과 달리 아크릴판이나 파티션은 설치되어 있지 않지만, 그러나 이만한 넓이의 다이닝이 있으면 각자 충분한 거리를 둘 수 있으므로, 대화를 하면서 먹는 회식이라도 감염 걱정은 낮을 것이다.

빈부격차에 관계없이 만인이 평등하게 습격당한 감염증 리스크라고 해도, 역시 이런 부분에서 확실히 격차가 난다.

나의 스테이 홈과 오이쿠라의 스테이 홈이 똑같을 리 없으니 말이야.

뭐, 생각해 보면 나도 상당한 시간 동안 아무것도 먹지 않았다 (항공회사 ONK는 엄청 싼 정도가 아니라 무료 LCC이므로 기내식 따위는 없다). 아사하지 않도록, 여기서는 사양하지 말고 먹어 두자.

일정 수준 흡혈귀성을 강화하고 있으므로 공복감은 없지만, 많이 지쳤다는 느낌이 있으므로 해외의 음식을 즐기는 정도의 사치는 허락되어도 좋을 것이다.

"…그렇게, 수어사이드마스터로부터 대단한 정보는 얻을 수 없었어요. 도움이 되지 못해서 죄송합니다."

갖추지 못한 매너를 갖추지 않은 나름대로 철저히 지키며, 나는 카게누이 씨에게 보고한다. 시노부는 맹우와의 면회를 마친 뒤에 완전히 입을 다물어 버려서, 내가 대신 이야기하는 형태다.

이런 역할이라고.

"아녀, 예상하던 범위 안이여. 오히려 많이 이야기해 준 편이

제. 역시 친구가 문병을 와 줘서 수어사이드마스터 나름대로 신이 났던 모양이구마잉."

카게누이 씨는 그렇게 말하고, "아라라기 군, 스무 살이 되었응께 와인 좀 마실랑가?"라고 권해 왔다. 미성년 무렵부터 아는 사이인 어른과 술을 즐긴다는 것은 나름 정취가 있겠지만, 나는 완곡하게 사양했다.

지금 마시면 숙취가 심할 것 같다.

처음 마시는 술이 그런 모양새가 되는 것은 바람직하지 않다.

"그 정도가 신이 난 건가요… 도저히 그렇게는…."

상대적인 이야기고, 혹은 그만큼 약해져 있다는 이야기일까.

"그것보다 솔직한 감상을 듣고 싶구마잉. 아라라기 군, 구 하트언더블레이드. 커튼 너머의 수어사이드마스터에게, 어떤 인상을 받았쓰까?"

인상… 즉, 직감인가.

그것을 의지해서 유럽까지 온 우리들이니까, 아마추어가 괜한 논리적인 분석을 하는 것보다 오히려 핵심을 찌르는 말을 할 수 있을지도 모른다.

"일단, 탈수증상이 메인이라고 알려 주시지 않았더라면 노쇠한 게 아닐까 생각되는 초췌한 분위기였네요."

이 표현이 올바른지, 올바르더라도 적절한지는 판단할 수 없지만, 나는 일부러 말을 고르지 않고 소견을 이야기했다.

진찰을 한 것은 아니지만….

"저에게도 할아버지 할머니가 계시는데요. 마치 그 세대 사람과 이야기를 하는 것 같았어요. 물론 저의 할아버지 할머니보다도 수어사이드마스터 쪽이 훨씬 연상이지만요….”

당연하지만, 할아버지 할머니와도 오랫동안 만나지 않았다. 불초한 손자로서 면목 없을 뿐이다. 뭐, 예측하신 대로 나는 그리 귀여운 손자가 아니었으므로 코로나 사태 이전부터 왠지 모르게 소외되어 버렸다는 것은 있겠지만, 귀여운 여동생들은 지금도 밀접하게 연락을 취하고 있는 듯하다. 그 밀접은 허용되는 밀접 접촉이다.

“그렇지. 예감하고 있던 것보다는 건강했지만, 약해져 있다기보다 쇠약해졌다는 느낌을 품었다, 나는. 자살을 혐오했을 데스에게 그렇게나 노골적으로 희사염려*를 듣게 되면 말을 잃게 되기 마련이지.”

맹우이기에 그런 것일까, 무거운 시노부의 말은 기탄이 없었다. 네가 그런 말을 하는 거냐는 느낌이 들 정도로 가차 없었다. 죽을 장소를 찾아서 일본에 왔던 흡혈귀가… 다만 ‘자살하고 싶다’와 ‘죽고 싶다’는 또 다르지.

“죽고 싶은 건가잉. 왕벚나무는 근본을 따지믄 한 그루의 나무라 함께, 전 세계 어디에서나 동시에 피는 것 같은 걸까나?”

카게누이 씨의 견해.

그런 말을 들으면 나도 시노부에게 피를 빨려서 흡혈귀화 한 봄방학, 지금 와서는 부끄럽지만 나오에츠 고등학교의 체육 창

※희사염려(希死念慮) : 죽기를 원하는 것. 또는 죽고 싶다고 생각하는 것.

고에서 자살을 바랐던 기억이 있다. 키스샷 아세로라오리온 하트언더블레이드의 첫 번째 권속인 시시루이 세이시로 또한… 말할 것도 없이.

자살 유전자….

"흡혈귀의 사인의 9할. 다만 부끄럽지만이라고 말할 건 없제, 아라라기 군. 스스로 죽는 건 딱히 부끄러운 일이 아녀야."

어라, 카게누이 씨가 어울리지 않는 말을 한다. 그야말로, 스스로 죽음을 선택하는 판단은 약해 빠진 거라고 단언할 것 같은 캐릭터인데.

"아녀, 아녀. 거, 스스로 죽는 것이 강함이라고는 말혀진 않겄지만, 일본에는 할복이 명예였던 시대도 있었응께."

하네카와 츠바사는 그야말로 그 체육 창고에서, 자살은 죄라고 단언하며 나의 희사염려를 멈춰 주었는데… 그렇구나, 그런 의견도 있나.

이 흐름에서 말하는 건 윤리적으로 뭐하다고 생각하고, 나나시노부, 수어사이드마스터의 희사염려는 전혀 다른 것이겠지만… 코로나 사태의 불안정한 정세하에서 자살자가 증가하고 있다는 보도를 들으면, '죽고 싶다'라고 느끼는 것 자체는 나무랄 일도 아니거니와 부끄러워할 일도 아닐 것이다.

거기에 자기평가를 낮추는 요소는 없다.

그것은 당연한 감정이다.

약함도 부족함도, 하물며 나쁨도 아니다.

가까이에 감염자가 있는 것도 아닌 것처럼, 가까이에서 자살

자가 나온 것도 아니므로 어떻게 하든 이해가 얕은 발언이 되어
버리는데, 가령 자살이 죄라고 해도 악惡은 아니라는 점은 알아
두지 않으면 판단을 그르칠 것 같다.

"맞어, 악이 아녀. 선善도 아니지만."

정의도.

그렇게 반복하듯 말하는 카게누이 씨.

이런 사람도 '죽고 싶다'라고 생각한 적이 있는 걸까? 뭐, 카
게누이 씨에게도 대학생이었던 시절은 있었으니.

고등학생이었을 무렵도 있겠지, 분명히.

"요컨대 수어사이드마스터는 투병 생활에 지쳐서 안락사를 바
라고 있는 건가? 그런 느낌의 말은 했던가? 시노 언니."

오노노키의 질문에 "친한 척하지 마라. 누가 시노 언니냐."라
고 말하면서(오노노키 나름대로 무거워진 분위기를 풀어 보려고
한 것일지도 모른다. 그렇다면 나이스다),

"안락사라고까지는 말하지 않더라도, 자연사를 바라고 있는
느낌이기는 했지."

라고 시노 언니는 대답했다.

그 뉘앙스는 나로서는 읽을 수 없었던, 맹우이기에 가능한 것
이다.

"호스피스의 완화 케어는 아니지만, 이 이상의 연명치료를 거
부하는 것이기도 했어. 어설프게 죽음에 익숙해진, 결사이자 필
사이자 만사의 흡혈귀인 만큼 다른 흡혈귀처럼 죽을 수 없는 것
에 고민하고 있는 것이겠지."

"서바이버즈 길트?"

"이 역병뿐만 아니라 말이다. 주위의 동족이 죽어 가는 가운데, 자신만 오래 살고 있다는 사실이 원래부터 심신을 좀먹고 있었던 거겠지. 권속인 트로피카레스크의 죽음도 포함해서 말이다."

생각해 보면 그 녀석의 죽음도 자살 같은 것이었던가… 라고, 마치 자신의 일처럼 이야기하는 시노부였다.

자신의 일이겠지.

시시루이 세이시로의 죽음을 계속 마음에 담아 두고 있던 자신의.

"죽어 부러도 곤란한디 말이여. 인간 측의 사정을 이야기하자믄 가장 증상이 심하고, 그러믄서도 유일하게 죽지 않은 진조에게서 안티 흡혈귀 바이러스의 특효약을 만들어 내지 못하믄 거의 절멸해 버릴 것잉께, 뱀파이어는."

"역시, 그래서는 장사가 망한다는 건가?"

빈정거리는 듯한 말을 하는 시노부.

화풀이에 가깝기도 한 말이었지만,

"유해조수를 보호하는 것 같은 일잉께. 너무 많이 늘어나면 잡아서 수를 조절하는 것이제."

그렇게 카게누이 씨는 받아넘겼다.

그 대답으로 볼 때, 카게누이 씨 개인에게 이것은 바라던 바는 아닐 것이다. '역시'라고 하자면, 이것이야말로 '역시'지만.

"생태계의 보호, 시체계의 보호일까잉? 뭐, 인류가 극복한 감염증인 천연두를 놓고 봐도 그 바이러스는 어딘가의 연구소가 엄중하게 보관하고 있다고 하드만."

그렇구나.

그것은 뭐, 여차할 때의 샘플로 보관하는 것이겠지만 '내버려 두면 없어져 버릴 듯한 불요물不要物을 챙겨 두고 싶다'라는 감각은 누구나 이해할 수 있는 것이다.

흡혈귀가 멸망하는 것으로 괴이계(?)의 밸런스가 무너지고, 인류에게 보다 큰 위협이 되는 요괴가 태어나 버린다면 전문가로서는 본말전도다.

"까놓고 말해서, 제어할 수 있는 괴이인 흡혈귀가 잘난 체하며 활개 치고 있는 정도가, 딱 좋아 불제."

"누가 제어할 수 있는 괴이냐."

시노부는 반론했지만, 그 이상은 말하지 않았다. 완전히 제어 당해 버린 현재 상황을 감내하는 자각은 있는 듯하다.

괴이의 왕도 체면이 말이 아니다.

생태계의 보호라고 하면서 생물의 수를 늘리거나 줄이거나, 밸런스를 잡거나 컨트롤하에 두거나 하는 행동은 인류의 오만이기도 하겠지만… 고도의 윤리관의 문제가 아니라, 그렇게 하지 않으면 인류가 멸망해 버린다는 절실한 측면도 있을 것이다.

자연계에 관여해서는 안 된다고 말하지만, 신종 코로나 바이러스를 내버려 둘 수는 없는 것처럼… 바이러스는 생물이 아니라고 해도.

밸런스… 중립.

"생물이 아니다. 건드릴 수 없다. 눈에 보이지 않는다. 바이러스란 마치 괴이 같네."

"실제로 뱀파이어 전설에 연결된 페스트도, 요괴라고 여겨졌잖아?"

"페스트는 바이러스가 아니지만."

그런가?

정의를 알기 어렵네, 정말.

"어쨌든 너희들에게는, 아직 데스가 죽어서는 곤란하다는 건가."

"이 역병의 심벌인 이상, 애당초 시대의 산증인잉께. 단순히 물어보고 싶은 역사도 엄청 많어야. 여기에 이렇게 입원 조치를 취한 건 일종의 증인보호 프로그램이기도 혀. 증인이라고 혀도, 사람은 아니지만서도."

페스트나 콜레라, 천연두의 산증인.

전쟁이나 천변지이의 산증인이기도 하다.

그 이야기를 하자면 시노부도 그렇지만, 시노부의 경우에는 바탕이 공주고 지금이 유녀이므로, 600살 먹은 세상 물정 모르는 자이니 말이야.

증언 능력이 부족하다고 여겨졌다 한들 어쩔 수 없다.

"흠. 발언을 신뢰할 수 없는 것은 데스도 마찬가지일 터인데… 그건 그렇고, 카게누이. PCR 검사인지 뭔지로 우리가 감염되어 있는지 여부는 조사하지 않아도 되는 거냐?"

지긋지긋하다는 듯이 턱을 괴고 시노부가 이야기를 진행시켰다. 버릇없는 태도이지만 그 부분도 옛 공주 출신의 관록이며, 성안에 있는 것이 어울리는 13세다.

"애초에 나와 내 주인님은 조사 담당관으로서가 아니라, 베르베트로서 불려 온 게 아니냐?"

"그게 아니라 모르모트겠제."

베르베트… 니가 말하는 벨벳은 옥좌를 둘러싼 커튼이여, 라는 카게누이 씨. 이것에는 관록도 꼴이 말이 아니다.

"부정은 하지 않겠어. 그렇다기보다 완전 긍정이제. 한동안 이 성에서 지내게 하면서 감염될지 어떨지, 발병할지 어떨지, 발병까지의 기간은 어느 정도인지… 꼼꼼하게 관찰하고 싶은 참이여. 강제는 할 수 없지만서도."

이 상황에서 강제하는 의미도 없을 텐데.

따를 수밖에 없는 록다운이다. 밖을 돌아다니면 흡혈귀 펀치가 아닌 음양사 펀치로 녹다운 당할 것 같고.

지금은 자각증상이 없지만 수어사이드마스터와 면회하기 이전, 아세로라 왕국(가칭)의 흔적에 도착한 시점에서 우리 두 사람은 감염되어 버렸을 우려도 있다. 이 안티 흡혈귀 바이러스가 다른 괴이에게도 감염되게 변이할 가능성을 고려하면, 사랑스러운 요괴들이 잔뜩인 고향 마을에 이대로 돌아갈 수는 없다.

"오노노키는 둘째 치고… 카게누이, 네가 이렇게 이 '시체성'에 상주하고 있는 것을 생각하면, 이 안티 흡혈귀 바이러스는 어떻게 변이하더라도 절대 인간에게는 감염되지 않는다고 생각해도 되겠나?"

"절대라는 건 과언이제. 다만 흡혈귀가 신종 코로나 바이러스에 감염되지 않는 것과 같은 정도의 비율로는, 안전성이 담보되어 있다… 가 아닐까잉?"

"일처리가 대충이구먼. 너의 생사에 관련되는 일일 터인데."

"일이니까 하고 있을 뿐이여."

비즈니스 출국의 전문가는, 마치 경험 많은 군인 같은 소리를 했다. 혹은 경험 많은 의료종사자일까.

뜻밖이기는 하지만, 그 부분은 프로라는 거겠지.

코로나 사태로 직업을 잃은 것도, 코로나 사태라도 일을 계속해야만 하는 것도 양쪽 다 마찬가지로 고난이다.

다만 시노부의 본의는 카게누이 씨의 각오를 묻는 것은 아니었는지,

"요컨대 내 주인님을 이곳에서 인간으로 되돌리면, 적어도 치사율이 거의 100퍼센트인 감염증의 위협으로부터는 완전히 벗어날 수 있다는 이야기인가?"

그렇게 다시 질문했다.

"시노부, 그건…."

"가능성의 이야기를 하고 있을 뿐이다. 걱정만 하지 말고 대책을 생각해야 할 테지. 가령 내 주인님이 발병해서, 눈 깜짝할 사이에 죽음의 위기에 처했을 때에는 그런 방법도 있을지 어떨지를 살피고 싶다."

카게누이 씨가 찾고 있을, 수어사이드마스터나 다른 흡혈귀에 대한 치료와는 전혀 다른… 나 하나의 예외에 한정된 치료법

이기는 하지만 불사신이 걸리는 불치병에 제시된 활로 같은 것이다.

"……."

그렇게 카게누이 씨는 한동안 침묵했다.

일고할 가치가 있는 치료 플랜이기는 한 모양이다.

다만 시노부가 생각하는 플랜이, 내가 아는 한 지금까지 전부 그랬던 것처럼, 이 '가능성의 이야기'에는 아주 커다란 구멍이 있다. 구멍만으로 구성되어 있다고 말해도 좋을 정도다.

"그 경우, 네가 죽을 거 아냐. 나를 인간으로 되돌린다는 건, 그 경우 걷게 될 너의 말로는 두 가지… 완전히 죽든가, 완전한 흡혈귀로 돌아가든가."

전자는 지옥 같은 봄방학에 시험했고, 후자는 가엔 씨에게 시험받았다. 다만 후자도 이 팬데믹 안에서 시험하면 치사율 100퍼센트의 희생자가 될 뿐이다.

플로차트 상에서 분기한 루트는 금방 합류하고, 시노부의 죽음은 피할 수 없다.

"그러니까 어차피 죽을 거라면, 이라는 사고방식이다. 둘이 죽는 것보다 하나라도 살아남는 편이 좋지 않으냐."

"혼자서 죽는 것보다 둘이서 죽는 편이 낫다는 사고방식도 있다고. 내일 네가 죽는다면 내 목숨은 내일까지로 족해."

"그리운 대사구먼."

혹은, 시노부도 그렇게 생각하고 있는지도 모른다. 혼자보다도 둘이라고.

맹우를 혼자서 죽게 하기보다, 똑같이 죽는 것을 무의식중에 바라 버렸기 때문에 가능한 발상이 아닐까. …자살 유전자, 희사염려.

"극단이구나. 당신들은."

그렇게 말하는 오노노키.

한순간 얼어붙은 공기를 조금도 배려하지 않는 무뚝뚝한 목소리다.

아니면 분위기를 파악했기에 교과서를 읽는 듯한 무뚝뚝한 말투일까.

"성가시다. 당신들이라고 하지 마라."

"그러면 시노 언니."

"시노 언니도 치워라. 공경해라."

"시체 인형인 내 입장에서 말하자면, 당신들은 '죽어도 괜찮다'라는 생각을 너무 많이 해. '죽고 싶다'라고 생각하는 것은 자연스러운 생물의 생리현상이지만, '죽어도 괜찮다'는 목숨의 포기잖아. 칭찬받을 수 있는 일이 아니고, 그 마음은 악이라고 말해도 좋아."

적어도 성실하지 않지.

그런 말을 들으면 반론하기 어렵게 된다. 죽음의 리스크를 허용하는 것과 '죽어도 괜찮다'는 상반된다.

'편해지고 싶다'와 '어떻게 되든 상관없다'도 다르다.

"코로나 사태를 찬스라고 파악하는 풍조도 있는데 말이지, 힘들었던 일을 그만두는 계기로 삼지는 마."

엄격한 소리를 하네.

하고자 하는 말은 모르겠는 건 아니고, 안고 있던 불량채권을 이것을 기회로 슬림화하고 싶다는 마음도 결코 소극적이기만 한 것은 아니겠지만, 그러나 확실히, 살아 있는 것에 질린 장명종長命種이 팬데믹에서 활로가 아닌 죽을 장소를 찾아내는 것도 다르다.

그것을 구실로 흡혈귀에게 정리해고를 당하는 것도 곤란하다…. 서바이버즈 길트라고 한다면, 이 '시체성'을 방문한 것으로 시노부의 희사염려가 재연되고 있다고 한다면, 그것은 최대한의 경계로써 응해야만 하는 사태다.

그 싱크로는 위험하다.

고향을 방문해서 느끼는 향수병이라고 하기에는, 병이 너무 깊다. …나도 조심해야겠네. 지적하신 대로, 나도 상당히 '이젠 죽어도 괜찮아'라고 생각하는 구석이 있는 녀석이다.

"하네카와와 데이트할 수 있다면 죽어도 좋다든가, 하치쿠지와 결혼할 수 있다면 죽어도 좋다든가, 오이쿠라와 사이가 좋아질 수 있다면 죽어도 좋다든가, 상당히 간단하게 말해 버리니 말야."

"그 나열이라면, 네 녀석이 스스로 죽을 걱정은 없어 보이는구먼."

오이쿠라에게 살해당하기 때문이라는 말이라도 하려는 걸까?

"오노노키가 다시 한번, 식객으로서 집에 돌아와 준다면 죽어도 좋아."

"자연스럽게 나에 대한 마음을 토로하지 마."

병보다도 무거워, 라는 오노노키의 말을 듣고 이야기를 재개했다.

"죽고 사는 문제에까지 이르면 확실히 극단적이지만… 실생활에 가까운 예로, 나는 대학에서 친구를 많이 만드는 것을 목표로 하고 있었는데, 그 부분은 코로나 사태로 원격수업을 하는 본가 생활로 인해 엉망이 되었어. 그렇다고 해서 이거 다행이다 하면서 나의 친구 100명 계획을 중지해서는 안 된다는 거구나."

"슬픈 계획이구마잉. 참고로 지금, 몇 명까지 달성했는디?"

카게누이 씨가 무심하게 나의 대학 생활에 흥미를 보여 주었다. 동료가 대학 중퇴자들뿐이기 때문일까.

오시노라든가 카이키라든가와 똑같이 취급받아도 말이지….

"한 명이네요."

"코로나 사태 같은 것과 관계없이 다시 짜는 편이 좋은 계획 아닐랑가? 정말로 오시노 군이나 카이키 군과 다르잖어. 1년간 뭘 한 것이여. 그냥 유급해 부러."

"학교 안에서는 혼자지만, 대학생이 된 뒤로 고등학생 친구가 많이 생겼어요. 체육계열 운동선수들과 사이가 좋아지다니 꿈만 같아요. 나오에츠 고등학교 여자 농구부 부원은 지금은 전부 저의 친구예요."

"저쪽은 절대 그렇게 생각하지 않는 관계구마잉."

"그다음에는 유괴당한 초등학생하고도 사이가 좋아졌는데요…."

"성장이 보이지 않아 부네."

신랄하다.

그리고 정확한 평가다.

나의 슬픈 계획은 그렇다 쳐도, 그런 의미에서는 화해할 수 없는 소꿉친구인 오이쿠라 소다치가 대학을 그만두겠다는 소리를 하지 않도록 주시하고 있을 필요가 있어 보인다. 중지해서는 안 되는 주시.

복 받은 나와는 달리 그 녀석은 학비 문제도 안고 있고…. '연인과 같은 대학에'라는 웃기지도 않는 모티베이션이 아니라, 인생을 다시 시작하기 위해 단단히 결심하고 대학에 다니고 있는 오이쿠라가 여기서 의욕을 잃어 버리는 건 너무나 아까운 일이다.

제대로 도발… 즉 응원을 해야만 한다.

"자신은 복 받은 입장이라고 인정할 수 있게 된 것은 귀신 오빠의 성장일까. 친구는 될 수 없었다고 해도, 대학에서 다양한 사람들과 접한 덕분인가? 그렇다면 귀신 오빠가 불순한 동기로 진학한 의미는 있었던 거네."

"그래. 오이쿠라가 무사히 졸업해 준다면, 이젠 죽어도 괜찮아."

"소꿉친구에게도 완전 민폐이지 않느냐. 신종 코로나 바이러스에게도 아주 민폐다."

신종 코로나 바이러스에게 민폐가 된다는 것도 신선하다.

실제로, 목숨은 없더라도 의지가 있다면 뭐라고 말할까, 코로나 씨는.

"어쨌든 나를 인간으로 되돌리는 것으로 리스크를 피하고자 하는 안은… 시노부, 전혀 생각하지 않아도 돼. 그런 걸 생각할 시간이 있으면 그만큼 맹우의 치료법이라도 생각해 줘."

"본인에게는 거부당했지만 말이다. 도움은 필요 없다고."

지금 네 녀석에게 거부당한 것처럼 말이다, 라고 말하는 시노부.

빈정거림을 익혔겠다.

"나의 성의라는 것은 좀처럼 통하지 않는군."

"자기 자신을 소중히 하지 않기 때문이겠지. 수어사이드마스터도, 설령 사교 예절이라도 도움을 청했다간 네가 무리할 것을 알고 있기 때문에 매정하게 거절한 거겠지."

"시끄럽다. 설교하지 마라, 나에게."

"요컨대, 너의 조력은 민폐야."

"어라? 설교가 아니라 그냥 험담을 들은 건가…?"

애초에 나를 여기서 인간으로 되돌리면, 이번에는 신종 코로나 바이러스에 감염될 리스크가 증대된다. 치사율은 확실히 저하된다고 해도 일본으로 돌아가는 것이 그것은 그것대로 어렵게 된다. 목숨이 걸린 문제가 되면 그렇게 말하고 있을 수 없겠지만, 밀항자로서는 더욱 격리기간을 설정해야만….

과제가 너무 다방면에 걸쳐 있잖아.

땀이 폭포수처럼 흘러나올 것 같다.

"아무리 신경을 써도 개인이 할 수 있는 일은 한정되어 있어, 귀신 오빠. 필요한 건 개인의 힘이 아니라 모두의 협력이니까,

너무 우쭐해지면 안 돼. 나비효과라는 말이 있잖아, 나비의 날 갯짓으로 바이러스가 만연했다고 생각하는 정도가 좋아."

"……."

장단을 맞춰 주는 게 너무 서툴지 않아?

다만, 그런 오노노키의 말에 위안을 얻는 측면도 있다는 건 사실이었다. 아무리 대책을 세워도 감염 리스크는 피할 수 없는 것처럼, 아무리 조심하더라도 감염시킬 리스크 역시 피할 수 없는 것이다.

그 정도의 호핑 트랜싯을 반복한 오노노키도, 변이한 안티 흡혈귀 바이러스에 한창 침범당하는 중일지도 모른다.

무의미하게, 그것도 정기적으로 좌절한 감각을 맛보는 것은 좋아하지 않는다. 너무 지나치면 그것은 단순한 자해행위다.

"다만, 흡혈귀의 사생관에까지 참견할 생각은 없어. 당신이 맹우와 어떻게 해서라도 동반자살하고 싶다면, 나는 말리지 않아."

"말려 줘, 오노노키."

나는 카게누이 씨를 향해서, "실제로, 연구샘플로서 우리의 관찰기간은 어느 정도나 되요?"라고 물었다.

"당초의, 잽싸게 귀국한다는 플랜은 이미 물거품처럼 사라졌다고 치고… 아무리 내가 복 받은 상황이라고 해도, 너무 오랫동안 집을 비워 두면 안 좋은데요."

"잽싸게 귀국하는 플랜이 아직 살아 있었어야? 역시나 구 하트언더블레이드의 권속이네잉."

그리운 호칭을, 지금 이때라는 듯이.

흡혈귀화가 강해져 있는 지금이라면, 타당한 호칭이라고도 말할 수 있지만.

"대학의 온라인 수업도 이 폐성에서 받는 건 어려워 보이니, 대강의 예상 기간이라도 말씀해 주시면 감사할 것 같아요."

"짐작도 되지 않지만, 이 일로 아라라리 군이 자퇴하길 바라는 것도 아니고 말여. 가엔 선배로부터 죽여도 괜찮다는 소린 들었어도, 학업을 방해하는 건 금지되어 있응께."

어? 죽여도 괜찮다는 말을 들었어…? 가엔 씨로부터? 정말로 가엔 씨로부터?

나한테 얼마나 화가 난 거야.

뭐, 학업 방해를 금지하는 시점에서 앞의 문언은 교묘하게 무효화되어 있겠지만… 등줄기에 살짝 소름이 돋았다.

나에 대한 단속에 아주 능숙하다.

"임시로 한 달이라고 해 둘까. 아라라기 군 일행의 객원 취급은. 일본의 긴급사태 선언은 대개 그런 기준으로 이루어지는 모양이니 말이야, 딱 좋지?"

뭐가 딱 좋다는 건지….

그리고 일본에 국한되지 않고 긴급사태 선언이나 록다운은 어떠한 이유로 연장되곤 한다는 사실도 잊어서는 안 된다.

모처럼 오노노키가 산 세바스티안에서 가져와 준 호화로운 스페인 요리도 마치 합성 착색료라도 먹는 것처럼 맛을 잘 느낄 수 없었다. 이런 상투적인 표현도 미각장애를 의심해야만 하는 시대에 대해, 확실히 가슴 아픔을 느끼지 않을 수 없다.

015

그렇게 되어서 기대보다 짧지는 않지만 생각했던 정도로 길지는 않은 한 달이라는 기간, 나는 폐성에서 지내는 흐름이 되었다. 이 일종의 격리기간은 유럽 각지의 음식을 배달로 마음껏 먹을 수 있는 것을 생각하면 그렇게 불편하지도 않을지 모르지만, 그렇다고는 해도 Wi-Fi는 고사하고 유선전화조차 바랄 수 없는 호텔 '시체성'에서는 가족과의 연락을 취할 방법이 없다.

그러므로 장기간 집을 비우는 핑계의 메시지를 새롭게 전 파이어 시스터즈에게 보내기 위해서 나는 다시 동녀의 허리에 매달리게 되었다. …이렇게까지 해 가며 전파를 원하다니, 나는 얼마나 현대의 총아인 것인가.

속세 따윈 떠날 수 없겠어.

동녀의 허리 주변도 떠날 수 없고.

카게누이 씨가 나에게서 걸려 온, 불속에 뛰어드는 듯한 영상통화를 받았다는 루마니아의 국경 부근이라는 곳까지 단숨에 날아서… 참고로 시노부는 식사가 끝난 뒤에 내 그림자 속으로 돌아갔다. 아무래도 13세의 육체를 유지하는 것에 나름대로의 체력이 소모되는 모양이다. 역시 도핑은 그렇게 편리한 것이 아니다. 그것 때문에 면역력이 낮아져도 모양새가 우스워지므로, 무리하지 않고 쉬게 했다.

모처럼의 기회이니 나도 여동생들과의 영상 통화를 즐겨도 괜찮았겠지만, 그러나 나 정도로 둔하지 않으면 배경을 보고 알아차릴 가능성이 높았으므로 (장녀는 둘째 치고, 차녀를 속일 수 없다) 메시지를 보내는 것으로 끝내기로 했다. 미리 준비해 둔 문면을 그대로 송신한다.

"그렇지만 카게누이 씨가 우연히 여기에 있었을 때, 마찬가지로 우연히 걸었던 전화 통화가 연결되었다는 것도, 역시 우연이란 말로 정리하기에는 너무 낮은 확률이지. 가엔 씨의 노림수일 가능성은 없는 거야, 오노노키?"

"뭐든지 아는 가엔 씨도, 귀신 오빠가 전화를 거는 타이밍까지는 컨트롤할 수 없어. 우리 언니의 행동도 언컨트로블이야."

그건 확실하다.

카게누이 씨는 가엔 씨도 감당이 안 되는 인재이기에 나는 그녀를 의지했던 것이다. 그것이 또, 잘못된 방향으로 작용했다는 흐름이다.

그렇다고 해서 저확률×저확률이 고확률이 된다는 식은, 수학적으로는 성립하지 않는다. 마이너스×마이너스가 플러스가 되는 것과는 다르다.

"시노부 언니가 쉬고 있는 지금이니까 하는 말인데, 일종의 텔레파시일지도 몰라. 흡혈귀 간의… 언니가 정기연락을 취하기 위해서 성을 나가는 것을 알아차린 수어사이드마스터가 맹우에게 문자메시지처럼 텔레파시로 헬프콜을 보내고, 그것을 구 하트언더블레이드는 인스피레이션으로 수신했다고 하면, 있을 수 있지."

"…도움을 청했다? 아니, 흡혈귀 간의 텔레파시라는 것은 나도 왠지 모르게 알 것 같지만… 하지만 대면했을 때는 아주 딱 부러지게 도와주지 않아도 된다는 말을 들었다고."

"정신이 혼탁한 혼수상태이니까, 뜻밖의 본심을 잠꼬대처럼 흘린 것일지도 모르잖아. 아니, 아무런 근거도 없는 소리를 틈을 메우기 위해서 말하고 있는 것뿐이니까 신경 쓰지 마. 진짜로 받아들이지 마."

틈을 메우기 위한 대화가 필요할 정도로 거리가 있는 사이였던가…. 오노노키가 아라라기 가에서 나간 뒤로 1년도 지나지 않았는데, 정말이지 디스턴스를 너무 두고 있다.

하지만 뭐, 반만 믿는다고 해도 있을 법한 이야기다. 하나의 지표로 받아들여도 되는 가설이다. 그렇다고는 해도 시노부로서도 수어사이드마스터의 무의식의 본심과 무모한 고집, 어느 쪽을 우선해야 할까를 묻는다면 결단하기 어려울 것이다.

시노부 역시 허세를 부리는 것으로 살아온 흡혈귀니까…. 그것을 무시하면, 살아 있는지 죽어 있는지도 알 수 없다.

하드하고 쿨한 이 몸, 인가.

"그러면 돌아갈까, 귀신 오빠. 여동생들의 답신은 이미 받았지?"

"응. 'ㅇ'이라는 자음 하나뿐이지만."

뭘까, 두 사람 다 고등학생이 된 뒤로 아주 독립심이 강하다…. 이 시추에이션에서 안심의 재료이긴 하지만, 오빠로서 느끼는 일말의 쓸쓸함도 부정할 수 없다.

나는 지금 망국에서 격리기간 중이라고 보고해서, 관심을 받아 볼까?

그 녀석들이 달려오지는 않겠지만.

"아아, 그렇지. 오노노키, 괜찮다면 '시체성'에 돌아가기 전에 한 군데만 들러 줄 수 있을까?"

"좋아. 숨소리도 내지 않고 딴 데로 새는 건 내 특기거든. 시체 인형이니까."

"고마워. 신세 좀 질게."

"어디? 루브르 미술관? 대영박물관? 폼페이 화산? 노이슈반슈타인 성?"

해 보고 싶었지, 관광.

알고 있잖아, 그런 게 아니라고.

"아세로라 왕국(가칭) 옛터에 들러 줬으면 해. 조금 신경 쓰이는 게 있어서."

"신경 쓰이는 거? 마요이 언니의 팬티야?"

"신경 쓰이는 것이라는 말에서 그런 엉뚱한 방향으로 이야기를 끌고 갈 수 있다면, 나는 더 이상 아무 말도 할 수 없다니까?"

"정말로 아무것도 없는 그런 곳에 무슨 용무인데? 고독을 맛보고 싶다면, 그런 건 내 곁에서도 음미할 수 있잖아."

"오노노키가 뭐라고 말하더라도 나는 오노노키를 친구라고 생각해."

"기뻐. 눈물이 줄줄 흐르네."

오노노키는 평소 이상의 무뚝뚝한 말투로 그렇게 말하고, 두 손으로 만세 자세를 했다. 의문은 있지만 항공회사 ONK는 운항해 주는 모양이다.

승객 만족도가 높은 기체다.

"언리미티드 룰 북."

단거리 비행이므로 달라붙어 있기만 하는 나의 육체적 부담도 최소한이다. 마치 옛날 중계방송처럼, 요컨대 '점프!', '착지!'라는 V의 연계법처럼, 눈 깜짝할 사이에 주위의 풍경이 압도적인 살풍경으로 변모한다. 낮에 착지했을 때와 같은 좌표인지, 아니면 다른 곳인지 전혀 구별이 가지 않을 정도의 적적한 지표다.

"밤에 오니 보다 지옥 같은 느낌이 더해지네…."

"그것은 땅바닥을 보고 하는 이야기겠지. 하늘을 올려다 봐. 이렇게 별들이 많이 보이는 맑은 밤하늘은, 뉴질랜드에서밖에 볼 수 없어."

듣고 보니 그렇다.

어쩐지 밤인데도 별로 어둡게 느껴지지 않는다 싶었다…. 별들과 지표 사이를 가로막는 것은 아무것도 없었다. 우주에는 이렇게나 별들이 많았구나 하고 놀라게 될 정도로, 아세로라 왕국 (가칭)의 밤하늘은 반짝반짝 빛나고 있었다.

'아름다운 공주'의 무시무시한 저주도 우주까지는 미치지 않는 것이다. 지표의 지옥을 보완하고도 남을 정도의 별들이다.

"이건 히타기에게도 보여 주고 싶네…."

"어라라. 내가 옆에 있는데도 불구하고 여자친구 이야기인가 요?"

오노노키가 질투를 부렸다.

설마 조금 전의 대사로 부끄러웠던 건가.

별이 빛나는 하늘이란, 사진으로는 잘 찍히지 않지…. 그렇다 고 해서 설마 히타기를 이 망국에 데려올 수도 없다.

추억 이야기로서, 가지고 돌아갈 수밖에 없을 것이다.

물론 살아서 돌아갈 수 있다는 것이 전제이지만.

코로나 사태에서의 출국에 대한 익스큐즈도 필수다.

"그래서, 어떡할 거야? 돌아가는 게 너무 늦으면 언니에게 얻 어맞는데."

"얻어맞는다니… 아니, 뭐하면 일단 먼저 돌아가도 괜찮아. 나중에 데리러 와 준다면."

"그건 불가능해. 귀신 오빠가 자살하지 않도록 감시하는 것이 내 임무니까."

그런 무거운 임무를 맡고 있었나, 이 동녀는…. 하지만 이런 상황하에서는 그것도 웃어넘길 수 없네. 머릿수만 충분하다면 수어사이드마스터에게도 시노부에게도 제대로 감시를 붙여 놔 야 할 것이다.

"자살 유전자… 사인의 9할. 그런 것치고 저 두 명의 흡혈귀는 엄청 오래 살았지. 다른 흡혈귀는 좀 더 이른 단계에서 자살을 선택하는데."

애초에 200년 정도라고 했던가?

시시루이 세이시로 같은, 흡혈귀가 되어서 고작 몇 년이라는 케이스도 있었다. 하네카와가 없었다면 나 같은 건 2주도 못 버텼다.

"죽어 버리겠다, 죽어 버리겠다, 하고 난리를 피우면서 누구보다 오래 사는 타입일지도."

"악의가 있는 표현이지만…."

실제로, 그렇게 된 것은 사실이다.

치사율 거의 100퍼센트… 결사이자 필사이자 만사의 흡혈귀, 데스토피아 비르투오소 수어사이드마스터. 그리고 철혈이자 열혈이자 냉혈의 흡혈귀, 키스샷 아세로라오리온 하트언더블레이드.

허세 부리기를 좋아하며, 죽는 법을 고르려 한다…. 자신의 죽음보다도 살해당하는 것을 바란다….

"그러면 미안하지만 잠시만 같이 움직여 줘. 한동안 이 멸망한 왕국에서… 시노부가 멸망시켰다는 이 왕국에서 생각을 해보고 싶어. 얼마 전에는 그냥 최후의 트랜싯으로 지나쳐 버렸는데, 어쩐지 아주 마음에 걸려서…."

"흠. 귀신 오빠는 내가 무릎을 쉬게 하는 사이에 뭔가를 깨달을 뻔했다는 거야?"

"구체적으로 어떻다는 건 아니지만… 그 '아름다운 공주'가 자기 나라를 멸망시켰을 때하고, 이번 감염증은 어딘가 통하는 구석이 있는 게 아닐까 하는 생각이 들어."

"요컨대 또다시 흑막은 구 하트언더블레이드라는 진상인가. 그 녀석, 세계를 멸망시키기만 하네."

"아니, 아니."

성급하게 결론 내리지 마, 오노노키.

시노부가 멸망의 요괴가 되었잖아.

"진지한 이야기로. 안티 흡혈귀 바이러스 쪽은 둘째 치고 그 이전의 수어사이드마스터의 약체화, 그리고 쇠퇴화에 관해서 말하면 구 하트언더블레이드와 연동되고 있는 것처럼도 보여. 원래부터 영양실조가 있었다고는 해도, 일본에서 구 하트언더블레이드가 일개 고교생의 노예가 된 것이 멀리 떨어져 있는 맹우에게까지 영향을 미쳤을 가능성은, 없지 않아."

그렇다면 그것은 시노부 때문이라기보다 나 때문이라는 이야기가 되는데… 아니, 하지만 확실히 있을 수 없는 일은 아니다.

페어링되어 있는 나와 시노부가 연동되어 있는 것처럼, 설령 권속 관계가 아니더라도 수어사이드마스터와 시노부가 피를 빨고 빨린 관계인 이상, 서로 통하고 있어도 이상하지 않다.

텔레파시, 그리고 심퍼시.

수어사이드마스터 자신이 해를 거듭하며 굶어 약해져 가던 것은 사실이라고 해도, 2년 전의 봄방학이 치명타가 되었던 것은… 적어도 간접적인 원인이 되었던 것은 아닐까. 그래서 그 1년 뒤, 수어사이드마스터가 시노부를 만나러 일본에 왔다는 흐름이라고 하면, 모든 것이 이어지기 시작한다.

인연처럼.

"그러면 가설인데, 만약 시노부가 괴이의 왕으로 돌아가면 수어사이드마스터도 연동되어서 건강을 되찾는 걸까?"

"글쎄? 1년 전이라면 몰라도 안티 흡혈귀 바이러스에 침식된 현재로는, 그 연명조치는 정신적 위안도 되지 않을지도. 노리스크라면 시험해 봐도 좋을 정도의 제안이야."

노리스크는 고사하고… 오히려 감염 리스크를 증대시킬지도 모르는 악수다. 갬블조차도 되지 못한다. 그런 데다 키스샷 아세로라오리온 하트언더블레이드를 부활시키게 되면, 진짜로 세계를 멸망시킬 새로운 리스크도 안게 되는 것이다.

"하지만, 그렇지…. 연동되고 있다고 생각하는 것은 중요하다고 봐. 설령 페어링되지 않았다 해도…."

감염도 전염도 아닌, 연동.

생각하면서, 나는 말한다.

무인도가 아닌 무인의 왕국을, 의미도 없이 어슬렁거리며.

"…더욱 대담한 가설로서, '아름다운 공주'의 저주가 다이렉트로 이번 전염병에 관계되어 있는 건 아닐까?"

"그것이 여기에 들러서 확인하고 싶었던 일이야?"

오노노키는 팔짱을 끼었다.

고려할 만한 가치가 있다는 걸까.

"그런 말을 들어도, 나는 '아름다운 공주'의 저주를 그렇게 자세히는 모르는데…."

"그래?"

이미 다 알고 있는 줄로만 알았다.

하지만 그런가. 그것을 나에게 알려 준 것은 날조된 '거울 세계'의 오노노키였고, 흡혈귀가 되기 이전 시노부의 출신이 그렇게까지 유명할 리가 없다.

어쨌든 600년 전의 동화다.

동화니까 동녀가 알고 있다는 이론은 아니다.

혹은 불사신의 괴이 전문가라면, 불사신의 괴이가 아니었을 무렵의 괴이의 왕의 이야기 따위, 그리 중요하게 여기지 않았을지도 모른다. 기초지식만 있으면 그것으로 충분하다.

무엇보다 시노부 자신도 이미 잘 기억하지 못할 정도로 옛날이야기다. 도시전설 정도가 아닌, 해석이 다양한 옛날이야기.

심플한 기억 차이도 있을 테고….

중시하면 모순되는 출전이다.

"그 지나친 아름다움 때문에 '아름다운 공주'를 눈앞에 두면, 살아 있는 것이 미안해져서 모두가 자살을 선택한다는 저주였다… 라고 들었어."

"그걸로 한 나라를 멸망시킨 건가. 흡혈귀 이상이네."

"마녀 할머니에게 걸린 저주… 라고 말했던 것 같은데."

나도 자세히 아는 것은 아니므로 전부 애매모호한 표현이 되어 버렸는데, 적어도 그 당시에 귀족이라고는 해도 인간이었던 시노부 자신의 특수 스킬은 아닐 것이다.

"공주님과 마녀 할머니라. 그렇구나, 동화네. 오래오래 행복하게 살았습니다, 로 끝나지는 못한 모양이네."

오래오래 행복하게 살 수 있을 것 같지는 않다.

언해피 에버 에프터.

공주님은 오래오래 불행하게 계속 살았다. 흡혈귀로 변해서.

"언해피엔드라기보다, 안티 해피엔드네. 싫어하지 않아. 그렇지만 귀신 오빠. 듣기로는 그때 걸린 저주와 이번 역병의 공통점은 '멸망' 정도밖에 없어 보여."

"응. 하지만 그것만이라면 충분하지 않을까? 마녀의 저주가 600년의 세월이 지난 뒤에 다시 이 땅에 되살아났을 가능성을, 전문가 여러분은 이미 검토했으려나?"

"…글쎄."

오노노키는 끼고 있던 팔짱을 풀었다.

고려할 가치가 없어진 건가?

"반사적으로 '그 가능성은 전혀 없어'라고 말할 뻔했는데, 이건 단순히 귀신 오빠의 의견은 무조건 부정해 두고 싶다는 나의 개인적인 마음이니까, 한 번 묵고默稿하기로 하고."

"묵고할 거라면, 그 마음도 침묵해 주겠어?"

"어째서 600년의 시간이 지나서 마녀의 저주가 되살아나는데? 저주라는 것은 기본적으로 계속 걸려 있는 거잖아. 그 왜, 귀신 오빠는 모를 거라 생각하지만 내 친구 중에 센고쿠 나데코라는 애가 있는데…."

"알고 있소이다."

저주받았다고.

봄방학보다도 죽은 겨울방학이야.

그러나 그 빈정거림은 아주 적절하다. 다 타지 않고 남아 있던 잔불이 어떠한 계기로 다시 발화했다고 생각할 수는 있지만, 그러나 도무지 느낌이 오지 않는다.

이야기에 의하면 그 마녀도 자신이 '아름다운 공주'에게 걸었던 저주가 원인이 되어 목숨을 잃었다고 한다. 나 같은 현대감각의 소유자는 이해하기 어렵지만, '아름다운 공주'를 저주한 죄업을 후회한 것일까?

그렇다고는 해도, 마녀가 죽었다고 저주가 풀릴 리는 없다.

저주가 풀린 것은 '아름다운 공주'가 '아름다운 공주'가 아니게 되었기 때문이다. 요컨대 수어사이드마스터가 로라라고 부르던 그녀가, 키스샷 아세로라오리온 하트언더블레이드로 즉위卽位했기 때문이다.

아름다운 공주님은.

자신이 괴물이 되는 것으로, 저주를 풀었다.

"뭐, 그렇게 되었어도 시노부는 아름다운 괴물이지만. 나도 초봄에는 얼어붙었었다고. 처음 그 녀석과 만났을 때는."

"자랑하지 마. 저주한다."

시체 인형이? 나를?

그런 말장난 같은 분위기로?

"오노노키도 물론 아름다워. 기억나네, 처음에 오노노키와 만났을 때…."

어라?

여동생을 때려 죽였던가?

"그냥 내버려 두고 가 버릴까. 이 불모한 대지에."

"저주도 아니고 감염증도 아니어도 살아갈 수 없어. 나의 낮은 서바이벌 능력을 우습게 보지 마. 불도 피울 줄 모른다고."

"사는 것에 그렇게 집착하는 것치곤 말이지."

그것도 혈통일까, 라고 말하는 오노노키.

확실히 아라라기 코요미도 이러쿵저러쿵 말하면서도 상당히 오래 살았다. 언제 죽을지 알 수 없는, 그야말로 '죽어도 괜찮아'라면서 몸을 던졌어도 결국 이렇게 살아 있다.

그것이 위기감의 결여로 이어지고 있음은 부정할 수 없다. 스테이 홈을 주장하기 위해서 외출하거나, 마스크의 중요성을 호소하기 위해서 마스크를 벗는 듯한 설득력 없음이다.

마음속 어딘가에서, 어차피 이번에도 죽지는 않는다고 얕보고 있는 게 아닐까? 그러나 그런 건, 나만은 감염되지 않는다고 굳게 믿고 인파 속을 돌아다니는 행위와 오십보백보다.

어느 종류의 특권의식.

실제로는 치사율 거의 100퍼센트의 바이러스에 이미 감염되어 있을지도 모르는데, 팬데믹의 중심지에 있으면서도 어딘지 모르게 허풍처럼 느끼고 있다.

허풍이며, 동화.

"센고쿠 나데코를 본받아 줬으면 좋겠어."

"? 내가 센고쿠의 어디를 본받아야 하는데?"

"그러네. 결국 귀신 오빠는 나데 공의 저주도 극복했으니 말이야. 애초에 괴이의 왕을 노예화 한 시점에서 정말 어처구니가 없어. 아아, 이건 딱히 칭찬하는 건 아냐."

"알고 있어. 뼈저린 비판이야. 그 노예화가 수어사이드마스터의 약체화를 가속시켰을지도 모른다고 생각하면 오히려 낙심하게 돼. 자신의 판단이 그런 곳에 영향을 끼친다니, 정말 생각이 모자랐어…."

잠깐?

그것 자체가 가설이긴 하지만, 시노부의 노예화가 만약 그런 식으로 광범위하게 확산되고 교반攪拌되는 것이었다면… 여기서 별개의 가설도 세울 수 있지 않을까?

요컨대 이거다.

이 땅을 다스리고 있던 귀족의 딸인 '아름다운 공주'는 마녀에게 걸린 저주에 의해, 그 아름다움 때문에 한 나라를 멸망시켰다. 국민 전원을 자살로 몰아넣었다.

그것을 슬퍼하고, 근본적인 원인이 되는 자신의 아름다움을 없애기 위해서 스스로 흡혈귀가 되었다. 여기까지는 좋다. 여기까지는 가설이 아니라 동화이며, 동시에 역사적 사실이다.

하지만 그 흡혈귀화로부터 570년 후.

저주의 무효화로부터 570년 후.

어느 극동의 섬나라의 고등학생이 그 흡혈귀화를, 별다른 각오도 없는 채로 해제해 버리지 않았던가?

"…잠깐? 어라?"

그렇게 하면 어떻게 되지?

흡혈귀화로 인해 효력을 잃었을 저주는, 키스샷 아세로라오리온 하트언더블레이드가 흡혈귀이지 않게 되어 버리는 것으로 다시 그 흉악성을 되찾았다?

저주의 재연再然.

그 이유는, 생각할 수 없을 정도로 필요 충분하다.

"설마… 나 때문인가?"

"아니, 아니. 귀신 오빠는 아무것도 잘못하지 않았어. 전혀 신경 쓰지 않아도 돼. 괜찮아, 괜찮아. 걱정 마, 걱정 마."

"성의 없는 코멘트네… 어, 실제로 어떤 거야? 마녀의 저주라는 거, 그렇게 기계적으로 걸리고 풀리고 하는 거야? 온 오프 스위치처럼… 왠지 모르게, 좀 더 이모셔널한 것이라고 생각했는데."

이모셔널하지 않은가?

오히려 끔찍한가?

"나는 일단 일본의 괴물이니까. 식신이니까. 서양의 마술에 대한 조예가 깊지 않아…. 다만 이론은 알고 있어. 현재 귀신 오빠와 시노부 언니가 안티 흡혈귀 바이러스에 걸리지 않은 것도 포함해서."

오노노키는 어디까지나 교과서 읽기 어조다.

서로 통하지 않는다.

적어도 진상이 밝혀지지 않았던 추리소설의 해결 편 리액션은 아니다. 어디까지나 검토 단계의 태도를 무너뜨리지 않는다.

"요컨대 원인이 '아름다운 공주'의 저주에 있다면 그 저주가 본인… 인ㅅ이라고 해도 되겠지, 이 경우에는? 본인에게 반사되지 않는 것은 당연해. 그 권속인 귀신 오빠에게도 면역이 갖춰져 있어도 이상하지 않아."

흡혈귀가 아닌데도 권속이라고 부르는 것은 이상한 표현이지만, 한 몸이라고도 2인 3각이라고도 말할 수 있는 나와 시노부와의 관계는 시노부와 수어사이드마스터의 관계보다도 그런 의미에서는 밀접하다.

하지만 도저히 그것을 기뻐할 수 있는 상황이 아니다.

"이것도 개인적인 마음이니까 입을 다무는 편이 좋을지도 모르겠지만, 진짜로 귀신 오빠 때문은 아니라고 생각해. 돌아보면, 구 하트언더블레이드를 흡혈귀가 아니게 만든다는 아이디어는 귀신 오빠가 아니라 오시노 오빠의 아이디어니까. 굳이 말하자면 그 알로하 때문이야."

"나도 그 알로하에게는 여러 가지로 하고 싶은 말이 있지만, 이 자리에 없는 사람에게 책임을 물을 수는 없네…."

"그 자리에 있었으면서 반대하지 않은 하네카와 츠바사 때문이기도 해. 그 왜, 집단 따돌림을 방관했던 녀석도 집단 따돌림에 참가했던 것과 마찬가지라고 하잖아? 딱히 괴롭히는 아이를 선거로 뽑은 게 아니더라도."

"하네카와 탓으로 할 바에야, 내가 모든 책임을 지겠어."

다만, 괜히 책임을 느끼며 너무 부담을 갖는 것도 좋지 않다는 것은 알고 있다. 감염되지 않고 감염시키지 않는 것에 철저하면, 감염되고 감염시킨 것이 마치 범죄처럼 느껴져 버린다는 패러독스는 지긋지긋할 정도로 배웠다.

그러니까, 대응하는 것이다.

"오시노 때문이라고는 티끌만큼도 생각하지 않지만, 그러나 500만 엔이나 내고 제안받은 아이디어 때문에 이런 꼴을 당하는 것은, 역시나 불합리하다는 기분이 드는 것도 사실인데…. 카이키 얘길 하는 건 아니지만, 사기당한 기분이야."

"내지 않았잖아. 뭐, 이렇게 될 것을 알고 있었기 때문에 오시노 오빠도 실제로는 귀신 오빠로부터 500만 엔을 받아 내지 않은 것일지도 모르겠네."

"그렇다면 확신범이잖아."

확신범이라는 말을 확신범적으로 오용하며, 나는 생각한다. 애초에 철혈이자 열혈이자 냉혈의 흡혈귀를 퇴치하지 않고 살리는 방법을 생각하고 나에게 실행시켰다는 시점에서, 오시노의 수법은 전문가로서 이단이다.

임상실험이 이루어졌다고는 생각하기 어렵다.

내가 처음 훈도薰陶를 받은 전문가니까 다들 그럴 거라고 생각하겠지만, 의외로 가엔 씨나 카게누이 씨보다, 어쩌면 카이키보다도 이단인 녀석이었는지도 모른다.

"오시노 오빠도 귀신 오빠에게 이단이라는 말을 듣고 싶지 않겠지만 말이야. '아, 거기 있었구나'로 친숙한 귀신 오빠에게."

"누가 '아, 거기 있었구나'로 친숙하다는 거야."

눈물 자국이 사라지지 않는다고.

"뭐, 지금 시점에서는 역시 가설의 영역을 벗어나지 않아. 일단 언니에게는 보고해 두겠지만…. 역시 '아름다운 공주'의 저주와 이번 안티 흡혈귀 바이러스에는 그 이외의 공통점이 보이지 않으니까. 기본적으로는 대면하지 않으면 발동하지 않는 '아름다운 공주'의 아름다움에 비해, 안티 흡혈귀 바이러스는 퍼지는 방법부터 공기 감염 같고… 아름다움으로 주위를 자살시키는 공주님에 대해, 역병은 흡혈귀를 바짝 말라붙게 하지."

그렇게 들으면 확실히 차이 쪽이 두드러진다.

공통점에만 눈길을 빼앗기고 있었는데, 전체상을 못 보고 있었다. 양쪽 다 마스크를 쓰고 있으니 신종 코로나 바이러스가 화분증과 다를 바 없다고 생각하는 꼴이다.

"물론 구 하트언더블레이드가 장기간 흡혈귀로 변해 있던 것에 의해 체내에 잠복하고 있던 저주가 변이했을 가능성은 있지만. 600년에 걸쳐 변이가 반복되어, 저주가 흡혈귀에게만 효과를 발휘하게 되었을지도 모르지만."

"이야기를 혼란스럽게 만들지 마. 나를 안심시키고 싶은 거야, 불안하게 만들고 싶은 거야, 대체 어느 쪽이야."

"일단 안심시킨 뒤에 불안하게 만들고 싶어."

"성격 참 고약하네…."

자신이 알고 있는 범위에서 상황이나 위기를 이해하려고 해 버리는 것은, 나쁨 아니라 인간의 본성이다.

그런 것은, 예를 들어 '시체성'에 늘어놓여 있는 대량의 관들 안에 소멸하지 않은, 탈수증상에 의해 쥐어짠 걸레처럼 바짝 말라 버린 흡혈귀의 시체들이 수납되어 있다는 말을 듣고 칸바루의 '미라의 왼손'을 연상하는 일과 같다.

양자에는 어떠한 연결도 없는데.

그것만 보고 칸바루가 이 사건에 뭔가 관련된 게 아니냐고 생각하는 것은, 너무나도 성급한 이야기다. 설령 그 왼손이 가엔 씨의 언니에게서 유래하는 물건이라고 해도, 그것과 이것은 무관하다.

뭐든지 아는 것은 아니야, 알고 있는 것만.

하네카와의 입버릇의 요점은 거기에 있음을 잊어서는 안 된다. 이거야 원, 무엇보다 오히려 쥐어짠 걸레처럼 메마른 시체라고 하면 따로 연상할 만한 미라가….

"……."

있었지.

따로, 연상할 만한 미라가.

흡혈귀의 미라가.

"…오노노키. '시체성'으로 돌아가자. 지금 당장."

"응? 아세로라 왕국(가칭)은 이제 됐어?"

"응, 관광은 잘 즐겼어. 그리고 부탁할 게 또 하나 있어. 저 흘러넘칠 듯이 많은 관들. 그 내용물을 보여 줄 수 있을까?"

016

무엇보다 인상이 강해서 곧바로 칸바루의 왼손을 연상해 버렸지만, 연상해야 할 것은 그게 아니었다. …졸업식도 입학식도 체험할 수 없었던 그 후배가, 얼마나 내 안에서 큰 웨이트를 점하고 있었는가를 이런 형식으로 통감하게 될 줄이야.

그 칸바루의, 후배들이다.

1년 전. 데스토피아 비르투오소 수어사이드마스터의 일본 방문에 관련된, 내 고향 마을에서 일어난 새로운 흡혈귀 사건.

흡혈귀 전설.

나와 가엔 씨가 절연하게 된 슬픈 사건이라고도 말할 수 있지만, 그 부분에 주목하면 또다시 생각이 엉뚱하게 흐르게 되므로 그 부분은 일단 잊고… 눈물을 삼키며 일단 잊고, 나의 모교인 나오에츠 고등학교의, 여자 농구부 부원들이 차례차례 **미라화**한 상태로 발견되었던 것이다.

온몸에서 모든 혈액이 뽑혀서.

혈관 안에는 공기가 흐르고 있었다. 건드리면 무너져 버릴 것 같을 정도로 바짝 말라 미라화되어 있었지만, 그러면서도 **죽지는 않았다**. 마치 불사신의 괴이처럼.

흡혈귀화의 **실패**… 그렇게, 가엔 씨는 말하고 있었다.

권속이 되지 못한 자의 말로라고.

스포일러가 되지 않는 범위에서, 즉 개인의 프라이버시를 침해하지 않는 범위에서 이야기하자면 그 아이들은 최종적으로는 인간으로 되돌아왔다. 최고급 보습크림이라도 바른 것처럼 매끈하고 윤기 있는 피부를 되찾았다.

그저 기쁠 뿐이라고 말할 수 없는 것이 괴롭다.

그러나 그렇게 되지 않았다면 수어사이드마스터가 받는 처분은 강제송환으로 끝나지 않았겠지…. 사람이 죽는 일은 벌어지지 않았던 여자 농구부를 둘러싼 소동은 그 후로도 영향을 남기고 있지만 그것은 또 다른 이야기고, 여기서의 초점은 '미라화'다.

수어사이드마스터의 '실패' 혹은 '소행'의 결과로서의 미라….한편으로 수어사이드마스터를 축으로 하는 안티 흡혈귀 바이러스에 감염되어 발병한 흡혈귀들의, 바짝 마른 유해.

수어사이드마스터 자신도 그때, **건면**乾眠이라는 형태로 미라화해 있었다.

마른 걸레… 쥐어짠 걸레.

이것은 어떻지? 역시 양자 사이에 있는 몇 가지 차이를 무시하고 눈에 띄는 공통점만을 픽업하고 있는 것뿐인가? 자신이 아는 지식만을 성급하게 짜깁기해서, 추리하는 기분에 젖어 있을 뿐인가?

탐정놀이를 하는 형사 기분인가?

모르겠다.

하지만 눈에 보이지 않는 마녀의 저주나 불가시不可視의 역병과는 달리, 이것에 대해서는 이 눈으로 시인視認할 방법이 있다.

백문이 불여일견.

나는 여자 고등학생의 미라를 실컷 보았고.

그리고 소멸하지 않은 흡혈귀의 미라의 **실물**은 '시체성'에 쌓여 있다. 묘를 파헤치는 것 같아서 당연히 기분은 좋지 않지만, 이것은 나의 기분 문제 때문에 하지 않아도 괜찮아질 만한 일이 아니다. 기분이 나쁘니까 할 수 없습니다, 는 용납되지 않는다.

카게누이 씨와 같은 말을 한다면.

나도, 일 때문에 유럽에 있는 것이다.

…아니, 조금 너무 멋을 부렸네. 뭐가 일이냐, 아르바이트도 한 적이 없는 주제에. 1엔도 번 적이 없잖아…. 지금 생각하면, 오시노에 대한 비용을 자신의 재능으로 벌었던 히타기의 높은 자존심은 존경할 만하다.

부모님의 생활비 송금을 받아 지내는 자취생활을 자취라고 말할 수 있는 걸까?

말할 것도 없이 자책하는 마음도 작용하고 있다…. 너무 신경 써도 판단을 그르칠 것 같고, 여차하면 모든 것이 자신 때문이라고 굳게 믿는 행위는 자의식 과잉으로도 연결되어 버리지만, 그래도 어쩌면 1년 전 일의 뒤처리를 제대로 못 한 것이 멸종 위기종인 흡혈귀의 팬데믹으로 확산되었을 가능성에는 견뎌 낼 수 없다.

이것은 오노노키의 보조로는 보조할 수 없다.

칸바루나 히가사, 그 뒤에도 그렇게나 고생해서 간신히 해결했다고 생각했던 여자 농구부의 소동, 어떤 종류의 쿠데타가 이런 망국에 엉뚱한 피해를 입히고 있었다니, 생각하고 싶지 않다.

종로에서 뺨 맞고 한강에서 화풀이한다는 정도가 아니다.

유럽이라고, 여기는.

아무리 일본에 유럽을 본뜬 관광지가 많다지만.

"오케이. 그런 거라면야. 요컨대 1년 전에 봤던 여자 고등학생의 미라와 '시체성'에 안치되어 있는 흡혈귀의 미라를 비교해 보고 싶다는 거지? 그런 거라면 언니의 판단을 물어볼 것도 없이, 내 재량으로 허가할 수 있어."

그렇게 말하며 오노노키는 또 만세 자세를 취한다. 왜 여기서만 성급하게 수락해 주는 것 같지? 어떤 권한이 있는 거지? 아아, 그런가. 오노노키 자신이 시체니까, 묘 파헤치기나 도굴꾼을 끔찍하다고 생각하지 않는구나….

오히려 그거야말로 전문분야.

미라인 만큼 이쪽은 피라미드를 도굴하는 기분인데… 상대가 흡혈귀(의 시체)라도, 다른 저주가 내릴 것 같다.

좋은 일은 서두르라는 말은 도저히 쓸 수 없지만, 그래도 오노노키의 '언리미티드 룰 북'으로 우리는 '시체왕국'의 '시체성'으로 귀환했다. 밤중에 보면 그 외관은 또 다른 맛이 있었지만, 지금 그 풍류에 감탄하고 있을 여유는 없다.

비행기 멀미를 하는 몸을 이끌고 도개교를 건너, 시체성의 시체안치소로 이동해 난잡하게 쌓여 있는 산더미 같은 관을 앞에 둔다. 이쪽도 이쪽대로 밤에 보면 더욱 압권이다.

흡혈귀의 관인 만큼, 내가 뜯어 볼 것도 없이 모든 뚜껑이 안쪽에서 열리며 일제히 습격해 오는 착각에 빠진다. 아무리 지금 나의 육체가 강화된 상태라고 해도 순정 흡혈귀에게 린치당하면 견뎌 낼 수 있을 정도는 아니므로, 내심 떨지 않을 수 없다.

'시체성'에는 물론 전기가 들어오지 않으니까 한밤중, 그것도 별빛이 닿지 않는 실내라면 어두컴컴하기는 고사하고 진정한 암

흑인데, 그 안에서도 아무 문제없이 잘 보인다는 것이 지금의 내 몸 상태다…. 시노부가 13세라면, 그런 법이다. 게다가 녀석은 취침 중이다.

깨우는 편이 좋을까?

아니, 그 녀석은 여자 고등학생의 미라를 보지 않았던가…. 비교해 본다는 팩트 체크가 불가능하다면, 지금은 아직 선입관을 심어 줄 국면은 아니다.

이중맹검*이란 방법이다.

"보다시피 관 뚜껑에는 은으로 된 못으로 박혀 있으니까. 만에 하나, 환자가 되살아나더라도 자력으로는 나올 수 없어."

오노노키는 그렇게 말했지만, 그러나 은으로 된 못이라면 나라도 힘으로 여는 것은 불가능하다. 흡혈귀화로 근력도 증가되었지만, 그런 레귤레이션 앞에서 괴이는 무력하다.

여기서는 오노노키의 파워에 의지하자.

"그건 괜찮은데, 만약 여기서 여자 고등학생의 미라와 흡혈귀의 유해가 같은 뿌리를 가지고 있다고 판정된다면 어떻게 되는 거야? 나도 그때는 언니를 데리러 북극까지 갔으니까, 여자 고등학생의 미라 쪽은 못 봤는데. …요컨대 언니도 보지 못했고, 이 안티 흡혈귀 바이러스에 기초한 팬데믹의 주범이 데스토피아 비르투오소 수어사이드마스터였다는 이야기가 되는 거야?"

※이중맹검(二重盲檢) : 진행자와 참여자 모두에게 관련 정보를 제공하지 않고 실험하는 방법.

"아니, 그렇게 간단하지는 않을 거라고 생각해…. 용의의 짙고 옅음으로 말하면 시노부 흑막설보다도 옅은 정도일 거야."

어쨌든 본인이 감염되어 있다.

'아름다운 공주'의 아름다움이 본인에게는 아무런 의미도 없었던 것처럼, 만약 주범이 수어사이드마스터라면 어디의 누구에게 감염시키더라도 자신만은 감염되지 않을 것이다.

"치사율이 거의 100퍼센트인 상황에서 아직 숨이 붙어 있다는 점은 그야 신경 쓰이겠지만, 하지만 명백히 그 목숨도 끊어지려 하고 있잖아. 살아 있는 게 아니라 죽어 가고 있다고 말해야 해. 거의 카게누이 씨 쪽에 의해 억지로 연명되고 있을 뿐이고…."

"알았어. 다만 주술의 세계에는 저주를 되받아친다는 개념도 있거든. 귀신 오빠는 모르겠지만…."

"센고쿠 나데코 말이지?"

분위기를 타고 풀 네임을 말해 버렸지만, 그것만으로 묵직하게 와닿는 게 있네…. 이것은 이것대로 영향을 남기고 있는 저주고, 뱀의 주박이다. 평생 풀릴 것 같지 않다.

하여간.

"결론을 예상하고 있는 게 아냐. 가령 흡혈귀들이 내가 1년 전에 봤던 미라와 같은 양상이었다고 해도, 그게 감염증 방지에 도움이 되지 않을지도 모르고, 좀 더 비참하고 절망적인 결론으로 이끌게 될지도 몰라. 그래도 깨달아 버린 이상에야 확인하지 않을 수 없잖아?"

"그러네. 그 부분에 이견은 없어."

다른 부분에 이견이 있을 것 같은 오노노키는, 가까이에 있는 관에 아무런 거리낌 없이 손을 뻗었다. 시체니까 필요 이상으로 시체를 두려워하지 않고, 마찬가지로 필요 이상의 배려도 없는 듯하다.

나였다면 관을 건드리기 위한 결의를 하는 데만 밤을 새웠을 것 같다. 못이 박힌 뚜껑을, 오노노키는 냉장고에 붙은 스티커를 떼는 것처럼 찌익 하고 뜯어냈다.

그리고 내부가 노출된다… 과연.

"음… 어?"

"'어?'? '어?'는 뭐야, 귀신 오빠."

"어, 어떤 걸까 하고….""

당황해 버렸다.

나는 여자 고등학생의 미라를 가까이에서 직접 보았고 손목의 맥박도 확인했었으니 차이가 있다면 구별할 수 있다는 듯이 말해 버렸는데… 막상 흡혈귀의 미라를 목전에 두자 당황해 버렸다.

이렇게 말하는 건, 전혀 다른 것으로 보였기 때문이다.

구별할 수 없었던 게 아니라, 오히려 구별할 것도 없이.

여자 고등학생의 미라도 그야 완전히 미라이긴 했지만, 이렇게 보니 그것은 그나마 원형을 유지하고 있었다는 걸 통감하게 되었다. 그렇구나, 말라붙었던 여자 고등학생의 심장은 움직이고 있었고 혈관 안을 공기가 흐르고 있었으니까, 요컨대 부피를 유지하고 있었던 것이다.

그것에 비해 관 안의 미라는 그 혈관조차 수축한 것처럼 전체적으로 쪼그라들어 있는 인상이다. 이런 표현이 허락될지 어떨지 모르겠지만, 보다 시체 느낌이 강했다.

시체라는 느낌이 너무 강해서, 오히려 시체로 보이지 않을 정도였다.

박물관에 전시되어 있는 느낌이다.

묘 파헤치기가 끔찍하다는 나의 견해는 달라지지 않았다고 해도, 상태가 이 정도에 이르면 오히려 냉정한 눈으로 볼 수 있다. …여자 고등학생의 미라를 봤을 때와는 명백히 다르다.

나란히 놓고 비교하는 것이 아니니까 여기가 이렇게 다르고 여기와 여기도 다르다는 식으로 일일이 설명하기는 어렵지만, 그럴 필요성을 느끼지 않을 정도로 첫인상이 너무 다르다.

이렇게나 다르면 오히려 속고 있는 게 아닐까 하는 생각이 들 정도다. 이 관만으로 판단하는 것은 안 좋지 않을까?

"아, 그렇지. 오노노키, 이 흡혈귀의 미라… 의 프로필은 알 수 있을까?"

"스카이럼블 트리플알프스 폰댄스. 별명은 없어. 연령은 약 120세 정도 될까."

"성별은?"

"남성… 아아, 그런 건가."

그렇게 말하고, 오노노키는 비틀어 연 그 관 앞에서 이동했다.

"여자 고등학생의 미라라면 드라큘라나의 미라와 비교하지 않으면 이중맹검의 조건이 달라져 버린다는 건가. 그것도 외견

연령이 여자 고등학생 세대의… 그러면 당케비테 3세를 소개하지."

당케비테 3세?

독일의 흡혈귀일까…. 아무렇게나 쌓아 둔 것처럼 보이는 이 관들도 지역별이나 성별, 혹은 증상별로 세분화해 구역 설정을 해 둔 것일까?

정말 박물관 같아지기 시작했다.

"풀 네임은 불명, 통칭 '진사陳謝이자 감사感謝의 흡혈귀'. 별 두 개의 흡혈귀네."

"통칭이란 건 그런 느낌으로 지어지는 거야?"

"외견 연령은 15세에서 17세 정도 여자아이의 흡혈귀야. 여자아이라고 해도 15세면 귀신 오빠의 스트라이크 존에서는 높은 쪽으로 벗어나 있겠지만."

"그 폭투는 20세의 나에게는 히트 바이 피치드 볼이라고. 머리 쪽으로 위협구야."

"실제 나이는 54세 정도. 새로운 세대의 흡혈귀로서 기대받고 있었는데, 투병 생활에는 견뎌내지 못했어. 감염 후, 금방 중증화되었던 것으로 보여."

검시 결과를 말하는 것처럼 담담하게 이야기하면서, 오노노키는 해당하는 관의 뚜껑을 우격다짐으로 뜯어냈다. 인간의 미라도 골격으로 남녀 구별이 가능한 모양이다.

그래서 만약 여자 고등학생의 미라와 비교할 거라면 적어도 여성 흡혈귀여야 한다고 생각한 건 오노노키의 지적대로였지만,

그러나… 나는 이집트 역사 연구가가 아니니 말이야.

대학도 일점돌파의 수학과다.

솔직히, 당케비테 3세의 미라와 스카이럼블의 미라 사이의 구별도 가지 않았다…. 그러나 그것은 달리 말하면 당케비테 3세와 여자 고등학생들이 똑같이 보이지는 않았다는 의미이기도 하다.

엉뚱한 단정이었을까.

평소대로의 착각일까.

위험했다, 위험했어. 이런 가설의 확인을 카게누이 씨에게 신청했다면 예상 못 한 창피를 당할 뻔했다. 묘 파헤치기까지 해서 이 결론이라니 답답한 노릇이긴 한데, 당연한 말이지만 미라라고 해도 천차만별이란 이야기다.

"그러네. 나도 시체 인형이니까 좀비라고 하면 좀비인 것처럼 미라라고 하면 미라고, 세상에는 희한한 시랍屍蠟이라는 것도 있어. 참고로 칸바루 스루가의 '원숭이의 왼손'의 미라와 비교하면 어때?"

"음… 그건 미라이긴 해도 원숭이니까 말이야."

같은 영장류라도 골격의 차이가, 남녀 차 정도가 아닐 것이다…. 게다가 나는 전신상을 보지 않았다. 작년 여름방학, 칸바루가 오기 군과 미라의 부위를 모으는 대모험을 펼쳤다고 하던데… 다시 한번 멀리 외출해서 확인을 위한 영상 통화를 할 정도는 아니다.

"일단, 몇 개 정도 더 확인해 보는 게 어때? 귀신 오빠의 근거 없는 가설의 가능성을, 이왕이면 완전히 없애 두는 편이 좋겠지."

"그런 표현을 들은 시점에서 이미 가능성은 전무하다고 생각하는데… 뭐, 그렇다고 대충 하지는 말아야겠지. 다른 착상이 떠오르지 말라는 법도 없으니."

있을 수 없는 가능성을 전부 제외하고 마지막으로 남은 것은, 아무리 있을 수 없다고 생각해도 진실이라고 갈파하기 위해서는, 우선 있을 수 없는 가능성을 전부 제외해야만 한다…. 소거법이나 배리법은 생각 외로 수고가 드는 탐정의 기술이다. 효율이 나쁘다고 해도 좋다. 하지만 근성으로 어떻게든 되는 부분은 바람직하다.

무작위 샘플 검사는 아니지만 쌓여 있는 관을 이쪽저쪽에서 랜덤하게 선택하고, 오노노키를 지렛대 같은 것으로 정의해서 관 뚜껑을 벗기고 그 내용물을 확인했다. 만일을 위해 언급해 두겠는데 관이 텅 비어 있다든가, 미라가 일어났다든가 하는, 그런 스릴러 같은 전개도 없었다.

전부, 확실하게 죽어 있었다.

전염병으로 인한 탈수증상에 의한 병사. 이 정도로 미라화되어 있어도 괴로워했음을 확실히 알 수 있는 시체도 있었다.

"역시나 우울해지나? 귀신 오빠."

"그러네…. 약한 소리를 할 수는 없지만, 이제 충분하겠지. 인정할게. 나의 착상은 완전히 빗나갔어."

"알았어. 이것으로 관 뽑기는 종료네."

"발언이 너무 거침없다고."

뚜껑을 벗겨 낼 수는 없어도, 원래대로 돌려놓는 작업이라면 나도 거들 수 있다.

오노노키와 분담해서 관을 원래대로 되돌려 놓으면서, 그러면 이제부터 어떡할까 하고 나는 생각한다. 아니, 나는 탐정은 아니고 모르모트이니까 애초에 생각하지 않아도 괜찮지만… 모르모트의 생각, 햄스터와 비슷하다. 나는 전문가가 아니니까.

감염증의 전문가도 괴이의 전문가도 아니다.

굳이 말하자면 아동학대의 전문가다.

"그러고 보니… 불사신의 괴이의 전문가가 지금 이때도 어떤 논의를 나누고 있는지는 모르겠지만, 이 대량의 미라는 최종적으로는 어떡할 셈이지? 여기에 계속 안치해 둘 수도 없을 텐데…. 흡혈귀는 매장해도 괜찮은 건가?"

"음. 그러네. 이렇게 긴급피난처럼 일단은 한곳에 모아 두고 있지만, 장례식이 되면 나라마다, 지역마다, 집집마다 각각의 양식도 있을 테니까 일괄처리는 불가능하겠지."

"그게 아니라."

흡혈귀는 공양이라기보다는 퇴치되는 요괴고, 그러니까 관은 있어도 묘는 없지 않나…?

좀비는 묘지에서 되살아난다는 이미지인데… 그것은 뭐, 공양이라기보다는 탄생하는 장면일 것이다.

카게누이 씨 쪽은 여기에 쌓여 있는 관들을 최종적으로 어떻게 할 생각일까? 어떻게 하는 것이 흡혈귀를 장사지내는 것이 되지?

화장火葬? 수장水葬? 수목장樹木葬? 조장鳥葬?

우주장宇宙葬이라는 것도 최근에는 있다던데….

아무리 별이 아름답다고 해도….

내가 만약 해외에서 죽게 된다면 어떻게 되는 걸까 하는 생각을 했지만, 실제로 죽은 흡혈귀들은….

"그것이야말로 각각의 양식이 있겠지. 다만, 영역의식이 강한 흡혈귀는 커뮤니티를 갖지 않으니까 각자라는 것보다 제각각이라는 느낌일까. 권속마다 있지 않을까? 풍습 같은 것이."

시노부 언니에게 물어본 적 없어?

그런 말을 듣고 보니, 나에게는 짚이는 것이 있었다…. 그것을 공양이라고 말해도 좋을지 어떨지 망설여지지만, 키스샷 아세로라오리온 하트언더블레이드의 첫 번째 권속인 시시루이 세이시로가, 소멸하던 그때다.

시노부는,

먹었다.

"…그러니까 조장鳥葬이라는 것에, 가깝다고 하자면 가까울까. 현대에 부활한 시시루이 세이시로가 자아를 유지하지 못하게 되어 이 세상에서 완전히 소멸하기 전에, 시노부는 자기 안으로 거둬들었어. 배 속에, 마음속에. 에너지 드레인이고 흡혈 행동이고, 하지만 그것은 무엇보다 공양이었다고 생각해."

"그러고 보니 있었지, 그런 일이. 끔찍하다고 말하자면 끔찍하지만. 하지만 뭐, 그것을 공양이라고 말하는 건 문화적으로 보면 나쁘지 않아. 특히, 햇살을 뒤집어쓰면 소멸한다는 못 미덥고 덧없는 괴이를 자기 안에서 계속 살게 한다는 것은, 자비라고 하면 자비겠지."

자비… 이기는 했을 것이다.

적어도 비정하지는 않았다.

다만, 그때 시시루이 세이시로를 먹은 것이 이후의 전개로 이어졌던 것도 잊어서는 안 된다. 무엇이 인과가 될지 알 수 없지만, 시노부가 첫 번째 권속을 먹은 것은 페어링되어 있는 (전) 두 번째 권속인 나에게도 적지 않은 영향을 주었고….

"…그러면 시노부는 수어사이드마스터가 이대로 죽으면, 그 녀석의 시체를 먹는 걸까?"

"그러지 않을까? 엄밀한 권속 관계는 아니더라도, 맹우라고 말했으니까. 시시루이 세이시로를 먹었는데, 수어사이드마스터를 먹지 않을 이유는 없겠지. 그도 그럴 것이, 만약 그것이 권속 내에서의 예법이라면 원래는 수어사이드마스터에게 계승받은 추도법일 테니까."

그런 이야기가 되는 걸까.

그렇다면 반대로 시노부에게 만에 하나의 일이 생기면, 수어사이드마스터는 시노부를 먹는 것으로 공양하는 거구나…. 편식가이자 거식증인 흡혈귀는 시노부만은 먹을 수 있으니까 더욱 그렇다. 조금… 아니, 상당히 받아들이기 어렵다.

저항감밖에 없다. 하지만 말리기 어려운 것도 사실이다.

이런 곳에까지 따라와 놓고 좀 뭐하지만, 그 두 사람의 관계에는 참견할 수 없다고 느끼는 내가 있다.

하지만 감염증에 걸린 지금의 수어사이드마스터는 시노부조차도 먹을 수 없는 건가…. 복잡하다, 더더욱.

"괜찮아. 걱정하지 않아도 귀신 오빠가 곧 죽으면, 분명 시노부 언니는 마찬가지로 먹어 줄 테니까."

"내가 곧 죽는 것이 확정사항인 것처럼 말하고 있어."

전혀 괜찮지 않잖아, 그거.

그렇다기보다, 그야말로 패럴렐 월드에서 그런 일이 발생한 결과, 세계가 멸망한 것을 거듭 잊어서는 안 된다.

식사가 그대로 에너지로 변환되는 것을 생각하면, 수어사이드마스터의 시신을 먹는 것을 말릴 수 있는 구실이 생겼다는 기분이 든다.

"그렇게 바짝 마른 수어사이드마스터에게 에너지가 남아 있다고는 생각되지 않지만. 오히려 시노부 언니가 맹우의 시신을 먹는 것에 의해 확실하게 안티 흡혈귀 바이러스에 감염될 것 같아."

그렇다면 그것이 말릴 구실의 두 번째다.

시신이라고 말하는 건 좀 그렇지만, 고기와 생선 등의 음식을 통해 역병이 퍼진다는 것은 극히 일반적인 감염 루트다.

"귀신 오빠는, 어때? 시노부 언니가 죽으면 시노부 언니를 먹어 버릴 거야?"

"아니, 아니. 먹어 버리고 싶을 정도로 귀여운 유녀라고는 생각하지만, 그것도 역시 살아 있기에 그런 생각이 드는 거겠지."

"귀신 오빠가 죽어 버릴 거야. 그 실언으로."

"홋. 말을 잃는 것은 과연 나일까? 오노노키일까?"

"서로 피장파장이네."

서로, 묘도 만들 수 없다.

오노노키가 그렇게 정리했을 즈음, 관들의 수리가 끝났다. 뭐, 이러쿵저러쿵하며 멋대로 이야기했지만 결국 각각의 흡혈귀가 각각의 방식으로 장례를 치르게 되겠지.

그 부분은 개성이고, 취향이다.

현실적으로는 세계의 전문가 연합이 실존하는 희귀한 흡혈귀의 유해를 연구 샘플로 계속 해부하게 될지도 모르지만…. 흡혈귀의 '장례'에 트집을 잡지 않는다면 전문가의 '전문'에도 트집을 잡아서는 안 될 것이다.

이거야 원.

나도 어른이 되었나 보다.

"하다못해 내 나름의 공양으로, 이 산더미처럼 쌓인 관을 좀 더 질서 있게 다시 늘어놓도록 할까. 칸바루의 방에서 단련되어 있거든."

"관둬. 언니 나름대로 이것으로 완성된 산더미니까."

정리를 못 하는 사람이 하는 말 같았다.

볼륨을 모르그로 만들고 있는 이 상황을, 과거의 '시체성'의 집사가 보면 졸도하지 않을까, 하는 생각이 들었다. …누구였더라, 트로피카레스크였던가? 트로피카레스크 홈어웨이브 독스트링스?

이 성에서 '아름다운 공주'에게 살해당한 흡혈귀.

…그렇다는 이야기는, 그 사람도 역시 그때 수어사이드마스터에게 먹혀서 공양되었던 걸까?

"……."

그렇다는 이야기는?

017

생물은 먹은 것으로 이루어져 있다.

예를 들어 가재에게 고등어를 계속 먹이면 그 껍질은 청색이 된다고 한다. 복어의 독은 태어날 때부터 체내에 함유되어 있는 것이 아니라, 유독한 플랑크톤을 계속 먹음으로써 내장에 테트로도톡신이 축적된다고 하던가.

인간도 그럴 것이다.

물론 한계는 있다고 해도…. 어패류를 많이 먹었기 때문에 수영을 잘 하게 되는 일은 없고, 닭고기를 먹었기 때문에 하늘을 날 수 있는 일도 없다. 닭은 애초에 하늘을 날 수 없고. 그래도 먹은 것은 동물이든 식물이든, 생물이든 무생물이든 에너지가 된다.

어떤 식사도 에너지 드레인.

금박을 먹으면 호화로운 기분이 된다.

설령 아무런 맛이 없더라도.

식생활, 식문화, 영양 밸런스, 단백질, 단맛, 과일, 디저트,

탄산음료, 알코올, 발효식품, 편식, 보존식, 칼로리 오프, 당질 커트, 수렵, 어업, 채식주의, 조미료, 저염식, 우주식, 단식…

기근.

식인.

사람이 그렇다면, 흡혈귀도 그럴 것이다.

먹느냐 먹히느냐… 먹는 것이야말로 공양이라는 사고방식은, 확실히 오노노키의 말대로 드물기는 해도 특수한 것은 아니다.

극단적인 이야기로 나도 식사 때에는 '잘 먹겠습니다'라고 말한다. 귀한 목숨을 먹겠습니다, 라고. 그리고 테이블 위에 요리를 남기는 것은 목숨에 대한 모독이라고 배워 왔다.

음식을 함부로 하는 것은 생명을 함부로 하는 것이며, 음식물로 장난치는 것은 생명으로 장난치는 것이라고, 그렇게 예의범절을 배웠다. 도덕심을 키우면서, 동시에 자신들이 다른 생물의 목숨을 먹어야만 살아갈 수 있는 생물임을 뼛속까지 가르쳤다고도 말할 수 있다.

그런 것은 오래전에, 뭣하면 고등학생 무렵에도 알고 있었다.

먹을 수 없으면 죽어 버린다니까?

그러나 장난치는 얼굴로 그런 소리를 하는 키스샷 아세로라오리온 하트언더블레이드를, 나는 받아들일 수 없었다. 먹는 것을, 경의이자 감사이기도 하다고, 그렇게 받아들일 수 없었다.

그 봄방학, 몸 구석구석까지 흡혈귀가 되어서, 아라라기 코요미는 이렇게 말했다.

나는 인간이야.

하지만 그때 이렇게 받아쳤다면 어땠을까.

인간이니까?

"뭐시여? 왜 그러냐, 아라라기 군. 지금은 야행성인지 모르겠는디, 언제 발병할지 알 수 없응께 여동생들과 원격회의가 끝나불면, 쉴 수 있을 때에 쉬어 두는 편이 좋을 것이여. 마음에 드는 방을 쓰도록 혀라."

"네. 오노노키에게는 휴식을 취해 달라고 했어요. 또 여기저기에 혹사할 거니까요."

"누구의 식신인지 모르겠네잉."

관이 있는 공간에서 검토를 마친 나는, 오노노키와 헤어진 후 그대로 '시체성'의 서고로 진로를 잡았다. 쉬는 편이 좋다고 나에게 권했지만, 카게누이 씨는 카게누이 씨대로 완전히 밤을 새웠다.

생각해야 할 것들이 많은 것이겠지. 생각 없는 카게누이 씨라도. 우리가 온 것 때문에 과제가 배로 늘어난 것도 분명한 사실이다…. 해결에 이르는 길을 제시하기는 고사하고, 이래서는 완전히 일본에서 찾아온 방해꾼이다.

거기에 또 이렇게 고민의 씨앗을 더하려 하고 있으니, 나도 정말이지 진보가 없는 것 같다.

그렇다고 해서, 걸음을 멈출 수 없다.

바보 같은 소리도 쉬엄쉬엄하지 않는다.

"죄송해요. 야행성이라고는 해도 시차 피로와 장시간의 비행 때문에 머리는 상당히 어질어질하지만, 그래도 쉬기 전에 한 가지, 카게누이 씨와 상의하고 싶은 게 있어서….”

일본 시간으로는 지금 몇 시쯤일까, 벌써 '내일'인 건 아닐까 하는 생각을 하면서, 나는 카게누이 씨가 봐서 비스듬한 위치에 앉았다.

이것은 이미 버릇이 된, 신종 코로나 바이러스 대책이다. 이러한 장면에서도 잊어서는 안 된다.

“뭐신디? 학점을 효율적으로 따는 법에 관해서?”

그거, 아주 흥미가 있다.

설마 원격으로 처리되는 상황이 이렇게나 오래 갈 거라고는 생각하지 못하고, 나는 엉망진창인 시간표를 신청해 버렸던 것이다.

그러나 (당연하지만) 나의 고민 상담은 그것이 아니다.

상담이라기보다, 이것은 괴담이다.

“사양하지 않아도 괜찮은디? 역시나 원격수업의 노하우는 모르겠지만 나의 메소드를 사용하면, 한 달 정도 늦어진 것은 당장이라도 만회할 수 있을 텡께….”

“그런데 어쩌면 내일쯤에 귀국할지도 몰라요. 저도, 카게누이 씨도. 만약 저의 생각이 맞다면.”

카게누이 씨가 “내일?”이라고 말하며 고개를 들었다.

솔직히 말해서 '내일'은 과언이었다. 애초에 무엇이 '저의 생각이 맞다면'이냐… 나의 생각이 맞은 적이 지금까지 한 번이라도 있었나?

하다못해 '저의 나쁜 예감이 맞다면'이라고 해야 한다. 이거라면 백발백중이다.

"괜찮아야. 허세를 부리는 방법으로서는, 나쁘지 않았구마잉."

"완전히 빗나갔을지도 모르고, 오래전에 전문가들 사이에서 검토가 끝난 발상인지도 몰라요. 그러니까 카게누이 씨가 채점해 주셨으면 해서. 듣는 것만이라도 부탁드릴 수 있을까요?"

"물론이제. 나도 낫토 같은 일본 음식이 그리워지기 시작했응께. …아니, 말장난한 건 아니고."

수습하듯이 말하는 카게누이 씨.

아니, 딱히 그 부분을 수습하지 않아도… 간사이 지방에서는 낫토를 별로 먹지 않는다고 하니까 말이지.

먹지 않는다, 인가…. 호불호.

"어디 보자… 어디부터 이야기할까요. 저도 아직 착상을 다 정리하지 못해서."

"어디든 상관없어야. 정리는 내가 알아서 할텡께."

든든하다.

오노노키와 마찬가지로 파워 캐릭터처럼 보이지만, 실은 의외로 논리적이다. 힘으로 밀어붙이는 플랜만 생각하는 나로서는 본받아야 할 구석이 너무나도 많다.

헛기침을 한 번 하고서, 나는 이야기를 시작했다.

"카게누이 씨는 '아름다운 공주'의 전설에 대해서 어느 정도 파악하고 계신가요? 오노노키는 잘 모르는 것 같았는데요."

"나도 잘은 몰겄다. 본인에게 참고인 조사를 한 것도 아니고."

나도 그렇게까지 자세히 들은 것은 아니다. 시노부로서는 잘 기억나지 않는 것 이상으로, 별로 말하고 싶지 않은 이야기일 것이다. 내가 알고 있는 것은 우연히 '거울 세계'에 길을 잃고 들어갔다가, 천국 같은 장소에서 '본인'에게 들었기 때문이다.

이레귤러다.

그러므로 나는 우선 거기서부터 설명하고, 안티 흡혈귀 바이러스와 '아름다운 공주'의 저주의 공통점에 대해서 프레젠테이션을 했다. 원래는 오노노키에게 맡겨야 할 보고였지만, 역시 발안자로서 직접 설명하는 편이 좋을 것이다.

지금 와서는, 이것은 어디까지나 전단계이니까.

"흐음. '멸망'이라는 단어가 공통되고 있는 것은 이해가 안 되는 것도 아닝께, 완전히 무관계하다고 간주하는 것도 좀 그렇다는 느낌이구마잉. '아름다운 공주'의 저주가 괴이의 왕, 하트언더블레이드의 구 하트언더블레이드화에 의해서 재연되었다는 가설도 나름대로 설득력이 있응께. …다만, 그것만이라면 학점은 딸 수 있다고 해도 A나 B는 못 맞겄어. 수나 우도 아니여."

어느 시대의 대학생이냐.

테라코야*라든가?

"요츠기도 지적했겠지만 차이의 정도가 크구마잉. 특히 감염 경로의 차이가… 아니면 실제로는 '아름다운 공주'의 저주는 소문을 들은 것만으로도 자살하고 싶어질 정도로 강력強力하며 강독強毒한 것이었을까나?"

※테라코야(寺子屋) : 에도시대 서민교육의 중심이 된 사설교육기관.

"광범위하게 한 나라 이상이 멸망했다는 것을 생각하면 그럴 가능성도 있지만, 가령 저주의 재연이라고 해도 '아름다운 공주'의 저주가 그대로 되살아났다고는 저도 생각하지 않아요. 오노노키가 말하는 변이는, 확실히 일어났다고 생각해요."

괴이의 변이.

그야말로 소문인 만큼, 전언 게임처럼 완전히 변해 가는 것은 피할 수 없다. 600년 전의 흡혈귀와 현대의 흡혈귀가, 완전히 동일하지는 않은 것처럼.

어떠한 전통예능도 그 기원에 비하면 동일하지 않다. 화제의 아마비에 역시 원래는 아마비코였다고 한다.

전언 게임, 전염 게임.

"애초에, 확실히 저에게는 시노부를 사이즈 다운시킨 책임이 있지만 그 녀석을 흡혈귀가 아니게 만들었다고 해도 인간으로까지, 하물며 공주님으로까지 되돌린 것은 아니니까요. 이야기를 꺼낸 입장에서 제대로 분석하면, 저주가 재발할지 어떨지는 상당히 의심스러워요."

들은 것만으로 판단하자면, 아름다움을 기준으로 발동하는 저주다.

금발 유녀가 되는 것으로 시노부가 아름다움을 되찾았는가 했을 때 전혀 그렇지 않다고 단언하면 파트너에 대한 배려가 결여된 것인지도 모르지만, 오히려 제멋대로 살고 태만하고 농땡이 피우고 아무 데나 쓰러져 자고 일어나는 생활을 하며 심술꾸러기에 게으름뱅이에 자기중심적이고 방구석 폐인 느낌의 어리광

쟁이가 되었을 정도다.

아름답다고 하자면 흡혈귀 시절 쪽이 훨씬 아름다웠을 정도다. 눈이 부실 정도로, 피가 끓어오를 정도로, 등줄기가 얼어붙을 정도로 아름다운 귀신이었다.

"저의 경험… 현실에서가 아닌 거울 속이나 천국에서 경험한 것이지만, 그 경험상 '아름다운 공주'의 아름다움이란 외관은 물론이고, 그러나 그 내면을 나타내고 있었다고 생각해요."

"하하. 미소년 탐정단*이네잉."

카게누이 씨는 웃는다.

어째서 여기서 웃지… 미소년 진영?

"그럴 의리는 없지만서도 몇 마디 거들자믄, 구 하트언더블레이드는 오히려 자진해서 방종하게 살게 된 게 아닐까잉? 요컨대 수어사이드마스터에게 피를 빨려서 흡혈귀가 되어 분 것도, 승격이라기보다는 타락이었던 것이제. 저주의 무효화는 지금도 여전히 유효… 그래서? 아라라기 군. 자기가 내놓은 가설을 자기가 박살 내 불고 어떻게 할지, 이제부터가 기대가 되어 부네."

"그렇다고요. 저의 병 주고 약 주는 짓은 항례 행사이지만, 시노부… 라기보다 아세로라 공주는 수어사이드마스터에게 피를 빨리는 것에 의해 마녀의 저주로부터 해방되었던 거예요. 언뜻 보기에는 동화의 엔딩 같기도 하지만… 이건, 피를 빨린 '아름다운 공주'는 일단 그걸로 됐다고 치고, 피를 빤 수어사이드마스

※미소년 탐정단 : 저자 니시오 이신의 또 다른 소설 작품.

터 쪽은 무사히 끝난 건가요?"

"응?"

"저는 시노부가 먹은 괴이나 먹은 에너지를, 자신의 것으로 삼는 것을 몇 번이나 보아 왔어요. 그중에서도 첫 번째 권속인 시시루이 세이시로를 먹고, 그 후에 큰일이 났던 것은 아시는 대로죠. 먹은 괴이를 에너지로 흡수하는 것으로, 영향을 받고 영향을 흩뿌리는 거예요."

그 영향은 악영향일지도 모른다.

시시루이 세이시로로 말하면 그 권속도 에너지 드레인으로, 칸바루의 왼손으로부터 영향을 받고 있었다. 원숭이의 미라에서.

애초에 자살했을 시시루이 세이시로는 그렇게 해서 현세에 부활했던 것이다. 키타시라헤비 신사 경내에서, 괴이의 조각을 탐식하면서.

그것이 최종적으로는 오시노 오기를 낳았다.

"…착지점이 아직 보이지 않아 불구마잉. 구 하트언더블레이드가 괴이의 왕으로서 자신이 먹은 에너지를 자기 것으로 삼는다는 것은 알고 있고, 흡혈귀란 것은 원래부터 그런 존재이며 비존재이기도 허지만, 고것이 어쨌다는 것이여?"

"시노부에게 가능한 일이라면 수어사이드마스터에게도 가능하겠죠. 그렇다기보다 그것을 피할 수 없을 거예요. 요컨대… 오늘이나 작년의 얘기가 아니라, 600년 전 시점에서 '아름다운 공주'의 저주는 아세로라 공주로부터 데스토피아 비르투오소 수어사이드마스터에게 이행된 게 아닐까요?"

이행移行.

옮겨 갔다.

요컨대… 전염이다.

"묻고 싶은 것은 일단 이 부분이에요. 시노부는 흡혈귀가 되는 것으로 저주로부터 해방되었지만, 수어사이드마스터는 그 대가로 풀 수 없는 저주를 자기 몸에 받았다… 이 가설에는 어느 정도의 신빙성이 있나요?"

수어사이드마스터는 '아름다운 공주'를 먹음으로 인해 '아름다운 공주' 이외의 존재를 먹을 수 없는 편식가가 되었다. 그러나 여기서 말하는 영향은, 그런 호불호로는 정리되지 않는 알레르기, 혹은 독소의 악영향이다.

"아주 가능성이 높제. 그렇게 되지 않는 쪽이 이상할 정도네잉. 그만큼 흉악한 저주를, 한 명의 흡혈귀가 소화할 수 있을 거라고는 생각되지 않으니 말이여."

이른바 소화불량이여, 라고 말하는 카게누이 씨.

"다만 거기서 끝이라믄 그 가설도 소화불량이네잉. 결국 마녀의 저주는 이행했는지도 모르겠지만, 수어사이드마스터의 내면에서는 멸망의 주박이 발동되지 않아 부렀제. 그 녀석의 내면은, 빈말로도 아름답다고는 말할 수 없응께."

"그렇겠죠."

그렇겠죠, 라고 동의해 버리는 것도 좀 그렇다고 생각되겠지만, 수어사이드마스터의 하드하며 쿨한 성격은 별로 가까워지고 싶은 느낌이 아니다. 역시나 옥좌의 병상에서 그 거만함은 약해져 있었지만, 맹우가 될 수 있는 것은 비슷한 정도로 거만한 시노부이기 때문이다.

지금이 저 정도라면, 전성기에 어떤 성격이었을지는 상상하고도 남는다.

"…다만 '아름다운 공주'를 흡혈하는 행위는 곧 자살행위였다는 이야기이니, 전혀 아름답지 않다고는 말할 수 없겠지만요."

"의외네잉. 아라라기 군은, 자기희생을 아름답다고 생각하는 타입이잖는가?"

"아뇨, 오히려 추하다고 생각하는 타입일까요."

"자기혐오잖어, 그건."

아픈 곳을 찌른다.

정권지르기보다 아프다.

"찌를 만한 곳은 그 밖에도 많이 있지만, 그 부분은 나중에 채우기로 허고 일단 이야기를 계속해 볼까. '아름다운 공주'의 저주는 600년 전에 수어사이드마스터에게 이행되었다. 그리고 그 녀석의 몸속에, 발동되지 않고 잠들었다. 역학적으로 말한다면 잠복기간이제. 600년의 잠복기간… 그런 천문학적인 척도의 바이러스도 있고. 인간으로 말하면 수포창 바이러스의 대상포진일까잉. 그려서? 그것이 지금 와서 발동된 이유와… 그리고 변이한 이유가 뭐신디?"

"네. 이것도 오노노키에게 지적받은 건데요, 죽은 방법이 다르죠. 너무나 아름다운 것을 접하고 자살하는 것과, 탈수증상으로 말라붙어서 죽는 것은. 마이너 체인지로 어떻게 될 것 같은 감염경로 쪽은 그렇다 쳐도, 이것은 단순한 변이로는 설명이 되지 않아요."

"우수한 식신이여. 우를 줘야겠어."

뭐라고, 오노노키가 학점을…. 무슨 대학에 다니고 있는 거지, 그 애는.

월반인가?

비말 감염 바이러스가 변이해서 공기 감염이 되는 경우는 아마추어의 생각으로 봐도 있을 법하고, 신종 코로나 바이러스에 관해서도 그 사태가 더욱 두려워질 가능성 중 하나라고 생각되지만… 그러나 증상 자체가 완전히 변하게 되면, 예삿일이 아니다.

가설이 틀렸다고밖에 생각되지 않는 변이다.

"처음에는 수어사이드마스터의 일본 방문이 영향을 준 게 아닐까 하고 생각했어요. 그때, 여자 고등학생이 대량으로 미라화했었잖아요? 다름 아닌 수어사이드마스터 자신조차. 그것하고 이번에 유럽 내에서 흡혈귀가 바짝 말라 버리는 일에는 어떠한 관계성이 있는 게 아닐까 하고… 흡혈귀가 빨아들인 혈액에서 영향을 진하게 받는다면, 여자 농구부의 우울한 면면들에게 물들어 버렸어도 이상하지 않아요."

"있을 법한 얘기네잉."

"그렇게 생각했어요. 그래서 오노노키에게 협력을 받아서, 모르그에 있는 관들을 뜯어 봤는데요…."

"참말로 누구 식신이당가, 그 녀석은. 요전까지는 나데코의 식신처럼 악착같이 움직여 붙더만."

"…여자 고등학생의 미라와 흡혈귀의 미라는 말라붙은 모습이 전혀 달랐어요. 물론 일본의 여자 고등학생과 유럽의 흡혈귀는 체질도 골격도 다르겠지만, 그래도 같은 룰에 따라서 미라화 했다고는 생각하기 힘들어요."

"솔직히 그 부분은 전문 검시관에게 확인을 부탁하고 싶은 부분이네잉. 아마추어인 아라라기 군의 판단이 아니라."

"아뇨, 이 점에 한해서는 전문가도 알기 어려울지도 몰라요. 전문가 쪽이 알기 힘들지도."

"?"

카게누이 씨는 고개를 갸웃했다.

이런, 설명이 부족했다. 동시에 설명하기 어려운 부분이기도 했다. 나 같은 아마추어 쪽이 전문가보다도 판단력이 있다는 듯한 이야기로 들려 버렸다면 불손함에도 정도가 있다.

"그게 아니라… 그 차이는 양쪽 미라를 보면 누구라도 알 수 있어요. 그러니까 이 문제는 저의 모교 여자 고등학생은 관계가 없어요. 적어도 표면적으로는…. 다만 수어사이드마스터의 내부에서 600년간 침묵을 유지하고 있던 마녀의 저주가 발동한 계기가, 맹우를 찾아서 일본을 방문한 것이라는 점은 타이밍적으로 거의 틀림없다고 생각합니다."

이야기하는 김에 말하면… 이야기하는 김에 말할 이야기는 아니지만 수어사이드마스터가 쇠약해진 것이 키스샷 아세로라오리온 하트언더블레이드의 노예화와 연동되어 있다는 가설도, 여전히 유력한 상태다.

진조의 진의는 알 수 없지만, '이제 곧 수명이 다한다'라고 생각하고 죽기 전에 옛 친구를 만나기 위해 일본에 왔다고 한다면, 일의 간접적인 원인이 나에게 있음에 가슴 아파하지 않을 수 없다.

내가 시노부를 구한 것… 내가 시노부를 구할 수 없었던 것이 간접적인 원인이라면.

"흠. 그 왜, 구 하트언더블레이드의 600년 만의 재회 자체가 저주를 재발동시키는 트리거가 되었다는 것이여? 저주의 출처와의 해후가….''

"그럴 가능성은 높다고 생각해요. 시노부와 '대면'하는 것으로 저주가 활성화되었다는 가능성은… 하지만 그것만으로는 역시 변이의 설명이 되지 않아요. 만약 전 유럽 내의 흡혈귀들이 할복해 대기 시작했다면, 이것으로 해결되었다고도 말할 수 있겠지만요.''

"해결은 고사하고 혼돈이잖어, 그런 상황. 일본 문화가 말도 안 되는 방향으로 퍼져 부렀어야.''

"그러니까 아마도 다른 요소가 얽혀 있는 거예요. 일본 문화의 여자 고등학생이 아니라고 해도… 거기까지 생각하다가 간신히 깨달았는데요, 수어사이드마스터가 '아름다운 공주'의 피를 빨았을 때, 거의 때를 같이해서 결사이자 필사이자 만사의 흡혈귀는 다른 존재도 먹었죠.''

"다른 존재라고야?"

"다른 비존재. 트로피카레스크 홈어웨이브 독스트링스."

첫 번째의, 그리고 유일한 권속.

이 '시체성'의 집사.

"'아름다운 공주'밖에 먹지 않겠다고 결심했을 배 속에, 집사를 맞이했다. '아름다운 공주'를 죽이려고 했고, 그러다가 오히려 살해당한 흡혈귀의 유해를 수어사이드마스터는 먹는 것으로 공양했을 거예요."

"…했겠제. 그래서?"

"하지만 공양했다고 해서 성불했다고 단정할 수는 없잖아요? 아뇨, 흡혈귀가 애초에 성불할 수 있는지 어떤지는 확실치 않지만…. 아무리 훌륭한 장례식을 열어 주더라도, 현세에 후회가 남는다면 이승을 헤매게 되겠죠."

미아의 신, 하치쿠지 마요이가 그랬던 것처럼.

공양이라도 기도라도, 장사지낼 수 없는 마음은 있다.

추도할 수 없는 시체는 있다.

"하물며 '아름다운 공주'의 저주로 인해 죽게 되면 원통함이 남지 않을 리가 없어요. 특히 저 같은 녀석과는 달리, 혹은 시시루이 세이시로와도 달리, 트로피카레스크는 주인에게 충실한 권속이었을 테니까… 주인보다 빨리 죽어서 공양하는 수고를 하게 만든 것을, 미안하다고 느꼈을지도 모릅니다."

그 부분은 상상할 수밖에 없다.

인간의 윤리관으로는 계측할 수 없고, 측정할 수 없다. 모시는 주인에게 잡아먹히는 것을, 어느 정도 본망本望으로 생각하는가.

어느 정도 영광으로 생각하는가.

"다만, 확실히 말해서 음식 궁합은 나빴을 거예요."

"음식 궁합?"

"유럽식으로 말하면 마리아주, 였던가요…. 그 왜, 서양배와 텐푸라를 같이 먹으면 안 된다든가, 장어와 매실장아찌를 같이 먹으면… 하는 그런 거요."

"그런다믄 마리아주하고는 완전히 반대구마잉. 요컨대 같이 먹으면 몸에 탈이 나는 조합이라는 얘기제?"

그렇다. 뭐, 서양배와 텐푸라에 관한 것은 미신이지만, 실제로 따로 먹으면 무해한 데도 같이 조리하거나 동시에 먹으면, 유독해지는 정도는 아니어도 도저히 못 먹을 맛으로 변하는 경우가 있다.

변화. 변이.

"식사하는 자리가 안전하지 않은 것은 감염증 현장에 국한된 것이 아니에요. 맛있다고 해서 개에게 초콜릿을 먹이면 안 된다든가, 고양이에게 양파는 위험하다든가 하는 것도 있죠. 아기에게 벌꿀을 먹이면 안 된다든가 하는 얘기도 있었던가요."

"할아버지 할머니한티 찹쌀떡 같은 것일랑가."

그것은 좀 다른 것 같은데… 아니, 같은 말이라고 하자면 같긴 하다.

트로피카레스크는 권속이기도 하고, 그것 자체로는 초콜릿도 양파도 벌꿀도 찹쌀떡도 아니었겠지만, 그러나… '아름다운 공주'와의 상성은 최악이었다.

맞을 리가 없다.

죽이려고 했고, 살해당한 관계다.

그리고 그 둘이 한 날에 한 명의 흡혈귀에게 먹혔다. 날름, 하고 맛있게 먹혔다.

배 속에서 함께 있게 되는, 권속과 저주.

이 상태가 편안할 리 있겠는가. 죽어도 죽지 못하고, 공양받아도 공양받지 못하고, 성불하려고 해도 세상을 헤매지 않을 수 없다. 600년에 걸쳐, 우울하게 생각하지 말라는 것이 무리한 요구다.

"…요컨대, 수어사이드마스터가 구 하트언더블레이드와 조우한 것이 저주가 재발동한 계기가 되었다기보다는, 수어사이드마스터의 몸 안에 잠복한 트로피카레스크가 원한이 골수에 새겨진 구 하트언더블레이드와 재회한 것에 의해 발동조건을 채웠다는 내막인가잉?"

"그거라면 저주가 크게 변이하는 조건도 갖춰진다고 생각해요. 단일 바이러스만이 단일 체내에서 증식을 반복하는, 카피미스에 근거하는 변이보다도 훨씬 심한 변이가 일어나겠죠. 신형 인플루엔자 바이러스는, 그런 식으로 만들어지는 거 아니었던가요?"

대강 설명하면, 인간형 인플루엔자와 조류형 인플루엔자가 돼지의 체내에서 혼합되어, 신형 인플루엔자가 탄생한다… 라는 경위였을 것이다.

맹우인 '아름다운 공주'의 저주와, 집사인 트로피카레스크의 충성심이 수어사이드마스터의 위장에서 걸쭉하게 용해되고, 개념으로서 융합한다면… 전혀 다른, 그러나 멸망을 부르는 끔찍한 뭔가가 태어날 수 있는 게 아닐까 하고, 나는 그렇게 묻고 싶었던 것이다.

정말 말도 안 되는 트로피컬 주스다.

여자 고등학생의 영향력은 무시무시하다. 사실, 일본의 붐은 그런 방식으로 형성된다… 그래서 나의 사고는 그쪽에 이끌렸다. 하지만 불우한 죽음을 맞이한 권속의 영향력은 주인인, 숙주인 수어사이드마스터에게, 그것을 상회하고도 남는 게 아닐까?

"마녀의 저주는 재연된 것이 아니라 신생新生한 게 아닐까 하고… 그렇다면 일본에서 퍼지지 않고 유럽으로 강제송환 후에 발병했다는 것에 대한 설명도 된다고 생각해요."

뭐, 지금의 일본에 흡혈귀가 있는지 어떤지는 제쳐 두고…. 적어도 나나 시노부에게 최근 1년간 발병한 기미는 없었다.

"감염부터 발병까지의 타임 래그란 것인가잉. 글쎄… 너무 설명이 잘 되어 부러서, 오히려 회의적으로 느껴져 분다는 것이 솔직한 심정인디…."

카게누이 씨는 신중하게 그렇게 말했다.

이런 아마추어의 생각 패치워크를 일축하지 않고, 혹은 일소에 부치지 않고 그렇게 일고해 주는 것만으로도 고맙다. 다만

이제부터 이어지는 아마추어의 생각도, 그렇게 검토할 만하다고 생각해 줄지 어떨지 불안할 뿐이다.

"리뉴얼의 이유는 그 음식 궁합에 의한 식중독… 에 의한 강독화설强毒化說을 채용한다고 치고, 인간이든 흡혈귀든, 동물이든 식물이든, 마녀든 국토든, 죄다 자살로 몰아넣은 '아름다운 공주'의 저주가 흡혈귀를 말라붙게 하고 미라화시키는 저주로 변이한 방향성의 이유는?"

생물로는 정의되지 않는 바이러스는 의지가 없으며, 마치 심술을 부리는 듯한 동향을 보이는 신종 코로나 바이러스도 결코 인류에게 싸움을 걸고 있는 것이 아니고 하물며 악독하게도 인류 멸망을 꾀하는 것은 아니다. 역병은 어디까지나 역병이지, 적이 아닌 것이다.

마찬가지로, 진화에 의도는 작용하지 않는다.

먹이까지 입에 닿지 않으니까 목을 늘이려 한다든가, 코를 늘이면 편리하다든가, 진화는 그런 이유로 촉진되지 않는다. 잔혹하게 적자생존의 법칙이 있을 뿐이다.

다만.

반대로 말하면, 의지가 **존재하고** 의도가 **작용하면** 진화는 컨트롤할 수 있다는 이야기이기도 하다. 유전자 조작 식물이 그렇고, 애완동물이나 가축의 품종 개량을 예로 들 것도 없다.

먹이까지 입이 닿지 않으니까 손가락으로 집어서 먹는다든가, 두 다리로 걸어서 따라 간다든가, 그런 진화는 일정한 방향성을 띠고 있다.

그리고 이 경우에는… 존재하고, 작용한다.

저주 자체는 조건이 모이면 자동적으로 발동된다고 해도, 그와 동시에 잡아먹힌 권속의 의지는 지박령처럼 명확히 존재하며, 그리고 의도는 주인 안에서 충실히 작용한다.

집사처럼, 집요하게.

그 유지遺志가 있다. 유전자遺傳子처럼.

"트로피카레스크가 마녀의 저주를 자기 마음대로 사용해서 이 세상의 모든 흡혈귀를 멸망시키려 하고 있다는 것이여? 자신이 살해당한 것에 화가 나서? 뭐 그런 고집스런 원념이 다 있냐잉."

"그러한 '원령'도 '뱀'도 있겠지만, 화풀이라면 그렇게까지 강력한 저주가 되지는 못했을 거라고 생각해요. 만약 트로피카레스크에게 죽어도 제대로 죽을 수 없는 후회가 있었다고 한다면… 그건 살해당한 게 아니라 죽이지 못했던 것이겠죠."

"…구 하트언더블레이드, 아니, '아름다운 공주'를 죽일 수 없었던 것을."

그것조차 원한은 아닐 것이다.

원한도 아니거니와 원념도 아니다.

충성심이다.

주인이 저주받은 공주와 우호관계를 맺는 것을 권속으로서, 집사로서 좌시할 수 없었다. 그래서 죽이려고 했고, 그렇기에 반격을 당했던 것이다.

자신을 죽인 저주 그 자체와 주인의 체내에서 융합되었다면…

집사는 그 저주의 에너지를 무엇에 사용할까?

어느 방향으로 향할까?

누구와 만났을 때, 잠복하던 주박이 각성했지?

"모든 흡혈귀를 멸망시키고 싶었던 게 아니라, 죽고서도 여전히 하트언더블레이드… 금발 유녀인 오시노 시노부를 죽이려 했다고야."

"네. 충성심으로."

나에게는 분명 없었던 것이다.

아마도 시시루이 세이시로에게도 없었다.

그래서 그 마음을 이해할 수 있다고는 절대로 말할 수 없지만… 하지만 그 마음을, 이렇게 표현하는 것 정도라면 허락될 것이다.

이 얼마나.

이 얼마나 아름다운 충성심이냐고.

"…한순간, 아라라기 군의 교묘한 화술에 납득할 뻔했는디, 실제로는 죽이지 못했제. 또다시라고 할까… 다른 흡혈귀를 팍팍 죽이기만 해 싸고."

"죄송해요. 설명이 서툴렀어요. 진화의 방향성이라고 해도, 결국 운에 맡기는 구석이 있으니까요. 그렇게 쉽게 되지는 않죠."

의지를 가지고, 진화에 실패하는 일도 있다.

나는 대학 생활부터 다시 태어나는 거라며 이런저런 계획을 세웠지만, 세상이 격변하고 원격수업이 당연해지게 되면서 친구 100명 계획은 수포로 돌아갔다.

앞으로 기다리고 있을 가혹한 취업 활동도 어떻게 해야 할지.

진화해 버린 것으로 오히려 살아남지 못하고 멸망한 생물이 대체 얼마나 많을까…. 생물이 아닌 괴물도.

"앞서 말한 대로, 저주가 발동될 무렵에 주인은 이미 시노부가 있는 일본에서 유럽으로 강제송환되어 있었던 거예요. 그렇기에 공기 감염… 에어로졸 감염인지도 모르겠네요. 흡혈귀가 안개로 변할 수 있는 것을 생각하면."

지금은 그렇게 느껴지는 에피소드와의 싸움을 떠올리면서 "여기서부터는 완전히 저의 상상인데요…."라며 나는 말을 이었다. 아니, 여기까지도 전부 상상의 산물일 뿐이지만, 다시 한번 나는 그렇게 전제하고 이야기했다.

"강제송환으로 타깃과는 2미터는 고사하고 지구 반 바퀴의 거리두기를 하게 되어 버렸지만, 그래도 발동한 주박은 시노부 한 명만을 계속 노렸어요. 집요할 정도로, 감염은 확대되었죠. 지구의 반대편까지 도달할 정도로."

흡혈귀에게서 흡혈귀에게로 감염되는 역병.

유럽을 중심으로 퍼지고, 퍼지고 퍼지고 퍼져서… 팬데믹 끝에, 극동의 섬나라에 도달한다.

그렇다면 에어로졸 감염이 아니라.

뱀파이어 감염이라고 불러야 한다.

"흡혈귀에게만 감염되는 전염병인 것은 그자들이 타깃이 아니라 중계지점이고, 기지국이고, 트랜싯이고, 촉매이기 때문이겠죠. 흡혈귀는 지구 반대편까지 도달하기 위한 교통수단이었어요."

"교통수단. 즉, 흡혈귀를 매개로 해서 퍼지는 벡터 감염증이 안티 흡혈귀 바이러스의 정체인가잉. 하지만 그렇다믄 더더욱, 인류에게도 감염되는 편이 좋지 않을랑가. 트랜싯의 최종적인 목적지가 구 하트언더블레이드라면, 흡혈귀가 발병하는 전염병인 건 당연하다손 쳐도… 인류의 교통수단을 이용하지 않을 이유는 없응께."

"네. 일본에서는 유럽에서 팬데믹을 일으켰다는 인상이 강한 페스트도, 원래는 세계적인 교역에 의해 유럽으로 밀항한 세균이었던 것처럼."

신종 코로나 바이러스가 이렇게나 전 세계적으로 전파된 것은, 항공기의 발달에 의해 보다 강화된 인류의 국제화, 글로벌화가 핵심에 있다. 맹렬한 속도로 감염 지역이 확대되고 있어서 신종 코로나 바이러스가 무시무시한 감염력을 가지고 있는 것처럼 여겨지곤 하는데, 실제로 그 능력이 아주 특출난 것은 아니다. 그럼에도 불구하고 페스트나 콜레라나 천연두 같은 역사상의 감염증과는 비교도 되지 않을 속도로, 마치 없어서는 안 될 인프라처럼 보급되었다.

천년 후의 감염증은, 아마도 로켓이나 우주 엘리베이터를 이용해서 순식간에 화성에까지 이르게 되겠지. 그러니까 만약 안티 흡혈귀 바이러스를 세계적으로, 그러면서도 효율적으로 확산시키고 싶었다면 인류를 트랜싯시키는 것이 분명 가장 효율적이다. 흡혈귀 이상의 영역과 행동범위를 가진 인류를 채용하는 것이 당연하다.

"…다만, 그 교통수단은 만석이었어요. **변이가 따라잡았을 무렵에는.**"

"아아… 바이러스 간섭?"

나는 고개를 끄덕였다.

아니, 실제로 신종 코로나 바이러스가 만연했기 때문에 인류가 저주의 탑승물로서 기능하지 않을지 어떨지는 과학적 검증을 할 방법이 없는 일이다. 나나 시노부, 혹은 뱀파이어 하프인 에피소드처럼 희소한 모르모트가 그리 흔할 거라고도 생각되지 않고.

다만, 이 경우에는 실제로 바이러스 간섭이 일어났는지 어떤지는 관계가 없다.

한발 먼저 신종 코로나 바이러스가 전 세계를 석권한 것에 의해… 인류의 국제화가, 이동이, 불요불급의 외출이, 일제히 **일시 정지**되었다.

록다운.

법적인 의미에서의 록다운이 없는 일본에서도, 현 경계를 넘는 이동의 자숙까지 요청되었던 것이 아직 기억에 생생하다. 그래도 완전히 감염을 멈출 수 있었던 것은 아니지만.

그러나 안티 흡혈귀 바이러스가 지구 반대편까지 도달하는 것에 **인류라는 탈것**은 도저히 최단 루트라고 말할 수 없게 되었다.

오히려 신종 코로나 바이러스에는 감염되지 않는 (이것은 이론적으로 증명되었다) 흡혈귀만을 감염경로로 한정하는 것이 바이러스의 칼로리로 보아 극히 합리적인, 의지가 존재하는 코스 설정이 되는 것이다.

철새나, 박쥐보다는.

"어째서 탈수증상이고 어째서 미라화 하는 것인가에까지는 결국 생각이 부족해서 떠올리지 못했지만…."

그쪽도 뭔가 이유는 있겠지만, 트로피카레스크의 무의식이나 심층심리, 개인적인 기호가 엮여 있다고 한다면 수수께끼로 남길 수밖에 없다. 주인인 수어사이드마스터는 식중독에 걸린 끝에 건면한다는 성질이 있었지만, 그것은 또 독자적인 룰인 듯하고….

"뭐, 물체인 유해를 남김으로써 감염증이 퍼지기 쉽게 만들고 있는지도 모른다고 추리할 수 있는 정도고…."

일단 말해 보긴 했지만 좀처럼 와닿지 않는다.

거기까지 가면 죽은 자의 잠재적 무의식 같은 게 아니라, 명확한 계획성이 느껴진다. 아니, 하지만 실제로 식물은 그런 방식으로 서식 범위를 넓히고 있으니….

미라화는 시체를 장기보존하기 위해서?

드라이 프루트처럼?

"아아. 알았어야. 거시기, 그 부분은 됐다잉. 일단 돌연변이라 치고… 전부 아라라기 군에게 생각해 달라고 할 생각은 없응께, 가엔 선배에게도 수수께끼는 남겨 줘야제."

카게누이 씨가 수수께끼를 푸는 게 아니구나….

뭐, 수수께끼 풀이라든가 호기심이라든가, 그런 타입은 아니지.

"하지만 한 가지 더, 백 걸음은 고사하고 한 걸음도 양보할 방법이 없는 미스터리가 남겨져 있제. 그 이론이라믄, 트로피카레스크는 일그러져 있다고는 혀도 주인인 수어사이드마스터에 대한 충성심으로 저주의 전염병을 흩뿌렸다는 얘기가 되어 부는디…. 하지만 아라라기 군도 면회 때 봤던 것처럼, 정작 중요한 수어사이드마스터가 그 저주 때문에 죽어 가고 있어 부러야."

"진화 실패의 가장 큰 문제점이 그 부분이에요. 수어사이드마스터를 지키기 위해 시노부를 죽이려는 저주였는데, 한 나라를 멸망시킬 정도로 세계 규모의 강력한 저주가 주인을 좀먹은 거죠."

바이러스는 숙주를 멸망시키지 않는다. 숙주를 멸망시키면 바이러스도 멸망하니까. 그러나 그것은 어디까지나 이론이며, 그렇게 해서 멸망한 바이러스도 무한히 많다.

생존 전략도 뭣도 없다.

의도가 있든 없든, 실패할 때는 실패하고 죽을 때는 죽는다.

불사신이더라도 죽을 때는 죽는다.

애초에 트로피카레스크는 600년 전에 죽었다. 그 충성심 이외에는.

"그러고 봉께 식인 박테리아라는 것도 있었네잉… 하지만 아라라기 군. 그렇게 이야기하기 시작하면, 이미 충성심이라고는 말하기 어렵겄어."

"에… 그런 걸까요? 확실히 트로피카레스크의 유지는 수어사이드마스터의 의지를 완전히 무시하고 있지만요…. 하지만 설령 미움받더라도, 싫어하더라도, 오로지 주인을 위해서 헌신하는 그 마음은….”

“그건 충성심이 아니여. 사랑이잖어.”

누구보다도 그런 말을 하지 않을 것 같은 사람에게 그런 말을 들어서, 나는 머리를 짓밟힌 듯한 기분이 되었다.

하지만 당사자인 카게누이 씨는 그렇게 이상한 소리를 했다는 생각은 없는지,

“하지만 그런다믄 나의 대실패였구마잉. 이곳에 하트언더블레이드와 아라라기 군을 불러들인 것은. 저주의 타깃인 구 하트언더블레이드를 일부러 팬데믹 한복판으로 소환해 븐 것은.”

라고 말했다.

“…팬데믹을 제어한다는 의미에서는 최선책이에요. 타깃이 숙주의 바로 곁에 왔으니, 트로피카레스크는 감염 지역을 더 이상 넓힐 필요가 없으니까요.”

낙관적이고 희망적인 관측이지만, 그러나 적어도 봉인은 할 수 있을 것이다. 신종 코로나 바이러스의 록다운보다는 용이하다.

바이러스의 확장 방식에 의도가 있고 방향성이 있다면.

변화나 변이를 예측할 수 있다면.

전문가에게는, 대처할 방법이 얼마든지 있다.

“하지만 그것으로 구 하트언더블레이드와, 아라라기 군이 감염되어 븐다면.”

"어라. 불사신의 괴이를 걱정해 주시는 건가요? 카게누이 씨."

"꽉 조사 부는 수가 있어야. 흔적도 안 남을 정도로."

무서워….

괜히 우쭐해져서 실수했다. …애초에 말이 너무 많았네. 이런 증거고 뭐고 없는 헛소리를 나불나불 늘어놓다니.

"그러네잉. 아라라기 군인 만큼 그 헛소리에는 아슬아슬하게 양良을 줘도 괜찮겠지만, 우優라고 할 정도는 아니여. 진위 검증은 한동안 시간이 걸리겠제. 전문가 연합도 막다른 길에 부딪힌 모양이었응께 새로운 가설은 오히려 대환영이지만, 역시나 내일 돌아갈 수 있을 거라는 말은 허세로 쳐도 허풍이 너무 심해부렀어."

"네. 그러니까, 여기서부터가 본론이에요."

"시방 뭔 소리냐잉? 뭐시냐고, 지금까지의 얘기는."

그러니까 헛소리다.

다만, 이 헛소리의 근저에 빈사의 수어사이드마스터에게 시술해 보고 싶은 치료법이 있는 것이다. 그것은 동시에, 이미 감염되어 버렸을지도 모르는 시노부를 구하는 것으로도 이어진다.

그리고 어떻게 되어도 상관없는 나 같은 것을 구하는 것으로도.

"시술해 보고 싶은 치료법이라고라?"

"네. 지금의 헛소리에 기초해서, 오퍼레이션을 제안하겠습니다. 이렇게 말해도 외과수술은 아니고, 투약 치료도 백신 접종도 아니에요. …식사요법이에요."

혹은, 이렇게도 말할 수 있다.

카게누이 씨보다 내 입으로 말하는 편이 훨씬 오싹한 말이기는 했지만, 이 파도에 타지 않을 수 없다.

시술하고 싶은 것은, 사랑이다.

018

잘난 듯 말하긴 했지만, 시술하는 것은 나의 사랑이 아니다. 내 사랑은 전부, 남김없이 센조가하라 히타기에게 향하고 있다. 나머지는 뭐, 오이쿠라라든가, 하네카와라든가, 하치쿠지라든가, 칸바루라든가, 여동생들이라든가… 금발 유녀라든가.

남김이 없다.

그런 진화의 방향성이다.

그러므로 당연히, 메스가 아닌 커틀러리를 쥐는 것은 철혈이자 열혈이자 냉혈의 흡혈귀, 키스샷 아세로라오리온 하트언더블레이드의 영락한 몰골… 오시노 시노부다.

맹우에게서 맹우에게로 보내는 사랑이다.

카게누이 씨보다도 오히려 이 녀석을 설득하는 데 고생했다. 이 녀석은 이 녀석대로 죽어 가는 맹우를 구하지 않는 것이 멋있다고 생각하는 구석도 있었으니까.

"바라던 바가 아니라기보다, 그냥 불쾌하군. 역시 네 녀석은 일본에 두고 올 걸 그랬다."

그림자 안에서 끌려 나온 시노부는, 괴이의 왕이자 왕녀인 만큼 태도가 뻐딱하다고 할까, 기분이 언짢은 것을 감추려고도 하지 않았지만, 그러나 언젠가의 시시루이 세이시로 때처럼 그림자 속에 틀어박히려고도 하지 않았다. 구체적인 수단이 제시되었는데도 거부할 거라면 애초에 유럽까지 오지 않았을 것이다.

폼을 잡고 있을 상황이 아니다.

"흥. 오해하지 마라, 내 주인님아. 나는, 데스는 이대로 죽는 것이 무엇과도 바꿀 수 없는 소망일 거라고 생각하고 있다. 그러나 만 약 에 그 가 설 이 그 가가가가가 가 설 이 정 곡 을 찌르고 있었을 경우, 네 녀석의 목숨도 위험하니 말이다. 네 녀석을 감염시키지 않기 위해서 예방적 조치를 취하는 것뿐이다. 정말 주인님과 병에는 이길 수가 없구먼."

폼을 잡는 거냐, 이 마당에 이르러서.

그러나 그 이야기를 하자면 나보다도 훨씬 위험한 것은 분명 전염병의 최종 목적지인 시노부다. 시노부가 아무리 허세를 부리고 싶더라도, 맹우의 의지를 존중하더라도, 파트너로서 그것을 허락할 수는 없다.

시노부가 하지 않는다면 내가 할 뿐이다.

"네 녀석이 못 하게 할 거다. 그런 짓은. 나의 맹우란 말이다."

"시노부 언니. 나도 머리 한구석에 놔둬 줘."

그렇게, 치료의 장에 동석하는 오노노키도 말했다. 시노부가 가면을 쓴 페스트 의사라면, 지금의 동녀는 포지션으로 봐서 수술 간호사일까.

최우수 조연상을 또다시 빼앗아 가는, 멀티한 활약이다.

"표적을 정한 전염병의 트랜싯이 목적이라면, 흡혈귀가 아닌 나도 언제 여정에 포함될지 알 수 없는 법이니까."

인공적인 괴이이며, 그러면서도 종족으로서 전 세계에 퍼져 있는 것은 아닌 단일 존재 오노노키는… 뭐, 그럴 염려는 없겠지만. 그러나 '전염병의 트랜싯'이라는 나의 로지컬 싱킹의 원점이 그녀의 '언리미티드 룰 북'인 이상, 그 위험성을 불식할 수 없는 것도 사실이다.

"너 따윈 알 바 아니다."

"너무해~ 나는 이미 시노부 언니를 맹우라고 생각하고 있는데."

"죽을 때까지 죽일 거다."

"이미 죽어 있지만."

그런 하잘것없는, 사랑 없는 대화를 완전히 무시하고 카게누이 씨는 옥좌에 쳐져 있던 커튼을 아무런 거리낌 없이, 노크도 말도 없이 좌아악, 한 손으로 오픈했다.

상쾌한 아침처럼.

그럴 만도 하다.

내가 시노부 이상으로 가장 설득이 어려울 것이라 상정했던 것은 치료를 받는 본인인 데스토피아 비르투오소 수어사이드마스터였다. 도움은 필요 없다고, 그렇게나 쉰 목소리로 그렇게나 또렷하게 단언했던 진조에게, 어떻게 수술 동의서에 사인을 하게 만들 것인가.

그야 일단 '**가능하다면 그것도 고를 수 있는 방법 중 하나였어**'라고는 말했지만, 그런 농담으로 언질을 받았다고는 도저히 생각할 수 없다.

그 이전에 직속 권속인 트로피카레스크의 공양이 원인이라는 것을, 어떻게 전해야 좋을까. 아무리 고민해도 결론은 내릴 수 없었다.

그 설득은, 맹우에게 맡길 수밖에 없다.

발안자이면서도, 한심하게도 그렇게 생각한 나였지만 그러나 결과적으로는 시노부에게 그런 역할을 강요하지 않을 수 있었다.

다행히도, 라고는 도저히 말할 수 없다.

커튼을 걷은 너머, 동이 트는 것과 함께 잠든 수어사이드마스터는 이미 빈사 정도가 아니었기 때문이다.

결사이자 필사이자 만사의 흡혈귀는.

지금은 임사臨死 상태였다.

노크를 해도 말을 걸어도 몸을 흔들어도 이미 반응하지 않을 정도로… 수어사이드마스터의 신체는 완전히 말라붙어 있었다.

실제로 몸을 흔들기라도 했다간 모래처럼 부스러졌을 것이다.

작년 봄에 마주했을 때의 흔적 따윈 티끌만큼도 없다. 흡혈귀에게 성불은 없다고 했는데, 그러나 그 미라의 모습은 마치 즉신불 같았다.

이런데도 아직 살아 있다는 사실 쪽이 신기하지만, 그러나 남은 수명도 이제 몇 시간… 아니, 몇 분… 몇 초 후에 숨이 끊어져도 이상하지 않다.

자율적인 호흡은 이미 끊어져 있을지도….

"시노부."

"알고 있다. 이런 걸 보게 되면, 가만히 있을 수 있겠느냐."

커튼을 옆으로 밀어젖힌 채인 카게누이 씨의 옆을 지나, 시노부는 병상 대신인 옥좌를 향해 언짢은 얼굴로 성큼성큼 다가간다.

허세를 부리고는 있지만, 그러나 바라던 바가 아닌 것도, 부조리하다고까지 생각하는 것도 또한 진실일 것이다.

시노부 취향의, 혹은 수어사이드마스터 취향의 하드하고 쿨한 전개는 전혀 없다.

"전염병보다도 먼저, 네놈의 어설픔이 옳은 게다. 아~아. 이거, 혹시 데스가 여기서 살아남더라도 분명히 절교당하겠지, 나는."

투덜투덜 불평을 하면서도, 그러나 동작에는 망설임 없이 옥좌에 앉아 있는 수어사이드마스터의 미라에 걸터앉는 시노부. 그리고 그대로 주저 없이, 마른 나무는 고사하고 이미 마른 나뭇가지 같은 맹우의 목덜미를 깨물었다.

과거에 나나.

시시루이 세이시로에게 했던 것처럼, 가차 없이 송곳니를 박았다.

흡혈귀에게, 이 이상 없는 밀접 접촉이다.

견딜 수 없는 기분이 들어서, 나는 당황하며 눈을 돌린다. …

이 반응을 질투라고는 생각하고 싶지 않다, 스스로 권했으면서.

과거 자신에게 칸바루 스루가와의 데이트를 권해 주었던 센조가하라 히타기의 마음을 알았다든가 하는 이야기가 아니다.

그저, 과거 시노부가 아직 시노부가 아니었을 무렵에, 들었던 이야기를 떠올렸을 뿐이다. 숙녀의 식사를 빤히 보는 것은 매너 위반이라고.

"빨 수 있을 만한 피가 남아 있을까. 수어사이드마스터의 혈관 안에."

그렇게 오노노키가 다가온다.

간신히 나와의 거리두기를 그만둬 준 건가.

그녀도 그녀대로, 겸연쩍게 느끼고 있는지도 모른다.

"이렇게 보고 있으면 흡혈이 아니라, 마치 사혈* 같아. 하지만 그런 만큼 잘되었으면 좋겠네, 귀신 같은 오빠. 줄여서 귀신 오빠의 독장수셈. 얄팍한 독장수셈이."

"내가 얄팍한 건 언제나 그랬잖아. 그리고 바이러스보다 작은 것도. 그러니까 평소처럼 실패하는 게 당연한, 밑져야 본전이라고 생각하고 있어."

"괜찮겠어? 그런 소리를 해도. 실패했을 때에는 두 마리의 괴물을 곧바로 때려죽이기 위해서 언니가 저 위치에서 스탠바이하고 있는데."

그런 거였어?

※사혈(瀉血) : 치료를 목적으로 환자의 몸에서 피를 뽑아내는 요법.

아니, 그건 전문가로서의 당연한 위치다. 이번에는 눈감아 주지 않을 것이다. 만약 이 치료법… 아니, 임상시험이 실패하고 뭔가 잘못되어서 시노부가 괴이의 왕으로 돌아가기라도 한다면.

맹우와 함께, 과거의 파워를 되찾기라도 한다면.

배틀 마니아인 카게누이 씨는, 오히려 그것을 원해서 나의 플랜을 받아들여 주었는지도 모르지만… 그러나 나의 짐작이 옳다면, 이 임상시험은 폭력 음양사의 바람과는 정반대의 결과가 될 것이다.

"귀신 오빠의 짐작이 옳았던 적이 있었던가? 오독뿐이잖아. '오독誤讀'이라는 단어조차 오독할 것 같아. 효과음 '오독'으로 읽을 것 같아."

"아주 오독오독 씹는구나."

그러나 그 말대로, 나의 짐작이 맞는 편은 드물다. 히타기에게 그만큼 '착각하지 마'라는 말을 들었는데도, 지금도 나날이 착각을 쌓아 가고 있다.

죄를 쌓아 가고 있다.

하지만 꼭 가설의 전부가 맞을 필요는 없다. 오히려 카게누이 씨에게 말한 이런저런 이야기들, 그것이야말로 거의 100퍼센트가 착각이라고 해도 상관없다.

안티 흡혈귀 바이러스는.

인간에게는 옳지 않는다.

전문가도 인정한 이 한 가지가 틀림없는 진실이라면 그것으로 족하다. 왜냐하면 나의 식사요법의 핵심은, 시노부에게 수어사이드마스터의 혈액을 아슬아슬할 때까지 빨게 해서, 위대한 진조의 흡혈귀를 **기껏해야 인간** 정도로 타락시키는 것이니까.

딱, 내가 괴이의 왕에게 했던 것처럼.

요녀를 유녀로 만들었던 것처럼.

"…이건 핑계가 통하지 않아. 이미 오시노 탓으로 돌릴 수는 없어. 내가 발안한 계획이야. 어떤 결과를 부르게 될지, 깊이 생각하지도 않아…."

하지만 나에게 피를 빨리고 영락하여 찌꺼기만 남아 버린 키스샷 아세로라오리온 하트언더블레이드에게는 원래부터 감염 리스크는 없었던 것처럼… 13세로 성장시킨 것으로 인해 쓸데없는 리스크를 짊어지게 되어 버렸지만 흡혈귀로서의 스킬을 전부 빨아내면 사실상 수어사이드마스터는 흡혈귀가 아니라 **거의 인간이 된다.** 즉 체내에 600년간 잠복해 있던 안티 흡혈귀 바이러스가 작용하지 않게 된다.

'인간'인 숙주를 공격하는 일은 없다.

"하지만 이거라면 트로피카레스크의 잔재가 시노부 언니의 몸 안으로 이동해 버리는 거 아냐? 만약 그렇게 된다면 시노 언니는 독을 원액으로 마시는 것이나 마찬가지잖아."

"그 점은 이미 카게누이 씨에게 설명했어."

"나에게도 설명하라고 하는 거야. 의미도 없이 깨물어 줄까."

"무서워…. 빨아내는 건 어디까지나 '아름다운 공주'가 걸린 저주의 요소뿐이야. 트로피카레스크의 유전자는 남기고."

애초에 전부 빨아내면 맹우가 죽어 버린다.

뭔가를 남긴다고 한다면, 그야 충실한 집사일 것이다. 빨아내는 것이 트로피카레스크의 방향성이 여과된 저주뿐이라면, 그것은 원래부터 시노부 안에 있던 것이고.

600년 전 '아름다운 공주' 시절에 그랬던 것처럼, 본인에게는 작용하지 않는다. 물론 주위에도 작용하지 않는다.

작용하겠는가.

모세혈관 구석구석까지 긁어모아도 단 몇 방울도 되지 않을 맹우의 피를 천박하게 빠는 그녀의 모습의, 대체 어디가 아름답지?

"……."

아니, 불안이 점점 늘기 시작했네.

사랑이라고 말했지만, 제포연연*.

베푸는 것도 아니거니와 은혜도 아니다.

직시할 수 없지만, 그러나 그 식사 풍경을 훔쳐보지 않을 수는 없다. 과연 나는 저런 식으로 열렬하게, 저렇게나 정열적으로, 키스샷 아세로라오리온 하트언더블레이드의 피를 빨았을까.

…역시 질투네, 이건.

독점욕은 있었을 것이다, 지배욕도 가득했을 것이다, 금발 유녀에게 그렇게 할 수 있는 것이 자신뿐이었던 것을…. 마주하게 되네, 나 자신의 추함.

※제포연연(綈袍戀戀) : 솜옷에 연연한다는 뜻으로, 우정이 깊음을 이르는 말. 위나라의 수가가 그의 친구 범저가 추위에 떠는 것을 동정해서 의복을 벗어 주었다는 고사에서 나온 숙어.

"푸핫."

견딜 수 없는 기분에 마음이 불편했던 건지, 아니면 '아름다운 공주'의 저주에 불안해서 안절부절못했던 건지, 내가 자신의 감정을 제대로 판단하지 못하고 있는 동안에 시노부의 식사는 끝났다. 오랜 시간이 걸린 듯했지만, 역시 미라 안에 간신히 남아 있는 몇 방울의 피를 핥는 정도였을 것이다.

"잘 먹었다. 과연 귀신이 나올지 뱀이 나올지… 귀신이 나오면 곤란한가? 사람이 나와야겠지. 카캇."

다 먹어 치워서 후련한 것일까, 아니면 600년 만에 자신의 '저주'를 체내에 돌려놓은 것이 혈액 도핑 같은 효과를 낳은 것일까. 묘하게 기뻐 보이는 표정의 시노부가 얼핏 변화가 보이지 않는 수어사이드마스터에게서 내려온다.

"잘 되어 부렀냐? 구 하트언더블레이드. 아니, 아세로라 공주?"

"응?"

강한 어조의 사투리로 카게누이 씨에게 질문을 들었기 때문일까, 갑자기 미심쩍은 듯한 얼굴을 하는 시노부. 멸망한 왕국의 공주였던 시절을 갑자기 떠올리게 되었는지도 모르지만.

"글쎄다. 그 부분의 판단은 너희들 전문가에게 맡기마. 나는 맛을 봤을 뿐이다. 독이 들었는지 어떤지."

그렇게 말하면서 계단을 내려온다.

올라갈 때의 거침없는 발걸음과는 달리 우아하게 망토 자락을 들어 올리고 사뿐사뿐 걷는 그 모습이야말로, 본인은 깨닫지 못한 듯했지만 그야말로 왕녀의 걸음걸이였다.

"다만 한 가지. 한 가지만 말해 두겠는데, 내 주인님의 추리는 딱 하나 틀렸었다."

"뭐라고?"

나의 실수가 하나일 리가 없는데?

그런 기분이 들었지만, 입을 싹 닦은 듯한 얼굴로 시노부는 말을 이었다. 아니, 그야말로 방금 입을 싹 닦기는 했지만.

"저주를 기반으로 한 안티 흡혈귀 바이러스가, 나를 죽이는 것을 목표로 변이를 이룬 것은 아니었다."

"어? 그 부분이 다르면 이미 전부 다른 것 같은⋯."

"역시나 걸쭉하게 녹아서, 혼돈처럼 뒤섞여 있으니 말이다. 트로피카레스크의 요소를 완전히 제거할 수는 없었다. 고추잡채에서 피망을 빼더라도 씁쓸한 맛은 남는다는 거다."

그러니까 녀석의 의도가, 나에게 다소나마 전해졌다. 그렇게 말하며 시노부는 요염하게 입맛을 다셨다.

"녀석의 동기는, 나의 살해가 아니었다."

"저기, 그 녀석은 누구를 위해서 이런 글로벌한 짓을 저지른 것이여? 결국 모든 흡혈귀에 대한 화풀이 같은 파괴 충동인가잉?"

"다 네 녀석 같지는 않다. 파괴 충동으로부터는 거리가 멀어. 600년 전에 나를 죽이지 못한 일이 미련으로 남은 것은 맞지만, 그러나 죽이는 것 자체가 목적은 아니었어. 내가 옹호하는 것도 좀 이상한 이야기지만⋯ 주축은 나와 데스를 떼어 놓는 것이었다."

질투… 사랑.

뜻밖에도, 지금의 나는 잘 알 수 있다.

"그래서 자신의 실패가, 자신의 자살이 결과적으로 나와 데스에게 보다 강한 연결을 만들어 버린 것이 분했던 게지. 사후에… 죽어도 완전히 죽을 수 없을 정도로. 그리고 600년 후 아직 살아남아 있던, 과거에 죽이지 못했던 나와 데스를 통해서 대면한 것으로 그 후회는 최대급까지 상승했다."

분명 이렇게 생각했던 거겠지.

이 여자가.

내 주인님의 권속이라니, 인정할 수 없다.

"…권속은 아니지만, 그러나 그것은 나와 데스의 주장일 뿐일 테지. 새로운 '여동생'을 인정할 수 없는 상황 같은 것일 게야."

알기 쉬운 예시라기보다, 직접 체험했던 예시였다.

나도 시노부와 같은 입장에 놓였던 것이다.

키스샷 아세로라오리온 하트언더블레이드의 첫 번째 권속인 시시루이 세이시로와 나는, 눈뜨고 못 볼 정도로 사이가 안 좋았다. 근본적으로 양립할 수 없었다.

"트집을 잡는 건 아니지만, 시노부, 그러면 역시 트로피카레스크는 너를 죽이려고 했던 거 아니야? 오로지 죽이기 위해…"

"죽이는 게 아니라 흡혈귀에서 인간으로 돌려놓으려고 했던 거다. 2년 전에 내가 네 녀석을 그렇게 하고 싶었던 것처럼… 지금, 내가 데스에게 그렇게 했던 것처럼."

흡혈귀에서 인간으로. 흡혈귀를 인간으로.

그 말을 듣고, 아차 싶었다.

그것은 착각이나 미스가 아니라 최후까지 메워지지 않은 커다란 구멍이었다. 어째서 트로피카레스크의 전염병은 발병한 흡혈귀를 미라화시켜 버리는가 하는, 남겨진 수수께끼. 재로 변하는 것도 불타오르는 것도 아닌, 흙으로 돌아가는 것도 아닌, 실존하는 흡혈귀의 시체.

유해를 남겨서 감염증을 퍼뜨리기 위해서라든가 보존식으로서라든가 하는 적당한 가설을 세워 버렸는데, 그게 아니었다, 전혀 아니었다. 오히려 최초의 직감 쪽이 정답에 가까웠다.

여자 고등학생의 미라.

흡혈귀화에 실패한, 그런 끝에 남은 바짝 마른 모습.

그것은 확실히 겉모습을 보면 전혀 다르다고 인식할 수 있을 정도의 차이가 있었는데, 그 정도의 차이가 있다면 어째서 나는 반대로 생각할 수 없었을까?

반대로, 그것들이.

흡혈귀에서 인간이 되는 것에 실패한 미라라고··· 방향성을 지닌 진화의 실패.

오히려 그것은 진화의 미아迷兒라고 말할 수 있었다.

요컨대 이 안티 흡혈귀 바이러스에 정식 병명을 붙인다면···.

"인간병."

나는 말했다.

"트로피카레스크는 너를 인간으로 되돌리고 싶었던 것뿐인가···. 그것이 트랜싯 끝에 도달한, 집사의 최종 목적지냐고."

"그렇다. 나와 데스를, 이번에야말로 갈라놓기 위해서."

갈라놓기 위해?

그건 아니다.

이만큼 성대하게, 중요한 부분을 잘못 짚은 내가 무슨 말을 해도 설득력이 없겠지만, 그런 이유라면 죽이는 것도 괜찮았을 것이다. 원래의 '마녀의 저주'가 지닌 흉악한 성질을 생각하면 그쪽이 간단했을 정도다.

하지만 키스샷 아세로라오리온 하트언더블레이드… 의 영락한 몰골인 오시노 시노부를, 인간으로 되돌리는 방향성으로 진화한 것은, 트로피카레스크 자신이 인간에서 흡혈귀가 된 권속이었기 때문이 아닐까.

권속… '여동생'으로서는 인정할 수 없더라도.

'사람'으로서는.

"하지만 결국 그것도 실패해 버렸다는 거지. 감염된 흡혈귀는 모두 미라화 해서, 형체는 고사하고 그림자도 안 남았을 정도라고 해야겠지. 아니, 흡혈귀적으로 말한다면 형체도 그림자도 또렷하게 보이게 되었어. 세상일이란 잘 풀리지 않는 법이구나."

그림자가 잘 보인다느니, 안 남았다느니 하며 미라화 한 흡혈귀들에게 가차 없는 소릴 하는 오노노키.

실제로 관에는 뚜껑이 잘 덮여 가려져 있고, 이 '시체성'에는 그것들이 잔뜩 남아 있다.

"실패라고 할 수만은 없겠제. 우덜이 발견할 수 있었던 것이 실패 사례인 미라뿐이었던 것이여. 만약 감염자 중 몇 할 정도가 계획대로 인간화했다든, 77억 명 사이에 섞여 버려서 찾아낼 방법이 없어 불제."

"데스도 이제부터 그 안에 섞이는 건가. 어느 쪽이 됐더라도 흡혈귀를 멸망으로 이끄는, 무시무시한 바이러스였던 것은 틀림 없구먼."

시노부는 과거형으로 말했다.

조금 성급하지만, 그러나 저주의 원인은 이것으로 끊어졌고… 원인이 확실해진 이상 여기서부터 봉인할 계획도 세울 수 있을 것이다. 어쩌면 여자 고등학생의 미라를 여자 고등학생으로 되돌린 것처럼, 미라화한 모르그의 흡혈귀들을 원래대로 소생시킬 수 있을지도 모른다.

죽어 있다고 해도, 불사신인 괴물이다.

물론 그것은 분에 넘치는 바람이고 꿈꾸는 듯한 기분이고 상상 속의 이야기이며, 애초에 전문가가 그것을 할지 여부는 내 힘이 미치는 영역이 아니지만…. 안티 흡혈귀 바이러스의 팬데 믹에 어느 정도의, 종식의 징조가 보인 것은 틀림없다.

유령의 정체를 알고 보니 마른 참억새.

묘 앞의 꽃.

정체불명, 원인불명의 병도, 이렇게 되어 버리면 그저 연구대 상일 뿐이다, 라고.

"으… 으음."

느긋한 페이스로 계단을 다 내려온 시노부의 등 뒤에서 그런 신음 소리가 들렸다. 옥좌의 병상에서다.

"데스?"

맹우의 목소리에, 뒤를 돌아보는 시노부.

역시나 천년을 산 진조의 흡혈귀, 시노부의 식사요법을 받고 금세 정신을 차린 것이라고 생각했지만, 그러나 신음 소리는 "음냐음냐… ZZZ."로 이어졌다.

하긴 그럴 만도 한가.

이미 진조의 흡혈귀가 아닌 것이다.

지금 그녀는 오시노 시노부보다도, 아라라기 코요미보다도 인간에 가까우니까. 지난날의 그 오만하고 거만하며 하드하고 쿨한 태도가 거짓말처럼, 마치 갓 태어난 아기 같은 아무런 꾸밈없는 말투로, 데스토피아 비르투오소 수어사이드마스터는 중얼거린다.

"더는 못 먹겠어… 트로피카레스크."

옥좌를 돌아본 자세를 한 채로, 시노부는 씁쓸함 이상의 벌레 씹은 듯한 표정을 지었다. 내가 있는 위치에서는 보이지 않지만, 분명히 그런 얼굴을 하고 있을 거라고 확신을 갖고 단언할 수 있다.

아름답지 않은 얼굴을.

"디저트처럼 달콤한 잠꼬대를 지껄이고 있구먼. …그래그래, 잘 먹었습니다."

세계 전토를 말려들게 했던 지옥 같은, 종족 전원을 말려들게 했던 마계 같은, 아무도 신경 쓰지 않을 듯한 자매 싸움의, 누구에게도 전해질 일 없는… 이것이 결말이었다.

019

후일담.

후일담이 아니라, 후년담이라고 해야 할까.

그 뒤로 2년 후. 아니, 거의 3년 후… 600년에 비하면 바이러스의 사이즈처럼 미미한 세월이기는 하지만, 오늘은 국립 마나세 대학의 졸업식 당일이다.

이렇게 말해도 원격 졸업식이다.

실제로 출석할 수 있는 것은 각 학부의 선별된 성적 우수생뿐이고, 나 같은, 유급하지 않았던 것만으로도 감지덕지라고도 할 수 있는 열등생은 하숙하는 연립주택에서 화려하게 출석하는 형태가 된다. 참고로 졸업식장에서 답사는 나의 연인인 센조가하라 히타기가 읽는다. 자랑스럽다. 저쪽이 나를 자랑스럽다고 생각하고 있을지 어떨지는 확실치 않다.

그러나 뭐, 원격기술도 장족의 진보를 이루어서, 컴퓨터나 스마트폰의 내장 카메라를 통한 출석이 아니라 사용되는 기기는 최근 개발된 VR이다. 입체감, 그리고 임장감臨場感을 가지고 나는 히타기의 말에 몰입할 수 있다. 장갑 같은 컨트롤러를 끼고 졸업증서를 받을 수도 있다. 고등학생 무렵 졸업식을 쨌던 나로서는, 버추얼이라고는 해도 중학교 이후에 받을 수 있는 졸업증서에 가슴이 두근거리지 않을 수 없다.

물론 졸업생들 간의 커뮤니케이션도 막힘없다. 결국 나의 친구 100명 계획은 무참하게도 파탄 났지만, 하무카이 메니코라는 평생 함께할 수 있는 친구가 생긴 것만으로도 100만 명의 친구가 생긴 것이나 마찬가지일 것이다. 무관객 졸업식이기는 하지만, VR을 자력으로 준비할 수 있다면 보호자의 출석에도 제한이 없다. 우리 부모님도 직장에서 출석하겠다고 약속해 주셨다. 이해심 있는 직장이다… 그 장소가 살인 현장이 아닐 경우의 이야기지만.

일진월보, 시대는 계속 진화한다.

방향성을 가진 진화처럼.

게다가 이 2년 동안 세계를 둘러싼 상황도 일진일퇴를 거듭하면서, 서서히이기는 하지만 역시나 좋아지고 있다. 전 국민에 대한 백신 접종은 거의 완료되었고, 의료 위기도 없어졌다. 경제도 어떻게든 회복의 징조를 보이고 실업률이나 자살률도 이전보다 저하되었다. 나도 어떻게든 취직할 곳이 결정되었다는 것만은 말해 두겠다.

그만큼 여러 가지로 이야기되고 있던 올림픽과 패럴림픽도, 끝나고 보니 응어리 없는 대호평이고, 이번 달에 오래간만에 개최되는 문자 그대로 대대적인 선전을 한 고시엔 대회도 분명 대성황일 것이다. 나오에츠 고등학교의 여자 농구부도 OG들의 아낌없는 응원을 받으며 전국대회에서 좋은 성적을 올릴 것이다.

그러고 보니 다음 달부터 칸바루 쪽 아이들의 대학에서는 완전한 대면수업이 재개되었던가?

음식점이나 오락시설의 영업시간은 각 점포의 재량에 맡겨지게 되었고, 콘서트나 극장도 관객동원 수를 당당하게 공표할 수 있게 되었다. 텔레비전 방송에서 출연자들을 서로 나누는 파티션은 투명도가 올라갔는지, 깨끗하게 없어져 있었다. '이 방송은 감염증 대책을 배려하면서 촬영되었습니다'라는 문장이, 반드시 첫머리에 들어가게 된 것은 너그럽게 보아 주시고.

평소와 같다고 말할 수는 없겠지만 시간을 제한하지 않는 자유로운 외출도 허락되게 되었고, 마음대로 허그할 수 있는 산책의 신도 이것으로 본 실력을 발휘할 수 있다…. 그러니 키타시라헤비 신사도 조만간 활기를 되찾겠지. 역시나 해외여행에 관해서는 아직 조건이 엄하지만, 당연해진 예방책을 취하면 자기가 원할 때에 원하는 장소로 관광을 갈 수 있게 되었다. 마스크나 화장지가 품절되던 시대도 지금 와서는 이미 완전히 웃음거리다. 아아, 페이스가드만은 일부 호사가들을 위한 멋내기 아이템으로서 지금도 인기라 품귀현상을 보이고 있다.

지자체에서의 감염자수 발표는 일주일에 한 번, 또는 한 달에 한 번, 정성껏 분석된 결과만이 공개되는 것에 머무르게 되었고 그것이 뉴스에서 보도되는 빈도도 현저히 줄었다. 어제는 와카야마 현에서 아기 판다가 태어났다는 뉴스가 헤드라인을 장식했다.

체온 검사 습관은 사람들의 건강의식을 높여서, 그 결과 인류는 신종 코로나 바이러스를 극복함으로써 동시에 인플루엔자나 화분증이나 노로 바이러스도 극복했다는 부반응 아닌 부산물도 있었고, '연기'나 '중지', '규모축소'라는 글자는 지면상에서 완전히 보이지 않게 되었으며, 삼밀은 삼중 밀실을 의미하는 미스터리 용어로서의 의미가 강해졌고, 세상에서는 끝내 자숙이라는 말이 자숙을 하게 되었다. 나는 오이쿠라와도 화해했고, 원격 졸업식이 끝난 뒤에는 함께 사진관에 갈 예정이다. 내가 고른 전통 의상이 아주 잘 어울린다. 도쿄에서 꿈을 이룬 센고쿠와도 화해했다. 세계에서 격차와 분열은 사라졌고, 할 일을 마치고 무사히 귀국한 하네카와와는 지금은 자취하는 연립에서 동거하고 있다. 어제는 늦게 잤으니 점심까지는 안 일어나지 않을까?

그것이 2년 뒤의 세계.

그런 것으로 해 두자.

"내 주인님아."

그렇게.

내 방에서 입고 있던 잠옷을 부모님이 사 주신 무늬가 들어간 하카마로 한창 갈아입고 있는데 내 그림자에서 금발 유녀가 나타났다. 원격 졸업식용으로 빛이 강한 라이트를 설치해 두어서, 그림자도 진하다.

금발 유녀.

물론 13세가 아니라, 8세의 유녀다.

그 실체는 602살인 유녀는, 스스로 기어 나왔으면서도 왠지 말을 어물거렸다. 항상 딱 부러지는 말씨와 행동의 가식 없는 유녀인데, 어금니에 뭔가 끼인 것처럼 우물거리고 있다.

양치질을 해 달라고 부탁하려는 건가?

"아니다. 아~ 그게~ 그 뭐냐. 네 녀석이 새로운 출발을 하는 이런 기념할 만한 날에, 이런 이야기를 해도 괜찮을지 망설여져서 말이다….."

"뭐야? 나라도 괜찮다면 이야기, 들을게."

"데스가 죽었다."

결심했는지, 단호하게 시노부는 말했다.

부담스러워하는 태도를 고치고, 똑바로 나를 보면서… 죽었다? 데스토피아 비르투오소 수어사이드마스터가… 아니, 구 수어사이드마스터가?

"그렇다. 신종 코로나 바이러스에 감염되어서. 격리 중에 상태가 급변해서, 눈 깜짝할 사이였다."

격리되어 있다는 것은 카게누이 씨에게서 들어서 알고 있었다.

유럽에는 일본보다 팬데믹이 심각한 지역이 많다는 것도 알고 있다. 하지만 갑작스러운 정보에 나는 당황했다.

"어… 정말로?"

"그래. 조금 전에 직감이 느껴졌다. 인스피레이션이다. 새벽녘에 꿈을 꾸었다고도 말할 수 있겠는데… 괴로워할 틈도 없었던 것이 그나마 위안이지. 데스가 나나 너보다도 인간에 가까운 상태였다고는 해도, 이런 실제 사례가 있는 이상 우리도 방심해서는 안 되겠군. 이쪽의 감염증에도 말이다."

"……."

잠시 말을 잃었지만, 그러나 묵묵히 있을 수 없다. 인정하지 않을 수 없는 그 현실을.

"…내가 너에게, 구 수어사이드마스터의 피를 빨게 하지 않았더라면, 신종 코로나 바이러스로 죽지는 않았겠지."

인간이 되지 않았더라면.

흡혈귀인 채로 있었으면, 신종 코로나 바이러스에 감염되는 일도, 발병하는 일도 없었다. 수어사이드마스터의 나이에 그것이 얼마나 하이리스크인가는 생각해 보면 알 만한 일이었는데, 이것은 내가 시노부의 유일무이한 맹우를 죽인 것이나 마찬가지였다.

"거 봐라, 그런 식으로 생각하니까 내가 말할지 말지 망설인게다. 그렇다고 말하지 않으면 말하지 않은 대로 나중에 싸우게 될 것 같아서 말이야. 싸우게 될 것 같다고 할지, 싸움을 걸어올 것 같다고 할지. 바보 같은 놈. 네 녀석이 나에게 데스를 인간으로 만들게 하지 않았다면, 애초에 이 2년은 없었다."

시노부는 나의 태도에 정말로 짜증이 난다는 듯이 말했다

혐오감조차 배어 나오고 있다.

"화면을 사이에 둔 원격이기는 했지만, 원격이었기에 실현된이 2년간의 맹우와의 교류는 즐거웠다. 이러쿵저러쿵 불평만 해댔지만 데스도 나름대로 즐겼을 게야. 여생을 말이다."

그 봄방학, 네 녀석이 죽고 싶어 하던 나를 살리려 했던 마음을, 지금 와서야 잘 알았다… 라고 시노부는 말했다.

"…고마워. 그렇게 말해 줘서."

"감사 인사는 이쪽이 해야겠지. 데스의 몫도, 트로피카레스크의 몫도."

변칙적이기는 했지만, 그리고 지구 반대편이라고는 해도 처음으로 가까운 사람과 관련된 신종 코로나 바이러스의 사망자가 생긴 것으로 나는 동요를 감출 수 없었다. 곰이 얼마나 위험한 생물인가를 알고 있어도, 아는 사람이 살해당하는 일이 없는 한 복슬복슬하고 귀여운 이미지가 있는 것처럼, 혹은 흡혈귀가 사람의 피를 빤다는 것을 알아도 지인이 빨리는 일이 없는 한 그 무서움을 알 수 없는 것처럼.

팬데믹이 시작되고 몇 년이 경과한 지금이 되어서야 간신히 감염증의 진정한 공포를 알았다. 그러나 마음의 위안뿐일지도 모르는 시노부의 그 말로 조금이나마 구원을 얻은 기분이었다.

그러나 그래도 죄의식을 벗어 버릴 수는 없다.

지옥 같은 봄방학에는 인간으로서 죽고 싶다고 바랐으면서, 수어사이드마스터나 키스샷에게는 귀신으로서 죽는 것을, 나는 허락하지 않았던 것이다.

새삼 그 사실이 눈앞에 들이밀어졌다.

"장례식은… 지금, 어떻게 되었을까? 유럽 쪽이라면."

"출국도 출석도 어렵겠지. 안심해라, 유해를 먹으러 가거나 하진 않는다. 공양은 이미, 2년 전에 끝마친 것이나 마찬가지이니 말이야."

여기서 기도할 뿐이다.

간신히 죽을 수 있었던 맹우의 성불을.

"데스에게도 이 명일命日은 기념할 만한 날이다. 귀가가 아니라 외출이다. 자살하지 않고 멋지게 천수를 다했던 그 녀석에게, 나는 잘 가라는 말이 아니라 잘 다녀오라는 말을 하겠다. 마치 알로하처럼… 혹은 집사처럼 말이다. 카캇."

그 이야기를 하자면 메이드라고 해야 할 텐데.

추도하듯이, 아파하듯이, 상처 입은 듯이 그렇게 말하고, 시노부는 다시 그림자 속으로 잠복해 갔다. 그대로 600년 이상 틀어박혀 버리는 게 아닐까 하고 조금 불안해졌지만, 분명 그런 일은 없을 것이다.

그것을 극복해 온 602년이다.

인류가 다양한 감염증을 극복해 온 것처럼.

극복해 나가는 것처럼.

"고마워."

나는 다시 한번 감사 인사를 했다.

이번에는 시노부가 아니라 그녀의 맹우, 구 수어사이드마스터에게… 2년 전에는 부끄러워서 나도 모르게 말을 흐려 버린 감사의 말을, 끝까지.

고마워, 시노부와 만나 줘서.

시노부와 친구가 되어 줘서.

시노부를 외톨이로 만들지 않아 줘서.

지금까지도, 지금부터도.

살아 줘서, 살려 줘서.

유전자처럼 시노부 안에서, 계속 살아 줘서.

졸업식 이전에 좀 더 다른 뭔가를 졸업한 것 같은 기분에 어깨까지 푹 잠기면서, 나는 생각한다. 약속대로 가엔 씨에게, 물론 완벽한 감염증 대책을 한 뒤에 만나러 가자고 생각하면서.

교류하자.

이것은, 죽음의 이야기.

피에 물들고, 피로 더러워지고, 피로 씻긴, 피로 피를 다투는, 피로 이어진, 죽음 이야기.

상처를 서로 핥아 주는 것처럼, 피를 서로 핥은 이야기.

우리의 소중한 죽음의 이야기.

그렇게나 세계적인 팬데믹 한복판에 파트너와 이국으로 외출한 만행, 지금은 아직 당당하게는 할 수 없지만… 하지만 언젠가 시대가 흔들리지 않는 평온함을 되찾았을 때, 나는 그것을… 모두에게 이야기하게 된다.

죽음 이야기 上 끝

저도 예외가 아니라 '학교 공부가 장래의 무엇에 도움이 되지?'라고 생각하고 있던 편입니다만, 그러나 지금 와서 생각하면 의외로 도움이 되는 것도 사실이라, 예를 들면 국어 수업이 없었다면 지금 정도로 책을 읽었을지 어떨지는 수상하고, 수학 수업이 없었다면 물건을 사는 데 조금 더 계산이 어설펐을지도 모릅니다. 다만 만약 그 의문에 그런 식으로 답할 수 있다면 '그렇지는 않겠지' 하는 석연치 않은 기분이 들었던 것도 틀림없고, '무엇에 도움이 되는가'를 알고 싶었다기보다는 그냥 공부하고 싶지 않았을 뿐이라는 기분도 듭니다. '확실히 너는 공부를 해봤자 소용없지'라는 말을 들으면 어쩔 생각이었는지…. 실제로 도움이 되는가 어떤가로 말하기보다, 가지고 있는 지식을 어떻게 잘 이용하는가 하는 관점에서 사물을 보는 이야기일 뿐이니, 그런 의미에서 학교 공부는 근육 트레이닝 같은 것이겠지요. 체육 수업이 그 대표 격이겠습니다만, 장래에 운동선수가 될지 어떨지는 제쳐 두더라도 몸은 움직여 두지 않으면 금방 무뎌져 버리고 근육도 점점 빠진다고 하지요…. 우주비행사가 우주선 안에서 근육 트레이닝을 하는 것은, 우주비행에 직접적인 도움이 된다고는 말할 수 없겠습니다만, 그렇다고 해서 하지 않을 수는 없다는 일입니다. 학교 공부는 뇌를 단련하기 위한 운동이며 매일 아침 달리기를 하는 것이라는 말을 들어도 딱히 의욕이 나는 것은 아닙니다만, 공부가 무엇에 도움이 되는가를 생각하는 것도 생각하는 버릇을 붙이기 위한 트레이닝의 일환일까요.

그리하여 간신히 아라라기 군의 대학 편을 다 쓸 수 있었습니다. 애초에 시리즈를 시작한 당초는 그가 입시를 치를 예정도 없었습니다만, 그러나 그 이야기를 하자면 모든 일의 예정이 없었던 것이나 마찬가지고, 아라라기 군답다고 말하자면 아라라기 군다운 인생이라고도 말할 수 있습니다. 분명 앞으로도 예정에 없던 인생을 보내게 되겠지요. 참고로 예고 단계에서는 「제8화·제9화·최종화」「데스토피아 데스티니·데스토피아 데스티네이션·데스토피아 데스에듀케이션」이었습니다만, 정리해서 「제8화·시노부 수어사이드」가 되었으니 잘 부탁드립니다. 무엇의 도움이 되는지를 생각하지 않은 채로는 뭔가를 도움이 되게 만드는 것은 불가능한 느낌으로, 이 책은 100퍼센트 취미로 쓴 소설입니DIE, 이야기 시리즈 몬스터 시즌 제5탄, 『죽음 이야기(上)』이었습니다.

표지에는 13세 버전의 오시노 시노부를 그려 주셨습니다. VOFAN 씨, 감사합니다. 내용적으로는 이 상권과는 전혀 링크되지 않습니다만 센고쿠 나데코가 활약(?)하는 하권, 몬스터 시즌의 마무리가 되는 「최종화·나데코 어라운드」도 부디 잘 부탁드립니다.

니시오 이신

FAUST **BOX**

죽음 이야기 上

2024년 1월 10일 초판 발행

저자	니시오 이신
일러스트	VOFAN
옮긴이	현정수

발행인	정동훈
편집인	여영아
편집 팀장	황정아 김은실
편집	노혜림

발행처	(주)학산문화사
등록	1995년 7월 1일
등록번호	제3-632호
주소	서울특별시 동작구 상도로 282 학산빌딩
편집부	02-828-8838
영업부	02-828-8986

ISBN 979-11-411-0046-9 04830
ISBN 979-11-411-0045-2 (세트)

값 12,000원